전지적 독자 시점

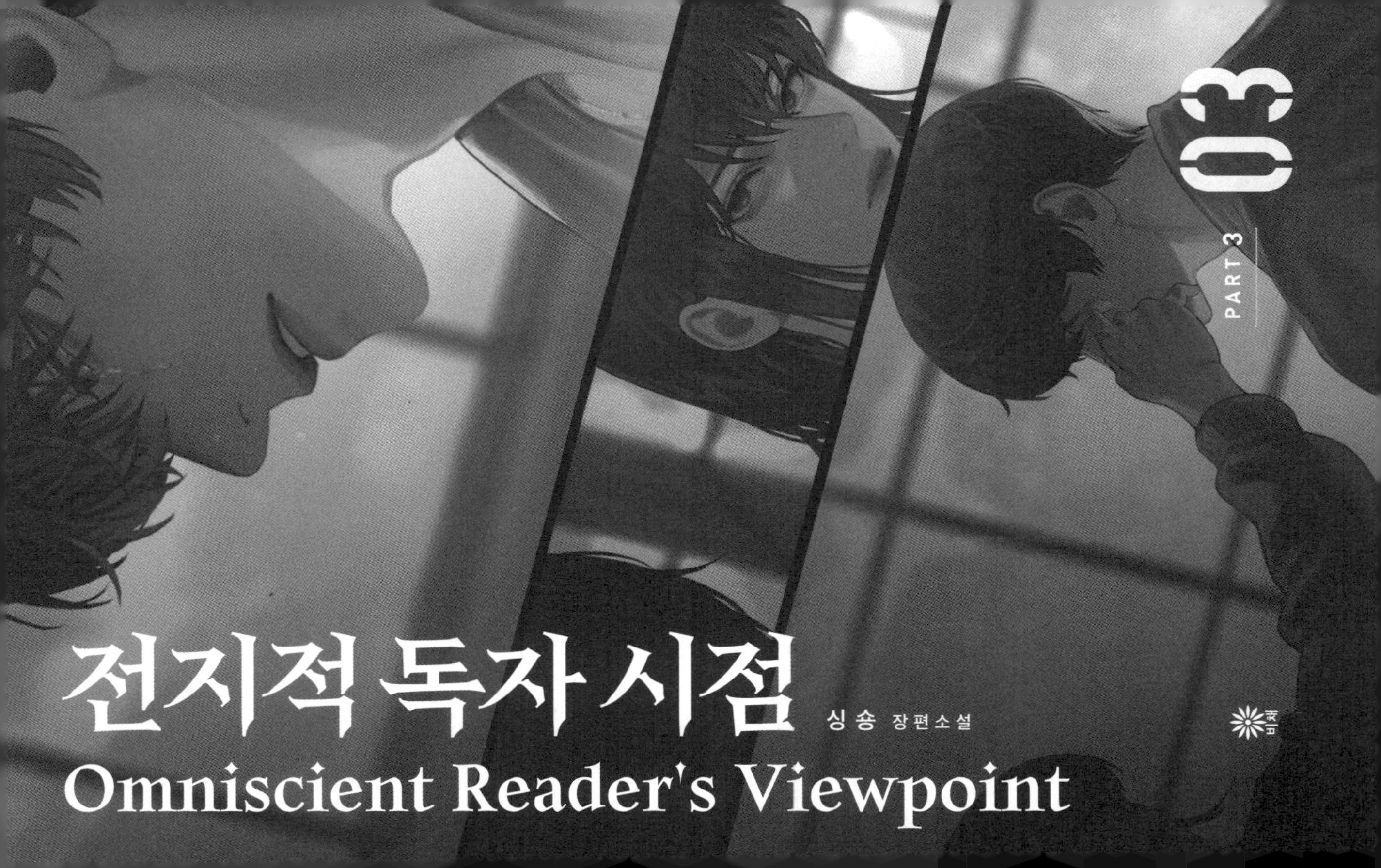
전지적 독자 시점
싱숑 장편소설
Omniscient Reader's Viewpoint
PART 3
03
비채

일러두기

- 이 책은 e-book 《전지적 독자 시점》을 바탕으로 편집 및 제작되었습니다.
- 인명 등 고유명사는 국립국어원 외래어 표기법을 따르되, 입말로 굳은 단어 등은
  예외로 하였습니다.

차례

65
Episode

선과 악

1

　'만다라의 수호자'는 신비한 성좌다.

　다른 성좌와 달리 채널에도 좀처럼 모습을 드러내지 않으며, 혹여 입장하더라도 메시지를 보내는 일은 드물었다.

　그는 일정한 주기를 두고 '화신'을 선택하며, 선택한 화신에게 '환생자' 특성을 부여한다.

　니르바나 또한 그렇게 탄생한 환생자 중 하나였다.

　「(네놈은 환생이 얼마나 끔찍한 일인지 모른다. 더 이상의 환생자는 만들어져선 안 돼.)」

　"그건 네가 결정할 문제가 아냐."

　나와 니르바나는 동시에 유상아를 바라보았다. 아직 사태를 파악하지 못한 그녀는 멍하니 눈을 끔뻑이고 있었다. 아마 돌아가는 대화의 맥락을 머릿속으로 열심히 파악하는 중일 것이다.

「(저 여자에겐 이미 배후성이 있을 텐데?)」

"이제 없어. 〈기간토마키아〉에 참전했을 때 디오니소스에게 부탁해서 연결을 끊었으니까."

「(<올림포스>가 순순히? 막대한 개연성은 어떻게 부담한 거지?)」

나는 어깨만 으쓱하고 말았다. 자세한 내막이나 디오니소스와의 거래에 관해 설명할 여유는 없었다.

"나중에 '벽'을 통해 읽어봐. 어차피 내가 벌이는 사건은 전부 읽고 있을 거 아냐. 그보다 빨리 내 질문에나 답해. 네 배후성 지금 어디 있어?"

「(나도 '벽'에 흡수당하면서 그와 인연이 끊어졌다. 지금 어디 있는지는 모른다. 다만······.)」

니르바나가 흘기듯 나를 보며 말을 이었다.

「(넌 이미 예상하고 있을 것 같은데?)」

틀린 말은 아니었다. 내가 니르바나에게 한 질문은 어디까지나 추측을 확신으로 바꾸기 위한 것이었으니까.

"유상아 씨. 너무 걱정 마세요. 저 녀석들이 겉보기만큼 나쁜 놈은—"

나는 말을 채 끝맺지 못했다.

공간 전체가 쪼그라드는 느낌과 함께 내 몸이 도서관 밖으로 퇴출당하고 있었다. 놀란 유상아가 이쪽을 향해 손을 뻗었지만 이미 내 몸은 스파크 속에서 흩어지는 중이었다.

「건 방 진 *김* 독 자.」

그것이 내가 마지막으로 들은 말이었다.

✖ ✖ ✖

「"독자 씨는 아직인가요?"」
「"네."」
「"벌써 사흘째인데……."」

먼 곳에서 일렁이는 목소리에 조금씩 의식이 깨어났다. 잘 표현할 수 없는 불편한 감각도 한꺼번에 밀려왔다. 뭐라고 해야 할까. 전기 고문을 당하고 있는 느낌이랄지.

「"뭔 스파크가 아직도 쳐요? 전기 뱀장어도 아니고, 대체 이게 무
슨……."」
「"상아 언니는 어떻게 된 걸까요? 갑자기 화신체까지 통째로 사라
졌는데."」

어렴풋하게 들려오는 목소리와 함께, 내가 대충 어떤 상황
에 처했는지 조금씩 짐작이 가기 시작했다.
빌어먹을. 설마 사흘째 기절해 있던 건가.
의식은 돌아왔으나 몸이 전혀 움직이지를 않았다.
ㅊㅊㅊㅊㅊ.

[동료의 죽음을 막기 위한 당신의 행동이 '개연성 적합 판정'에 적발
됐습니다.]
[당신은 현재 '개연성 폭풍'의 후유증을 앓고 있습니다.]
[5일 동안 당신의 모든 행동이 제약됩니다.]
[남은 제약 기간: 2일 3시간 31분]

그렇게 피해가려고 애썼는데 기어코 개연성 폭풍에 휘말리
고 만 모양이었다. 그나마 이 정도 피해에서 그친 것이 지금으
로서는 기적이었다.

['도깨비 통신'을 통해 당신에게 도착한 메시지가 있습니다.]

비형에게 온 메시지였다.

—미친놈아.

—또 '형용할 수 없는 아득함'한테 먹히고 싶은 거냐?

—내가 미리 제동 안 걸었으면 지구로 재앙이 밀려왔을 거라고. 너 계속 운 좋게 넘어가니까 개연성이 무슨 개똥인 줄 아냐?

비형의 메시지는 그 후로도 한동안 계속 이어졌다. 시나리오 최종장에 무사히 도달하려면 개연성을 착실하게 잘 쌓아야 한다는 둥, 스타 스트림에 미움을 받지 않아야 한다는 둥 뻔한 잔소리였다.

언제부터 이 녀석이 이렇게 바가지 긁는 캐릭터가 된 건지.

—하여간 이번엔 그냥 넘어가지만 다음에는 조심해. 스타 스트림의 의지가 이번 사태로 널 굉장히 주목하고 있어.

강제로 [제4의 벽]의 일부를 뜯어내고 유상아를 들여보낸 것이 이만한 후폭풍을 불러올 줄은 몰랐다.

하긴 성좌들 입장에서야 황당할 것이다. 무대 위 배우가 무대 세트를 부수고 사라진 느낌일지도 모른다.

[현재 '제4의 벽'이 자신을 수복 중입니다.]

[다수의 성좌가 당신이 저지른 행위의 개연성을 의심합니다.]

[다수의 성좌가 당신의 정체를 엿보지 못해 아쉬워합니다.]

[일부 성좌가 당신이 '최후의 벽의 파편'을 가지고 있다는 것을 눈치 챘습니다.]

그나마도 [제4의 벽]이 빠르게 대응해서 피해는 최소화한 모양이었다.

비록 며칠 동안 발이 묶이긴 했지만, 어머니도 살렸고 유상아도 구했으니 그 대가로는 싼값이었다.

물론 유상아의 경우는 어디까지나 임시방편이기에 이대로 방치할 수는 없었다.

유상아를 다시 살리기 위해서는 '환생자들의 왕'이자 '최초의 환생자'인 그 성좌를 만나야만 한다.

시기가 조금 이르긴 하지만 그렇다고 지나치게 이른 시기도 아니었다.

'마계의 봄'부터 '신화를 삼킨 성화'까지.

'기'와 '승'을 맺으며 나는 '단 하나의 설화'의 절반을 완성했다. 나와 〈김독자 컴퍼니〉의 등장으로 인해 총체적인 시나리오 전개는 가속되었을 것이고, 멸살법에서는 훨씬 후에 등장해야 할 소재도 속속 출현하게 될 것이다.

본래 '전轉'으로 얻을 '거대 설화'의 후보는 여러 가지가 있었다.

예를 들면 성운 〈아스가르드〉의 〈라그나로크〉라든가 성운

〈황제〉가 가진 몇몇 거대 설화도 후보에 있었다.

'기'나 '승'과 달리 '전'은 '단 하나의 설화'의 절정을 소화할 규모가 되어야 한다. 이제껏 있던 설화들을 바탕으로 한, 차원이 다른 규모의 시나리오.

그런 수준의 무대가 아니면 절대로 내가 원하는 '결'에는 도달할 수 없다.

어쩌면 세 번째 '거대 설화'의 발판으로, 최초의 환생자가 머무르고 있을 '그 섬'은 괜찮은 무대가 될 수도 있으리라.

츠츠츠츠츳.

그나저나 이래서야 언제쯤 일어날 수 있을지 모르겠다. 아직 이틀이나 더 이 꼴로 있어야 하다니. 지루한 시간을 어떻게 때워야 할지 감이 안 잡혔다.

'거대 설화' 일부를 조금 희생한다면 후폭풍의 여파를 잠재울 수 있겠지만 간신히 모은 설화를 고작 여기서 희생하기에는 아까웠다.

멸살법이라도 읽을 수 있다면 좋으련만.

「*김 독자.*」

'제4의 벽?'

「너 계 속 그 럴 거야?」

어쩐지 심통 난 어린애 같은 말투.

기회다 싶은 생각에 나는 재빨리 답했다.

'이젠 안 그럴게.'

「거 짓 말.」

음절 하나하나에 뿌리 깊은 불신이 박혀 있었다.

녀석이 이렇게까지 감정을 표현하는 일은 처음이라서, 조금이지만 진심으로 미안해졌다.

'믿어줘, 정말이야.'

「흥.」

'유상아 씨는 어떻게 됐어? 잘 있는 거지?'

아무리 명석하고 적응이 빠른 유상아라도, 저 도서관 안의 존재들은 죄다 인간과는 거리가 먼 족속이다.

하나는 이계의 신격, 하나는 성좌의 창작품, 나머지 하나는 환생자이던 존재.

게다가 도서관의 주인인 [제4의 벽]은 어디로 튈지 알 수 없는 녀석이었다.

'유상아 씨를 너무 박하게 대하지 말아줘. 좋은 사람이야.'

「그 건 유상 아 가 *하기* 에 달 렸 어.」

지금으로선 유상아를 믿는 수밖에 없었다.
멸살법 같은 치트가 없어도 여기까지 잘 버텨낸 사람이다.
그러니 도서관 안에서도 분명 잘 해낼 것이다.

'부탁하고 싶은 게 하나 있어.'

「안 돼.」

'그러지 말고 이야기라도 들어줘.'

「안 돼.」

'우리 예전엔 꽤 친했잖아. 마계 막 도착했을 때 생각해보라
고. 그때 서로 얘기도 많이 했잖아.'

「그 때뿐 이 었*잖* 아.」

'앞으로도 얘기 많이 하면 되지.'

「김 독 자 내 가 말 해도 별 관 심 없다.」

어쩐지 뼈가 느껴지는 말이라 순간 말을 잃고 말았다.

그러고 보면 언제나 [제4의 벽]은 말을 걸어왔다. 멸살법 문체를 빌린 서술도 있었고, [제4의 벽] 특유의 빈정거림도 있었다.

어느 쪽이든 내가 녀석에게 제대로 반응하지 않은 것은 사실이었다.

「김 독 자 *말*도 못하는 도깨비 더좋아 해.」

'비유 말하는 거야?'

[제4의 벽]은 대답이 없었다.

'너……'

이 녀석도 외로움을 느낄까. 기쁨이나 슬픔, 고통을 느낄까.

한 번도 그런 식으로는 생각해본 적 없었기에, 갑자기 낯선 기분이 되었다.

'앞으로는 자주 말 걸게. 미안해.'

「흥.」

'화 풀어. 약속할게.'

「**정말**이 지.」

'정말이야.'

잠시 뭔가 생각하는 듯하던 [제4의 벽]이 말했다.

「**하**지 만 김독 자 *하* 나로 는 부 족해.」

'뭐?'

「내 **친**구 들 을 *모* 아줘.」

이건 또 무슨 소리인가 싶었다. 친구라니, 대체 어떻게 '벽'
에 친구를 만들어준단 말인가. 그런 생각을 하는데 불현듯 머
릿속을 스치는 것이 있었다.
　설마?
　그 느낌에 명쾌한 해답이 내려졌다.

「*김* 독*자* 는 '최 후 의 벽'을 모 아 야해.」

‹ ‹ ‹

'설화를 더 모아야 한다.'

멍하니 하늘을 보던 유중혁은 강박적으로 그런 생각을 하며 레몬 사탕을 으드득 씹었다. 사탕을 좋아하지 않지만 딱히 대체재가 없는 지금으로서는 별수 없는 선택이었다. 무림 만두라도 있다면 좋았겠으나 그렇게 한가한 취향을 누릴 때가 아니었다.

'아니, 어쩌면 설화가 모이는 속도는 충분히 빠르다. 중요한 것은 설화 자체를 단련하는 것.'

이제 '그 섬'에 가야 할 때인지도 모른다.

키리오스가 다녀왔고 그의 스승이 다녀온 섬.

유중혁은 주먹을 쥐었다 폈다 하며 앞으로의 계획을 구상했다.

[당신의 배후성이 최근 당신의 행보에 불만을 가지고 있습니다.]

문득 고개를 들자 어렴풋한 배후성의 시선이 느껴졌다.

최근 그의 배후성은 저런 감정을 표출하는 일이 잦아졌다. 지난 3회차의 회귀 동안 거의 존재하지 않던 일이었다.

유중혁은 인상을 찌푸린 채 말했다.

"뭐가 불만이라는 거냐."

[당신의 배후성은 당신이 주도적으로 행동하길 바랍니다.]

그 말은 유중혁의 뇌리 깊은 곳 어딘가를 건드렸다.

확실히 지난 회차와 비교했을 때 그의 삶은 많이 변했다. 말할 것도 없이 김독자를 만난 이후부터였다.

'그놈이 누군지도 모르면서.'

심지어 그 정체도 모를 놈과 성운까지 창설했다.

'예언자는 아니라고 했지.'

유중혁은 미뤄두었던 숙제를 한꺼번에 해결하듯 사고에 몰두했다.

'그런데도 미래의 정보를 알고.'

생각할수록 이상한 점이 한두 가지가 아니었다.

그런 녀석이 왜 지난 회차에서는 없었을까. 처음에야 그러려니 넘어갔지만 지금 생각하면 납득이 가지 않았다.

그렇게 침착하고 치밀한 녀석이 지난 회차에서는 '첫 번째 시나리오'조차 통과하지 못했다고?

의심은 한번 불어나기 시작하자 둑을 타고 넘쳐흘렀다.

[알 수 없는 힘이 당신의 상상력에 제동을 가합니다.]

약간의 현기증이 일어 유중혁은 인상을 찌푸렸다.

'또…….'

왜인지는 모르겠지만 김독자에 관해 생각하면 머리가 아파

왔다. 특히 녀석의 정체에 대해 몰두할 때면 더욱.

"유중혁, 뭐 하나?"

돌아보자 입에 레몬 사탕을 문 한수영이 보였다.

유중혁이 물었다.

"김독자는 아직인가?"

"아직."

"게으른 놈."

"개연성 후폭풍 터졌는데 저놈이라고 별수 있겠어? 지금까지 안 터진 게 이상했지."

두 사람은 한가롭게 서서 공단의 하늘을 올려다보았다. 서늘한 바람이 불어와 둘의 옷깃을 스치고 지나갔다.

모처럼 찾아온 평화 아닌 평화였다.

한 사람이 쓰러졌고, 다른 한 사람은 생사를 알 수 없게 되었지만…… 그래도 이 공단에 이런 시간은 흔치 않았다.

유중혁은 반쯤 눈을 내리깐 채 먼 곳을 응시하는 한수영을 일별했다.

그답지 않게 불쑥 뭔가 물어보고 싶은 마음이 솟았다.

이 녀석이라면, 내가 궁금한 것을 알고 있지 않을까.

김독자와 마찬가지로 이번 회차의 변수로 나타난 존재.

가끔 김독자와 알 수 없는 이야기를 나누는 것을 보면, 이 여자는 김독자가 어떤 존재인지—

섬뜩한 감각이 뒷덜미를 훑은 것은 그때였다.

"유중혁."

한수영의 말과 거의 동시에 유중혁은 등에 찬 흑천마도를 빼 들었다. 옆에 있는 한수영도 손의 붕대를 풀고 있었다.

먼 하늘에서 빠른 속도로 뭔가 날아오고 있었다.

원하지 않는 손님의 기척이었다. 창공에 어두운 빛살을 남기며 날아온 존재가 천천히 지상으로 내려앉았다.

긴장한 유중혁의 오른손에 거친 마력이 흘렀다.

"아스모데우스. 여긴 무슨 일이지?"

마왕, 아스모데우스가 웃었다.

['구원의 마왕'을 만나러 왔습니다. 어디 있죠?]

"녀석은 왜 찾지?"

[긴히 전할 말이 있거든요. '종말의 구도자'로서.]

"종말의 구도자? 나한테 말하고 꺼져라."

[아, 정말 귀찮게…….]

비록 잠깐 아군이 된 적은 있지만 유중혁은 근본적으로 아스모데우스를 믿지 않았다.

더군다나 저 마왕에게는 지난 회차의 은원恩怨도 있었다.

쿠구구구구.

험악한 기류가 극에 달하자 유중혁의 격과 아스모데우스의 격이 용오름을 형성하며 부딪쳤다.

[음? 이 정도로 강해졌을 줄은 몰랐는데…….]

자신을 상대로 조금도 물러서지 않는 유중혁의 기세에 아스모데우스의 눈가에 이채가 스쳤다. 장난스러운 표정 이면에 깔린 명백한 악의.

[회귀자 유중혁.]

악마 같은 미소를 지은 아스모데우스가 유중혁의 코앞으로 다가왔다.

붉게 그려진 마왕의 입술이 금기를 범하듯 입을 열었다.

[혹시 '멸망한 세계에서 살아남는 세 가지 방법'이라고, 들어보셨습니까?]

아스모데우스는 계속해서 물었다.

[멸망한 세계에서 살아남는 세 가지 방법. 화신 사이에서는 '계시록'이라 알려졌던 이야기일 텐데…… 들어본 적 없습니까?]

아스모데우스의 말에 얼굴이 창백해진 한수영이 앞으로 나섰다.

"너, 뭔 헛소릴 하러 온 거야?"

그러나 아스모데우스는 한수영은 신경도 쓰지 않고 유중혁의 표정을 살폈다.

<u>츠츠츠츳.</u>

[알 수 없는 힘이 화신 '유중혁'의 상상력에 제동을 가합니다.]

유중혁 주변에 다시 한번 스파크가 쳤다.

실제로 아스모데우스의 말은 유중혁에게는 이런 느낌으로 들렸다.

['멸■■ ■■■■ 살■■■ 세 ■■ ■법'이라고, 들어보셨

습니까?]

　지끈거리는 두통 속에서 유중혁이 물었다.

　"뭘 들어봤냐고?"

　아스모데우스가 탄식했다.

　[흐음, 아직 그대에겐 허락되지 않는 것인가.]

　"대체 무슨 소리냐."

　[뭐, 별 얘긴 아닙니다. 그보다 상황을 보니 우리 '구원의 마왕'께서는 여전히 잠들어 계신 모양이군요.]

　싱긋 웃어 보인 아스모데우스는 공장 쪽을 일별했다.

　[아쉽지만 오늘은 여기서 돌아가겠어요. '구원의 마왕'께 전해주십시오. 당신이 벌이는 일로 인하여, 선과 악의 균형이 흔들리고 있다고. 그리고 그 불균형을 틈탄 승냥이들이 등장할 거라고.]

　"잠깐, 기다려라!"

　유중혁이 관자놀이를 짚으며, 돌아서는 아스모데우스를 불렀다.

　아스모데우스는 뒤돌아보지 않은 채 대답했다.

　[회귀자 유중혁. 세계의 진실을 알고 싶습니까?]

　"뭐?"

　[알고 싶다면, 언제든 '종말의 구도자'를 찾아오십시오.]

　그 말만 남기고 아스모데우스의 화신체는 홀연히 사라져버렸다.

　비틀거리는 유중혁을 향해 한수영이 재빨리 다가갔다.

"괜찮냐?"

"……."

"유중혁?"

유중혁은 대답이 없었다. 뭔가 생각하는 것 같기도 했고, 큰 고뇌에 빠져 얼이 빠진 것 같기도 했다. 잠시 허공을 노려보던 유중혁은 이내 한수영을 뿌리치고 어딘가로 비척비척 걸어가기 시작했다.

"야! 어디 가!"

한수영의 고함에도 유중혁은 대답이 없었다.

한수영이 다시 한번 외쳤다.

"김독자 아직 안 깨어났어!"

"그놈과는 상관없는 일이다."

유중혁은 그 말만을 남기고 [주작신보]를 발동해 사라졌다.

졸지에 공장 입구에 남은 것은 한수영 하나뿐.

휑해진 주변을 멀거니 바라보던 한수영은 사탕 막대를 잘근잘근 씹으며 속으로 중얼거렸다.

슬슬 필터링이 해금될 시기이긴 하지만, 멸살법에 관한 정보마저 필터링이 풀리기 시작했다고?

하필 김독자도 없는 시점에 이런 일이 벌어져서 한수영은 초조함을 감출 수 없었다.

만약 유중혁이 멸살법에 관한 정보를 알게 된다면, 어떤 참사가 벌어질지 짐작도 할 수 없었다. 마왕 아스모데우스가 어떤 경로로 멸살법의 존재를 알았는지도 의문이었다.

가만히 남쪽 하늘을 바라보던 한수영이 사탕 막대를 바다에 뱉었다.

김독자가 깨어나기 전에 해야 할 일이 생겼다.

✦

2

　유상아는 모처럼 신입이 된 기분을 한껏 만끽하며 도서를 정리했다.

　지난 이틀간, 유상아는 세 명의 선임에게 많은 것을 배웠다.

　이 '도서관'이 어떤 곳인지부터, 그녀의 선임이 어떤 존재인지에 이르기까지.

「(천천히 정리하시오. 어차피 김독자가 쓸데없는 생각을 하기 시작하면 잔뜩 어지럽혀지니까.)」

　극장 던전의 주인 '시뮬라시옹'.

「(손이 두 개라 정리하는 데 시간이 오래 걸리겠군. 후임은 손이 많은 녀석이 왔으면 했는데. 아니면 발이라도.)」

이계의 신격 '꿈을 먹는 자'.

「(내가 [천수관음] 가르쳐줄까?)」

환생자 '니르바나 뫼비우스'까지.
선임들은 조금씩 이상한 구석이 있긴 했지만, 대체로 그녀에게 친절했다. 미노 소프트 인사팀이 이 정도만 되었어도 좋았을 거라고 생각할 정도였다.
셀 수 없이 많은 책으로 덮인 서가. 모두 김독자가 읽거나 잊은 책의 나열이었다. 그리고 그 책은 대부분 어떤 '소설'이었다.

《멸망한 세계에서 살아남는 세 가지 방법》.

유상아는 자신이 처한 상황과 새 직장의 프로세스를 빠르게 파악했다.
이 장소가 김독자에게 어떤 장소이고, 이 이야기가 김독자에게 어떤 의미였는지.
그리고 그 모든 사실을 이해했을 때 유상아는 희미한 절망감과 동정심을 동시에 느꼈다.
하지만 내색하지 않았다. 내색하지 않는 것이 때로는 상처

받은 이를 돌보는 방법이라는 것을 그녀는 알고 있었다.

그 대신 다른 일에 관해 생각했다.

'만약 원작 전개대로라면……'

다음에 벌어질 지구의 시나리오는 몇 가지로 함축할 수 있었다.

그중에서도 제일 가능성이 높은 것은.

「열심 히 하 네 유상 아.」

허공에서 들려온 목소리에 유상아가 고개를 들었다.

「(아무렴 열심히 해야죠.)」

셋방살이 신세가 된 느낌이지만, 그래도 다시 살아날 가능성이 있다는 게 어디랴. 그나마도 저 귀여운 보스가 이곳 총책 임자라는 것이 유상아로서는 다행스러운 일이었다.

「(취직시켜주셔서 감사해요. 전 여기가 정말 마음에 들어요.)」
「흥.」
「(진심이에요.)」
「유상 아 책좋 아?」
「(굉장히 좋아해요.)」
「어 떤 책.」

「(예를 들면…… 《반지의 제왕》도 좋아하고…….)」

「호 오.」

다행히 귀여운 보스께서는 그녀에게 제법 흥미가 있는 듯했다.

유상아는 이 틈을 타 궁금하던 것들을 물어보기로 했다.

「(저, 질문 하나만 해도 되나요?)」

「뭔 데.」

「('제4의 벽' 님은 정확히 어떤 일을 하시는 건가요?)」

킥킥킥킥거리는 웃음소리가 도서관 전체를 떠돌았다.

「나 는 김독 자를 지 켜.」

「(지킨다고요?)」

「*김 독자* 나 없 으면 죽 어.」

굳건한 확신으로 가득 찬 목소리.

「그 런데 도 *나* 한테 *함* 부로 대 해 *멍청* 한 김독 자.」

도서관 전체가 희미하게 떨렸다.

「최근 에는 **많이 힘들 어** *다 너때 문* 이 야.」

「(저 때문이요?)」

「*내 일 부가 새어 나갔 어.*」

츠츠츳, 하는 소리와 함께 스파크가 도서관의 일정한 방향을 가리켰다. [제4의 벽]이 가리킨 곳에는 유상아의 주먹보다 조금 더 커다란 구멍이 나 있었다.

「*막 아도 제대* 로안막 혀 김독 자가 부 쉬놔 서.」

구멍을 막고 있는 것은 낡은 책의 표지였다. 급한 대로 취한 임시 조치인 듯했다.

유상아는 책 표지를 조심스레 들춰보며 물었다.

「(이 구멍, 혹시 밖으로 통하는 건가요?)」

「응.」

잠시 후, 구멍을 곰곰이 들여다보던 유상아가 장난스러운 표정으로 입을 열었다.

「('제4의 벽' 님. 저한테 좋은 생각이 하나 있는데요.)」

나는 모처럼 푹 잤다. 언젠가 감금당했을 때만큼이나 깊은 잠이었다. 아주 푹신한 깃털 같은 것이 머리를 포근하게 감싸는 느낌이랄까. 아니면 누군가가 내 머릿속에 들어와 불편한 걱정들을 깨끗하게 정돈해준 느낌이랄까.

「(독자 씨, 큰일 났어요. 독자 씨.)」

정체불명의 목소리가 머릿속에서 울렸을 때, 나는 깜짝 놀라 침대를 박차고 일어났다.

아무도 없는 병실.

스파크로 인해 그을린 피부 곳곳이 쓰라렸다.

"으……."

둘러보아도 침상 주변에는 아무도 없었다. 감금이니 뭐니들들 볶던 일행들도 보이지 않았다.

그럼 나를 깨운 건 누구지?

일단 상황을 살피기로 했다. 아직 미약하게 개연성의 여파가 남아 있지만 움직일 수 없는 상태는 아니었다.

그런데 느낌이 이상했다. 병동 복도에 불온한 기운이 흐르고 있었다. 어떤 일이 터지기 직전의 예감.

공장 바깥이 소란스럽다는 사실을 깨달은 것은 조금 후였다. 복도 창문을 열자 사람들 함성이 귀를 찔렀다.

"서울을 해방해라!"

뭐?

"우리는 더 이상 '마왕' 따위의 지배를 받지 않겠다!"

"공장의 독재자는 물러나라! 모든 성흔과 스킬을 대중에게 개방하라!"

공장 흙벽 너머로 까마득한 인파가 몰려와 있었다. 서울 및 인근 지역 화신들이었다. 몰려온 세력의 구성을 보아하니, 어떤 종류의 사람들인지는 금방 알 수 있었다.

대부분 시나리오에 실패한 사람들.

그리고 몇몇 핵심 인물은 '연합'의 인간이었다.

"시나리오를 선점하고 자본을 독점하는 '구원의 마왕'과 악덕 기업 〈김독자 컴퍼니〉는 각성하라!"

자본 독점에 시나리오 선점이라…… 나와 일행들이 얼마나 힘들게 시나리오를 헤쳐왔는지 알면 그런 말은 못 할 텐데.

흙벽 안쪽에 어쩔 줄 모르는 표정의 일행들이 모여 있었다.

스킬로 청각을 키우자 제일 먼저 들려온 것은 공필두의 목소리였다.

"저것들 그냥 확 다 쏴버려?"

"아저씨 미쳤어? 쟤들 대부분 초보 화신이야."

"여러분, 이러지 마십시오! 오해입니다!"

이지혜와 이현성이 나서서 사람들에게 뭐라 뭐라 소리쳤지만, 애초에 그들의 말이 통할 리가 없었다.

"닥쳐라! 성문 개방해! 아이템을 나눠라!"

"아이템 같은 거 없어요!"

"코인을 나눠라!"

"무슨 깡패들도 아니고……."

이런 규모의 '선동'은 보통의 인간들이 모여 해낼 수 있는 게 아니었다.

한반도 각 연합은 내 일행들이 떠맡고 있고, 가장 걸림돌이던 경기 연합은 얼마 전 유중혁에 의해 박살 났으니까.

그런데도 이만한 사람들이 다시 모여들었다는 건…… 외부 존재가 개입했을 가능성이 높다는 뜻인데.

그나저나 유중혁이랑 한수영은 어디 있지? 공장에 이 사달이 났는데 대체 다들 어디 간 건지.

아무래도 이틀간 내가 모르는 일이 많이 벌어진 것 같았다.

[상당수의 성좌가 '공단'에서 벌어지는 일에 흥미를 갖습니다.]

일이 더 커지기 전에 막아야겠는데.

머릿속으로 이것저것 계산하던 내가 슬그머니 일행들 쪽으로 발걸음을 옮기려는 찰나, 허공에서 도깨비의 목소리가 들려왔다.

[혁명이라. 과연 민주주의를 제창하시는 세계의 구성원답군요.]

불길한 서두였다.

[이 정도 규모의 개연성이 모였다면 시나리오를 열어드려

야 인지상정이겠죠?]

〈서브 시나리오 - 서울 혁명〉

분류: 서브

난이도: ???

클리어 조건: 현재 서울은 〈김독자 컴퍼니〉 슬하에 놓여 있습니다. 지금 그 성운의 지배권에 반발하는 화신이 대거 등장했습니다. 다수의 성좌가, 서울의 지배권을 놓고 두 그룹이 한판 붙기를 원합니다.

제한 시간: 없음

보상: 300,000코인

실패 시: ─

시나리오를 읽는 순간, 불쾌한 예감이 더해졌다.

지난 격전으로 인해 두 개의 '거대 설화'을 쌓은 〈김독자 컴퍼니〉는 이제 제법 스타 스트림에 이름이 알려졌다.

그런데 마침 성운 대표인 나와 유중혁은 부재중인 상태.

누군가 다 된 밥을 노리고 의도적으로 깽판을 치고 있었다.

"실패 조건이 없어! 해볼 만하겠는데?"

"30만 코인이다! 우리도 돈 좀 벌어보자!"

이지혜가 답답하다는 듯 소리를 질렀다.

"바보 같은…… 나누면 얼마 되지도 않을 금액 때문에."

이대로는 안 되겠다 싶은 순간, 앞으로 나선 이가 있었다.

정희원이었다.

[확성] 스킬을 사용한 정희원이 무지막지한 패기가 담긴 목소리로 고함을 내질렀다.

"그쪽 대표는 숨어 있지 말고 나와!"

정희원 말에 성벽을 오르던 사람들이 깜짝 놀라 떨어졌다.

"여기서 전쟁을 벌여봐야 무의미한 희생만 낳을 뿐이야. 그럴 바에는 수장끼리 대결을 펼쳐 승부를 가르는 편이 낫지 않겠어?"

수군거리는 사람들을 보며 정희원은 계속해서 말했다.

"우리가 진다면 그쪽 소원대로 공장을 넘겨줄게!"

"희원 씨! 왜 그런 약속을……!"

당황한 이현성을 보며 정희원이 침착하게 말했다.

"저 사람들 대부분 10번 시나리오도 통과하지 못했어요. 진짜 전쟁이 벌어지면 어떻게 되겠어요?"

그 말에 이현성이 입을 다물었다. 일행들은 말을 거드는 대신 침묵으로 서로를 응시했다.

그리고 얼마나 시간이 지났을까.

"희원 씨 말이 맞는 것 같습니다."

일행들이 고개를 끄덕이기 시작했다.

이현성도, 이지혜도, 신유승도, 이길영도.

시민 희생을 최소화하기 위해서는 이 방법이 최선임을 모두 은연중에 합의한 것이다.

허공에서 일의 진행을 보던 도깨비가 헛웃음을 흘렸다.

[좋습니다. 그럼 이번 이벤트는 '대표전'으로 가도 될까요?]

정희원이 고개를 끄덕임과 동시에, 서브 시나리오 내용이 바뀌었다.

[서브 시나리오 - '서울 혁명'의 내용 일부가 갱신됩니다!]

[양 세력의 대표전을 통해 '서울'의 주인이 결정됩니다!]

정희원이 흉벽 너머의 사람들을 향해 외쳤다.

"자, 그쪽 대표도 이제 올라와. 이쪽은 준비됐으니까."

자신만만한 미소. 어쩌면 정희원의 저 결의는 그동안의 충실한 시간에서 비롯된 것이리라.

방금 전까지 혁명이니 서울의 봄이니 떠들던 사람들은 정희원이 그렇게 당당하게 나오자 당황한 눈치였다. 웅성거림만 커졌다.

"대, 대표! 어디 있어! 빨리 나가!"

"싸워서 이겨라! 우리 권리를 찾아줘!"

하지만 아무도 나오지 않았다.

당연한 일이었다. 굳이 군중을 일으켰다는 건 비이성적인 선동 상황을 이용하고 싶었다는 것. 그런데 이야기가 이렇게 흘러가면 의미가 없어진다.

답답해진 화신들이 외쳤다.

"누가 좀……!"

대열을 이탈한 군중이 무너지는 것을 보며 나는 약간 감격했다. 내가 없던 삼 년간 일행들이 얼마나 성장했는지 알 수 있는 광경이었다.

아마 정희원은 처음부터 이것을 노렸으리라. 그녀는 정의를 지키면서도 실리를 잃지 않는 법을 배웠다.

이쪽은 이미 '서울 최강' 멤버들.

일대일 화신전이라면 절대로 질 턱이 없었다.

허공에서 턱을 쓰다듬던 도깨비가 물었다.

[〈김독자 컴퍼니〉 측은 대표 두 분이 모두 부재중이신데 누가 나서시렵니까?]

일행들이 동시에 손을 들었다.

하지만 가장 먼저 나선 이는 정희원이었다.

"제가 할게요."

"희원 씨."

"걱정 마세요. 저 강한 거 알잖아요."

확실히 정희원은 우리 성운에서 나와 유중혁을 제외하면 거의 최강의 전력이라 봐도 무방했다. 이현성도, 이길영도, 신유승도, 공필두도…… 단일 전투력으로는 누구도 정희원을 능가할 수 없다.

게다가 정희원은 뭔가 눈치챈 듯한 낌새였다.

자신이 '대표'로 나서야만 하는 이유.

「내가 가야 해.」

그 이유가, 지금 군중을 가르며 다가오는 세 명의 '화신'에게 있었다.

개중 한 녀석의 얼굴이 특히 익숙했다.

저 녀석.

한달음에 흉벽을 넘어온 녀석이 입을 열었다.

"내가 대표로 상대하지."

위풍당당한 보무로 다가온 사내는 이번 회차에 나와 부딪친 적이 있었다. 지난번 '감금 사건' 때 내게 혼쭐나서 달아난 녀석.

'경기 연합'의 수장, 십악 조진철.

이번 회차에서는 우리 일행들이 너무 강해져서 나부랭이가 되었다고 생각했는데, 용케도 다시 돌아온 모양이었다.

정희원이 피식 웃으며 검을 빼 들었다.

"당신이?"

그 말을 하면서도 정희원은 전혀 방심한 표정이 아니었다. 그녀도 조진철의 전신에서 흘러나오는 심상치 않은 기도를 읽은 것이다.

그것은 마기魔氣였다.

굳어진 정희원의 표정에 살기가 머물렀다.

암흑성을 클리어했고, 이름뿐이지만 그래도 '마왕'을 죽이며 열 번째 시나리오를 클리어한 그녀다. 그러니 모를 수가 없었다.

"당신…… '마왕'에게 먹혔구나."

다른 누구도 아닌 '마왕'의 기운을.

짧게 헛웃음을 흘리는 조진철은 이미 조진철 본인이 아니었다.

새카만 마기에 집어삼켜진 권속.

[마왕, '뱀지옥의 군주'가 자신의 존재를 드러냅니다.]

뱀지옥의 군주.

지고한 마계의 72 마왕 중 하나.

녀석은 '72번째 마계'의 주인인 '안드로말리우스'였다.

게다가 다른 두 화신체도 비슷한 마기를 내뿜고 있었다.

[마왕, '거짓과 비밀의 사색가'가 자신의 존재를 드러냅니다.]
[마왕, '연주하는 일각공'이 자신의 존재를 드러냅니다.]

무려 세 명의 마왕이 자신의 권속을 통해 나타난 것이다.

하지만 상대가 마왕이라는 것을 안 후에도 정희원은 태연했다.

"일대일로 붙는 거겠지?"

[물론 일대일로 붙을 것이다. 겁 없는 화신이여.]

격이 담긴 진언에 솜털이 바짝 서는 상황에서도 정희원은 웃었다.

"그래, 언젠가 꼭 한번 상대해보고 싶었어. 그 잘난 '마왕'이라는 거 말이야."

말투에 깊은 분노가 담겨 있었다. 우리엘의 영향일 수도 있고, 아니면…… 평소 나한테 분노가 쌓여 있었는지도 모른다.

여하간 정희원은 오히려 잘됐다는 표정이었다.

['대표전'이 시작됩니다!]

사실 이해하지 못할 자신감도 아니었다. 아무리 상대가 마왕이라도 정희원이 물러설 필요는 없었다.

게다가 저쪽은 대리 권속을 통해 빙의한 상태.

여기서 물러선다면 대천사의 자존심이 상할 것이다.

정희원의 눈동자에서 붉은 귀화가 터져나오는 것과 동시에 '심판자의 검'이 허공을 갈랐다. 그물처럼 허공을 수놓는 검의 궤적.

스가가각!

피할 틈도 없이 조진철의 왼팔이 허공을 날았다.

[감히……!]

놀란 안드로말리우스가 노호를 터뜨렸으나, 정희원의 검에는 일말의 두려움도 보이지 않았다. 그 무지막지한 패기에 안드로말리우스가 당황하고 있었다.

사정을 봐주지 않는, 오직 살해를 목적으로 닦인 검도劍道.

그녀의 검은 평범한 시나리오를 겪어온 화신이 감당할 수 있는 것이 아니었다.

스거걱!

다시 한번 핏줄기가 쏟아지며 조진철의 오른쪽 허벅지가 깊은 검상을 입었다. 너무나 압도적인 실력 차이였다.

명백한 승세에 군중들이 입을 벌렸고, 일행들은 감탄했다.

저것이 '멸악의 심판자' 정희원의 진짜 힘이었다.

[등장인물 '정희원'이 '심판의 시간'의 발동을 요청합니다!]

마무리를 위해 정희원이 힘을 모으고 있었다.

[심판의 시간]에 이은 [지옥염화] 콤보. '대표전'을 압도적인 힘 차이로 눌러버리려는 것이었다.

그런데 그때 동조율을 높인 '안드로말리우스'가 본격적으로 조진철에게 강림하기 시작했다.

쿠구구구.

잘려나간 조진철의 팔에 새카만 마기로 빚어진 팔이 솟았고, 난자당한 상처가 흘러넘치는 마력으로 회복되고 있었다.

72번째 마왕의 권능이었다.

[장난은 여기까지다.]

번개처럼 튀어나간 주먹이 정희원의 칼날을 때렸다. '심판자의 검'이 휘청이며 정희원이 순식간에 열 발자국을 물러났다. 조진철은 멀어지는 정희원을 곧바로 쫓아가 계속해서 연격을 퍼부었다.

퍼버버벅.

화신체와 개연성의 손상을 각오하고 강림 상태에 가깝게 동조율을 높인 안드로말리우스. 조진철의 전신에서 위협적인 격이 뿜어졌다.

아무리 정희원이 강하다 해도 우리엘 없이 마왕 본인과 대적할 정도는 아니었다.

결국 힘 싸움에서 밀린 정희원이 허공에서 튕겨나갔다.

"큿, 빌어먹을……!"

나는 상황이 잘 이해되지 않았다. 정확히는 안드로말리우스가 저런 선택을 한 것부터 이상했다.

마왕이라고 해서 모두 동급은 아니다.

저런 짓을 하면 개연성의 저울이 움직이고, 대천사 우리엘이 개입할 개연을 얻게 된다. 그리고 그녀가 강림하면 겨우 저 정도 순위권 마왕은 순식간에 잿더미가 되고 말 것이다.

그런데도 정희원을 본격적으로 상대한다는 것은 따로 믿는 구석이 있다는 뜻이었다.

['심판의 시간'의 발동이 강제로 취소됐습니다.]

믿는 구석이 무엇인지는 금방 밝혀졌다.

"우리엘?"

우리엘이 응답하지 않았다.

[심판의 시간]도 [지옥염화]도 제대로 발동하지 않는다. [지옥염화]야 그렇다 쳐도, [심판의 시간]까지 발동하지 않는다는 것은 뭔가 이상했다.

우리엘뿐만 아니라 다른 '절대선' 계통 성좌에게도 뭔가 문제가 생긴 것이다.

설마?

순간 나는 이야기가 어떻게 흘러가는지 알 것 같았다.

갑자기 왜 마왕들이 이런 난장을 피우는지. 그리고 놈들이 왜 하필 지금 시점에 내 '마계'에 방문했는지.

모든 것이 이해가 되었다.

멀리서 허공에 둥둥 뜬 키리오스가 내 쪽을 보고 있었다. 나는 그를 마주 보았다.

내가 언제든 끼어들 수 있는데도 움직이지 않은 것은 그가 있기 때문이었다.

하지만 키리오스는 나를 향해 말하고 있었다.

—네가 나서야 할 일이다.

나는 고개를 저었다. 아직은 때가 아니다. 가능하면 힘을 일찍 드러내고 싶지 않다. '기'와 '승'을 얻었다고 해서 그 힘을 만천하에 함부로 공개했다가는 도로 역풍을 맞는 수가 있으니까.

키리오스가 말을 이었다.

—힘을 보여줘야 할 때 보여주지 않으면 이런 일이 빈번하게 일어날 것이다.

그 말 또한 맞다.

〈김독자 컴퍼니〉는 한창 상승세이고, 저 마왕들은 그런 우리 성운의 기세를 꺾기 위해 손수 찾아왔다. 지금 제대로 힘을 보여주지 않으면, 앞으로 우리 성운은 더 별 볼 일 없는 녀석들에게까지 우습게 보이겠지.

한숨을 쉬며 허공을 올려다보자 비형이 웃고 있었다. 처음부터 시나리오가 이렇게 될 줄 알았다는 듯한 표정이었다.

아마 비형 녀석도 여러 가지를 계산하고 있었겠지. 굳이 내가 깨어난 후에야 이 시나리오를 연 것부터가 그렇다.

정말, 빌어먹을 정도로 영악한 도깨비 놈.

—어서 가보라고. 마왕에도 격이 있다는 걸 보여줘라.

나는 가볍게 공장에서 뛰어내려 대전장에 난입했다. 놀란 일행들이 숨을 들이켜는 소리가 들렸다.

나는 뒤에서 정희원의 어깨를 붙잡았다.

"희원 씨."

"독자 씨?"

"여기서 싸울 필요 없습니다. 당신이 약해서 말리는 게 아닙니다."

나는 정희원을 뒤로한 채 앞으로 나섰다.

[마왕, '구원의 마왕'이 '격'을 방출합니다!]

세 명의 마왕이 나를 바라보고 있었다.

나는 진언을 사용했다.

[마왕 여러분. 놀이터를 잘못 정하신 것 아닙니까? 제게 전할 말이 있는 듯한데, 그것만 전하고 꺼지시죠.]

내가 뿜어낸 진언에 안드로말리우스의 표정이 무참히 구겨졌다.

[소문대로 건방진 놈이군.]

[우리가 온 이유를 아느냐?]

나는 고개를 끄덕였다.

세 마왕이 이곳에 온 이유는 명백했다.

지구의 화신들이 60번대 시나리오를 돌파했으니, 시기상으로도 슬슬 '그 이벤트'가 열릴 때가 됐겠지.

아마 녀석들은 나를 그곳에 초대하기 위해 나타났을 터다.

정희원이 우리엘의 힘을 쓸 수 없는 것도 그 일과 관계있을 것이고.

지금까지의 모든 것이 유희였다는 듯 마왕들이 낄낄거렸다.

[너 같은 말단을 위해 선배님들이 친히 방문하신 걸 영광으로 알도록 하라.]

[너는 우리와 함께 간다. 지금 바로 채비하도록. 곧장 떠날 터이니.]

나는 웃으며 고개를 끄덕였다.

[모시러 오셨다는데 가긴 가야지. 그런데.]

나는 뒤쪽에서 쓱 코피를 닦는 정희원과, 아픈 몸을 이끌고 나온 일행들을 둘러보았다. 아직 〈기간토마키아〉의 여파가 남아 충분히 쉬지도 못한 사람들이었다.

[그냥 보내주긴 힘들 것 같아.]

[무슨 헛소리지?]

[마왕쯤 됐으면 그에 걸맞은 격을 갖춰야지. 안 그래?]

[성운, 〈김독자 컴퍼니〉가 '대표전'의 대표 변경을 요구합니다.]

[마왕, '구원의 마왕'이 새로운 '대표'가 됐습니다.]

내 의도를 깨달은 마왕들이 경악했다.

[지금 우리와 싸우겠다고? 네놈, 마왕과 마왕이 싸우면 무슨 일이 벌어지는지 알고는 있느냐?]

[알아. 아주 잘 알아.]

나는 마왕들 하나하나를 바라보며 대답했다.

[마왕, '구원의 마왕'이 '마왕 승격전'을 신청했습니다.]

마왕 승격전.

순위가 매겨진 마왕들이 자신의 순위와 명예를 걸고 겨루는 지고한 결투였다.

[승격전이라니! 네놈, 미친 것이냐?]

이 정도면 많이 참았다. 마왕이든 성좌든, 저런 놈들에게 질질 끌려다니기도 이제 지친다.

[받아들일 거야, 말 거야? 다들 보고 있다고.]

[마왕, '헤아릴 수 없는 엄격'이 아랫것들의 전투에 흥미를 품습니다.]
[마왕, '예제공'이 역시 싸움은 조빱 싸움이라고 말합니다.]
[마왕, '별과 논리학의 군주'가 '예제공'의 맞춤법을 지적합니다.]
[마왕, '정욕과 격노의 마신'이 흥미로운 표정을 짓습니다.]

대체 언제들 몰려왔는지 무수한 마왕들이 대결을 지켜보고 있었다.

나는 73좌의 마왕 중 최하위인 '73번째 마왕'. 그런 내 도전을 거부한다면 스타 스트림의 놀림거리가 될 것이 뻔했다.

세 마왕이 가공할 격을 일으키고 있음에도 전혀 두렵지 않았다. 오히려 그들을 보며 한없이 침착해질 뿐이었다.

「언젠가의 유중혁도 이런 기분이었을까.」

치욕스러운 표정의 안드로말리우스가 입을 열었다.

[도전을 받아들이지.]

그러나 나는 고개를 저었다.

[넌 빠져. 너한테 신청한 거 아니니까.]

[뭐라?]

[안드로말리우스, 넌 72위잖아.]

나는 손가락으로 녀석 뒤에 있는 또 다른 마왕을 가리켰다.

[난 저기 있는 67위, '연주하는 일각공' 암두시아스한테 신청한 거야.]

어차피 싸울 거면 조금이라도 랭킹이 높은 녀석을 죽이는 편이 낫지.

내 말에 얼굴이 붉게 변한 안드로말리우스의 화신체가 괴성을 지르며 달려들었다. 72번째 마계의 가공할 설화가 집약된 주먹이 나를 향해 격을 내뿜었다.

[설화, '천년을 웅크린 뱀'이 이야기를 시작합니다.]

확실히 순위는 낮아도 오래 살아온 만큼 나쁘지 않은 설화였다.

하지만 녀석들은 모른다.

나는 너희보다 훨씬 짧은 역사를 살았지만, 훨씬 치열한 삶을 살았다는 것을.

[거대 설화, '마계의 봄'이 이야기를 시작합니다.]
[거대 설화, '신화를 삼킨 성화'가 웅크린 이빨을 드러냅니다.]

다음 순간, 백청의 전격이 주변을 까마득하게 물들였다.
[책갈피]를 통한 [전인화].

오랜만에 방출하는 백청의 마력이 아주 찌릿찌릿했다.

멀리서 희미한 미소를 짓는 키리오스의 모습이 보였다.

[해당 등장인물과 당신의 수준 격차가 크지 않습니다.]

[등장인물에 대한 당신의 이해도가 스킬을 크게 강화시킵니다!]

[전용 스킬, '전인화 Lv.23(+13)'가 활성화됐습니다.]

[소형화] 없이 [전인화]를 사용하는 것은 오랜만이었다.

[현재 당신의 육체 구성이 해당 등장인물의 육체 구성과 상이합니다.]

[당신의 '격'이 육체 조건의 페널티를 극복합니다.]

안드로말리우스의 주먹은 내 코앞에서 멈춰 있었다. 경악한 눈으로 나를 보던 녀석의 시선이 천천히 자신의 뱃가죽을 향했다.

처참하게 찢겨나간 녀석의 몸통은 절반이 사라졌다.

나는 녀석의 몸에 박힌 검을 뽑으며 말했다.

[일단 72위.]

3

[마왕, '뱀지옥의 군주'가 치명상을 입고 시나리오에서 퇴장합니다.]
[당신은 '마왕 승격전'에서 승리했습니다!]
[당신의 마계 등급이 조정됩니다!]
[당신은 '72번째 마계의 마왕'이 됐습니다!]

나는 잿더미로 스러지는 조진철을 지나치며 곁을 돌아보았다. 그곳에는 아직 정신을 못 차린 두 명의 마왕이 있었다.

하긴 놀랄 법도 하겠지. 서열 최하위 마왕이 일격에 72위를 끝장내버렸으니까.

하지만 이게 현실이다.

[일부 마왕이 당신의 힘에 놀랍니다.]

[마왕, '안락과 흉폭의 마신'이 당신의 격에 침음합니다.]

[마왕, '무가치한 암흑'이 당신의 격에 위협을 느낍니다.]

[성좌, '심연의 흑염룡'이 마왕들의 반응을 조롱합니다.]

모든 성좌가 '거대 설화'를 얻는 것은 아니다.

거대 설화를 얻더라도 대개는 그 쓸모를 충분히 활용하지 못하며, 지분도 형편없이 낮다.

하지만 나는 아니었다. 내 모든 '거대 설화'는 누군가에게 물려받은 것이 아니라 일행들과 함께 만든 '역사'였다.

[거대 설화, '마계의 봄'이 이야기를 계속합니다.]

그리고 그렇게 모인 '거대 설화'는 하나일 때와 둘일 때 완전히 다른 차원의 힘을 보여준다.

[거대 설화, '신화를 삼킨 성화'가 마왕들을 탐욕스러운 눈길로 바라봅니다.]

'부러지지 않는 신념'의 검극에 포세이돈과 맞서던 감각이 아직도 남아 있었다.

나는 멀거니 있는 마왕들을 향해 검을 겨눴다.

[마왕, '거짓과 비밀의 사색가'가 시나리오 이탈을 준비합니다.]

마왕 서열 71위 단탈리온. 과연 눈치 빠르기로 소문난 악마 다웠다.

[어딜 도망갑니까?]

나는 [전인화]와 [바람의 길]을 동시에 발동해 녀석을 붙잡았다.

심지어 이번에는 비형도 나를 도왔다.

[관리국에서 '거짓과 비밀의 사색가'의 시나리오 이탈 제안을 거부합니다.]

[승부는 끝까지 보셔야죠, 마왕님들.]

설마 도깨비가 내 편을 들 줄은 몰랐는지 단탈리온의 눈동자가 커졌다.

안드로말리우스의 패배가 충격이었을까. 나를 뿌리치고 뒷걸음질 치는 마왕의 모습에서는 조금의 품위도 느껴지지 않았다.

역시 70위권 밖 마왕은 죄다 고만고만하다.

운 좋게 마왕이 되어 간신히 최하위권에 매달린 채 '마왕' 직위를 남용하는 떨거지들.

스가가각!

솟아오르는 핏줄기와 함께, 방심하던 화신의 목이 바닥을 굴렀다.

[71위.]

[마왕, '거짓과 비밀의 사색가'가 치명상을 입고 시나리오에서 퇴장합니다.]
[당신은 '마왕 승격전'에서 승리했습니다!]
[당신의 마계 등급이 조정됩니다!]
[당신은 '71번째 마계의 마왕'이 됐습니다!]

나는 마지막으로 남은 '연주하는 일각공' 암두시아스를 바라보았다.

암두시아스가 물었다.

[꼭 이렇게까지 해야 하는가?]

[겁먹으셨습니까?]

[나를 안드로말리우스나 단탈리온과 같은 급으로 보는가?]

내기의 움직임이 달라졌다.

앞서 내게 패배한 두 마왕과 달리 암두시아스에게는 싸움을 준비할 여유가 있었을 것이다.

화신의 머리 위로 일각공의 상징인 외뿔이 자라나 있었다.

[마왕, '연주하는 일각공'이 성유물, '지옥 나팔'을 소환합니다.]

60위권부터는 마왕의 수준이 조금 올라간다.

[전용 스킬, '독해력'이 발동합니다!]

얼핏 느끼기에도 설화의 입체감이 달랐다.

하지만 32위 마왕인 아스모데우스도 이미 만나보았기에 별다른 감흥은 없었다.

아스모데우스 녀석, 아마 지금은 순위가 훨씬 올라갔을 것이다. 마왕 중에도 유독 가파르게 성장하는 녀석이 있고, 아스모데우스 또한 그중 하나니까.

반면 하위권에서 '고여버린' 마왕은 좀처럼 위로 올라갈 기회를 잡지 못한다.

[당신의 격이 크게 상승하여 스킬 '독해력'이 강화됩니다!]

[당신의 스킬이 해당 설화의 구성을 파악합니다!]

암두시아스에게서 느껴지는 설화는 아주 음울하고 낡은 것이었다.

[설화, '지옥의 연주자'가 하품을 하며 당신을 바라봅니다.]

더 이상 뒷이야기가 궁금하지 않을 만큼 지루하고 긴 설화.

저것이 '연주하는 일각공' 암두시아스의 중추를 형성하는 이야기였다.

암두시아스가 물었다.

[뭘 보고 있는 것이냐?]

아까 나는 내가 쌓은 시간이 저들보다 치열하다고 말했다. 사실 그건 틀린 말이었다. 어떤 설화든 치열하던 순간은 있고, 치열함의 비교는 애초에 무의미하다.

이 빌어먹을 스타 스트림에서, 마지막에 이기는 것은 시간뿐이니까.

[그냥, 싸울 수는 있는 건가 싶어서.]

수백 년 시간 속에서 방부 처리 된 성좌는 언젠가 시나리오의 자극에 둔해진다. 점차 새로운 설화를 찾거나 탐구하는 대신, 이미 획득한 설화의 흐름에 자신을 맡겨버리게 된다.

생각하기를 그만두는 것이다.

[설화, '지옥의 연주자'가 마왕, '암두시아스'의 의지를 움직입니다.]

자신이 쌓은 설화의 주인이던 그들은 마침내 자신의 설화에 의해 지배당하게 된다.

[고작 백 년도 살지 않은 존재가 감히 나를 조롱해?]

암두시아스는 알까. 지금 자신이 일으키는 분노가 온전히 자신의 것은 아니라는 사실을.

[설화, '지옥의 연주자'가 이야기를 시작합니다.]

마침내 지옥의 연주회가 시작되었다.

67번째 마계의 충만한 마력으로 채워진 음파가 허공을 덮었다.

"아아아아악!"

연주를 들은 서울시의 화신들이 칠공에서 피를 쏟으며 쓰러졌다.

일각공의 연주는 피와 죽음이 난무하는 '지옥의 오케스트라'라더니, 멸살법이 틀린 게 하나도 없었다.

하지만 나는 물러서지 않았다.

암두시아스는 강하지만 지금의 내가 꺾지 못할 정도는 아니었다.

[거대 설화, '마계의 봄'이 이야기를 계속합니다.]
[거대 설화, '신화를 삼킨 성화'가 이야기를 계속합니다.]

강력한 연주의 파형에 어깨와 옆구리에 상처가 났지만, 개의치 않고 전진했다.

나와 일행들이 쌓아 올린 설화가 나를 지켜주고 있었다.

「그리하여, 신을 삼킨 인간이 자신의 불꽃을 피워냈으니」

'부러지지 않는 신념'에서 성화의 불길이 피어올랐다.

[거대 설화, '신화를 삼킨 성화'가 거친 포효를 시작합니다.]

[거대 설화, '신화를 삼킨 성화'가 다른 설화들에 지배권을 행사합니다!]

내가 가진 설화들이 성화를 중심으로 모여들고 있었다.

[설화, '왕이 없는 세계의 왕'이 동요합니다.]
[설화, '이적에 맞서는 자'가 '거대 설화'를 두려워합니다.]
[설화, '거신의 해방자'가 성화의 불길을 따릅니다.]

서울 전체를 환하게 밝히는 새하얀 불꽃.

전신을 파고드는 개연성의 스파크. 그와 동시에 폭주하는 설화가 검극에서 용솟음치며, 뻗어나갔다. 어둠을 가르며 질주한 성화의 불꽃은 밀려오는 음파의 해일을 장난감처럼 부수고 암두시아스의 화신을 쓸어버렸다.

힘의 약동이 얼마나 거센지 검을 쥔 내 손이 파르르 떨릴 지경이었다.

[거대 설화, '신화를 삼킨 성화'가 당신의 '격'에 실망합니다.]
[거대 설화, '신화를 삼킨 성화'가 더 거센 질주를 원합니다!]
[거대 설화, '신화를 삼킨 성화'가 당신에게 불만을 품고 있습니다.]
[거대 설화, '마계의 봄'이 '신화를 삼킨 성화'를 못마땅하게 생각합니다.]

본래 '거대 설화'는 여타 설화와는 본질적으로 다른 구석이 있다.

강력한 설화는 주인을 선택하고, 막대한 영향을 끼치며, 최후에는 주인 그 자체가 되려 한다.

특히나 이번에 얻은 '신화를 삼킨 성화'는 유독 호전적인 데가 있었다.

만약 내가 조금이라도 빈틈을 보이면 이 녀석은 망설이지 않고 나를 자신의 불길로 먹어치울 것이다.

[거대 설화, '신화를 삼킨 성화'가 탐욕 가득한 눈으로 당신을 노려봅니다.]

[거대 설화, '신화를 삼킨 성화'가 이야기를 마칩니다.]

그 전에 빨리 이 녀석의 고삐를 조여야 할 텐데. 계획을 서두르지 않으면 나 역시 암두시아스와 같은 꼴이 될지 모른다.

성화의 불길이 지나간 곳에 쓸쓸한 연주회의 흔적이 잿더미로 남았다. 어디에서도 마왕의 모습은 찾아볼 수 없었다.

그만큼이나 압도적인 힘의 격차였다.

[마왕, '연주하는 일각공'이 치명상을 입고 시나리오에서 퇴장합니다.]

[당신은 '마왕 승격전'에서 승리했습니다!]

[당신의 마계 등급이 조정됩니다!]

[당신은 '67번째 마계의 마왕'이 됐습니다!]

[당신의 명성이 마계 전체에 널리 알려집니다!]
[소수의 마왕이 당신의 힘에 경악합니다.]

허공에서 도깨비의 웃음소리가 들려왔다.
[대표전 승자가 정해졌군요.]

[서브 시나리오 – '서울 혁명'이 종료됐습니다.]
[보상으로 <김독자 컴퍼니>에 300,000코인이 차등 분배됩니다.]

이어서 간접 메시지도 쏟아졌다.

[절대악 계통의 성좌들이 당신의 전투에 100,000코인을 후원합니다.]
[성좌, '심연의 흑염룡'이 당신의 투쟁을 좋아합니다.]
[성좌, '긴고아의 죄수'가 당신의 성징에 뿌듯해합니다.]
[성좌, '양산형 제작자'가 흐뭇하게 고개를 끄덕입니다.]
[일부 마왕이 당신에게 친선을 제의합니다.]

쏟아지는 메시지 사이로 흙벽 아래 인파의 시선이 느껴졌다. 암두시아스의 공격에 운 좋게 살아남은 생존자들이 이쪽을 보고 있었다. 자신들이 무엇에 이용당했는지조차 제대로 모르는 표정들.
　나는 그들을 향해 입을 열었다.

[처음 뵙겠습니다, 여러분. 제가 바로 '구원의 마왕'입니다.]

등 뒤로 마왕의 날개가 활짝 펼쳐지며 머리에서 마왕의 뿔이 솟았다.

히끅, 놀란 사람들이 비명을 지르며 뒷걸음질을 쳤다.

나는 그런 사람들을 향해 한 걸음 다가가며 말했다.

[흉벽을 개방하세요.]

쿠구구구, 하는 소리와 함께 공장의 흉벽이 강제로 개방되었다.

그토록 넘어오려 애쓰던 장벽이 너무나 허망하게 열리자 사람들은 오히려 당황한 눈치였다.

"무, 무슨……."

[이 안으로 들어오고 싶어하신 것 아닙니까? 얼마든지 들어오십시오.]

"몰아놓고 죽이려는 거지?"

"죽일 거야! 분명 우릴 죽일 거라고!"

공포에 젖은 몇몇 화신은 이미 내 진언에 소변을 지리고 있었다.

나는 그들을 보며 단호한 목소리로 말했다.

[저는 '마왕'이지만, 한 번도 불합리한 이유로 화신을 핍박한 적은 없습니다. 〈김독자 컴퍼니〉가 한 번도 서울을 독점한 적이 없듯이.]

사실 공장 문은 늘 열려 있었다. 우리에게 먼저 거리를 둔 것은 시민들이었고, 공포심을 가진 것 또한 시민들이었다.

['공장'은 당신들을 받아들일 겁니다. 시나리오를 하나씩 올라갈 수 있도록 지원도 아끼지 않을 겁니다. 노력한 만큼 자신의 설화를 쌓을 수 있도록 도와줄 겁니다.]

내 입에서 나오는 말에 사람들의 눈빛이 몽롱해져 있었다. 믿을 수 없다는 표정도 있었고, 거세게 반발하는 이도 있었다.

"그 말을 어떻게 믿지?"

"마, 맞아! 이미 당신들은 너무 강해. 그리고 성좌들은……!"

그 감정을 이해하지 못할 것도 아니었다.

어떤 격차는 경외심을 갖게 만들지만, 어떤 격차는 절망을 품게 만든다.

그리고 방금 전 화신들은 평생이 걸려도 따라갈 수 없을 아득한 설화를 쌓은 존재들을 목격했다.

[늦게 시작했다고 해서 계속 뒤처져 있으리라는 법은 없습니다. 시나리오를 진행하는 속도는 모두 다르니까요. 저도 몇 년 전까지는 당신늘과 같은 처지였습니다.]

하늘의 성좌들이 나를 내려다보고 있었다. 처음 시나리오를 시작할 적만 해도 까마득히 멀리 있던 존재들.

[저 성좌들에 비하면 수백 수천 년이나 뒤처진, 배후성조차 없는 화신이었죠. 그래도 어느덧 여기까지 왔습니다.]

그런 존재들이 이제는 손만 뻗으면 닿을 곳에 있다.

나는 뿔과 날개를 거두며 사람들을 바라보았다.

[제 모습을 똑바로 보십시오. 제가 특별해 보이십니까?]

사람들이 멍한 눈으로 나를 올려다보고 있었다. 내 외양에서 태생적인 특별함의 증거라도 찾아내려는 것처럼.

이윽고 누군가가 중얼거렸다.

"우리도 저렇게 될 수 있다고……?"

[어떤 시나리오도, 끝나기 전에는 어떻게 될지 모릅니다. 끝까지 포기하지 마십시오.]

나는 그 말을 마지막으로 돌아섰다.

[정문은 열어두겠습니다. 원하시는 분은 언제든 와서 도움과 조언을 구하십시오.]

이것은 가짜 희망일지도 모른다. 아마 저들 중 대부분은 별의 자리에 오르기는커녕, 별빛을 마주하는 순간 그 황홀함에 취해 절명하고 말 테니까.

그럼에도 지금 저들에게는 그런 가짜 희망이 필요했다.

누군가가 내 수식언을 중얼거린 것은 그때였다.

"구원의 마왕……."

쓸쓸한 입맛이 혀끝을 맴돌았다.

[마왕, '정욕과 격노의 마신'이 당신의 기만을 좋아합니다.]
[성좌, '타락의 구원자'가 당신에게 적대감을 드러냅니다.]

'구원의 마왕'이라니. 아무래도 스타 스트림은 나만큼이나 작명에 재능이 없는 것이 틀림없었다.

나는 많은 사람이 살아남기를 바라지만 박애주의자는 아니다. 내가 좋아하는 사람만 좋아하고, 아끼는 사람만 아낄 뿐이니까.

"독자 씨!"

멀리서 정희원을 비롯한 일행들이 나를 향해 달려오고 있었다. 나는 그들에게 가볍게 손을 흔들었다.

허공에서 반짝이는 시스템 메시지가 보였다.

[73번째 마계의 주인, <김독자 컴퍼니> 대표 귀하.]

메시지를 건드리려는 순간, 뒤쪽에서 누군가가 말했다.

[읽을 필요 없어요. 이 몸이 직접 왔으니까.]

익숙한 파장의 진언.

나는 눈을 가늘게 뜬 채 녀석을 노려보았다.

[아스모데우스.]

[오랜만이군요, 김독자.]

[그쪽도 순위를 내주러 온 건가?]

[그보단 깊은 전우애를 나누러 온 거죠. 우린 '거대 설화' 지분도 공유하는 동료 아니던가요?]

완전히 틀린 말도 아니었다. 실제로 '마계의 봄'의 소수 지분은 녀석에게 있으니까.

[제가 온 이유는 이미 아시겠죠?]

물론 알고 있었다. 아마 아스모데우스는 앞서 내가 해치운 마왕들과 같은 목적으로 왔을 것이다.

[내가 꼭 참석해야만 하나?]

[어리석은 질문이군요. '종말'과 누구보다 가까운 당신이라면 당연히 답을 알고 있을 텐데.]

나는 침묵하며 아스모데우스의 고요한 눈을 마주 보았다.

[곧 '선악의 이중주'가 시작됩니다. 이제 당신도 '편'을 택할 때가 왔다는 이야기지요.]

나를 보는 그 시선이 묻고 있었다.

너는 '선'인가. 아니면 '악'인가.

아스모데우스만이 아니었다.

나를 중심으로 밤하늘의 별들이 일제히 갈라지고 있었다. 한쪽은 밝은 빛으로, 한쪽은 우중충한 빛으로.

나는 가볍게 한숨을 내쉬었다.

선악의 이중주.

이 시나리오가 시작되었다는 것의 의미는 간단했다.

「이 세계선의 멸망이 이제 얼마 남지 않았다.」

무너진 선악의 균형 속에, 밤하늘의 별들은 하나둘 떨어지기 시작할 것이다.

거대 성운조차 피해갈 수 없는 치명적인 멸망.

내 기억이 맞는다면 이 멸망의 첫 희생양은.

[성좌, '하늘의 서기관'이 당신을 바라봅니다.]

대천사들의 성운, 〈에덴〉이 될 것이다.

4

'선악의 이중주'는 메인 시나리오가 아니다.

분류는 히든 시나리오에 속하고, 엄밀히 따지면 시나리오라기보다 차라리 이벤트에 가깝다.

나는 아스모데우스를 잠시 제쳐두고 일단 일행들을 맞이했다. 무턱대고 시나리오부터 진행하기에는 해야 할 일이 너무 많았다.

"형! 이제 괜찮아요? 아픈 곳은요?"

일행들은 제각기 다른 표정이었지만 눈빛에서 느껴지는 염려는 모두 같았다.

아마 궁금한 것이 많겠지.

나는 기절하기 전의 상황을 떠올리며, 일행들에게 자초지종을 차근차근 설명했다. 어머니를 살리고, 유상아 씨까지 살려낸 대가로 개연성의 후폭풍을 맞은 일까지.

차분히 이야기를 다 들은 정희원이 물었다.

"유상아 씨 영혼을 독자 씨 안에 가뒀다구요?"

"쉽게 말하면 그렇습니다."

"그런 방법이 있었으면 왜 진작……."

"저도 성공을 확신하진 못했거든요."

안도의 한숨과 함께 정희원이 허리를 숙인 채 무릎을 짚었다.

"나, 진짜 상아 씨가 죽은 줄로만……."

"그럼 상아 언니 살아 있는 거야?"

이지혜가 주저앉으며 중얼거렸다. 믿기지 않는다는 듯 몇 번이고 되물었다. 그렁그렁 눈물이 고인 신유승과 이길영. 그 옆에는 곰처럼 우뚝 선 이현성도 있었다.

"살아 있어. 그리고……."

나는 이지혜를 똑바로 바라보며 말했다.

"다시 살려낼 거야."

유상아는 분명 살아 있다. 하지만 지금 상태로는 살아도 살았다고 말하기 어려웠다.

정희원이 물었다.

"어떻게요? 혹시 비유처럼……."

"환생시킬 생각은 맞지만 도깨비로 만들지는 않을 겁니다. 애초에 도깨비가 될 수 있는 존재는 정해져 있어요. '범람의 재앙'은 특별한 경우였습니다."

41회차의 신유승에게는 수천 년 세월 동안 스타 스트림을 떠돌며 쌓은 격이 있었다.

하지만 유상아에게는 그런 격이 없다.

"유상아 씨를 살리려면 어떤 '별'에 가야 합니다. 초월좌 사이에서는 '섬'이라 불리는 곳이죠."

'섬'이라는 말에 멀리서 키리오스가 이쪽을 향해 작은 귀를 여는 것이 보였다. 아마 키리오스는 그 섬에 대해 알고 있을 것이다. 내가 없는 동안 이미 다녀왔을 테니까.

"문제는 지금 당장 그곳에 갈 수 없다는 겁니다."

정희원이 뒤쪽에서 공장을 두리번거리는 아스모데우스를 일별하며 소곤거렸다.

"저 마왕이 가져온 초대장 때문이죠?"

나는 고개를 끄덕였다.

머릿속이 복잡했다. 유상아를 살리러 '섬'에도 가야 하고, '선악의 이중주'에도 참가해야 한다. 당장 더 급한 쪽은……

[성좌, '악마 같은 불의 심판자'가 당신을 바라봅니다.]
[성좌, '악마 같은 불의 심판자'가 당신의 도움을 청합니다.]

설마 우리엘이 이렇게 말할 줄이야. 〈에덴〉의 상황이 그 정도로 안 좋은 건가?

하지만 '선악의 이중주'에 참석하면 유상아의 환생은……

「(독자 씨, 말했잖아요. 퀘스트는 언제나 선행 퀘스트부터 해야 한다고.)」

어?

'유상아 씨?'

「(네.)」

'혹시 아까 절 깨운 게 유상아 씨였습니까?'

「(맞아요.)」

놀라운 일이었다. 어떻게 유상아가 [제4의 벽]을 넘어 나한테 말을 걸었지? 이건 니르바나 녀석도 함부로 못 하는 일인데…….

「(자세한 설명은 나중에 하고, 지금은 당면한 문제에 집중해요. 본론부터 말할게요. 독자 씨는 '선악의 이중주'에 참석해야만 해요.)」

'하지만…….'
유상아는 [제4의 벽] 안에서 멸살법을 읽고 있을 것이다. 그러니 어쩌면, 멸살법을 통해 내 계획을 미리 짐작했을지도 모른다.

「(제 환생은 늦어져도 상관없어요. 모르시겠지만 이 도서관도 꽤 편안한 곳이거든요.)」

'그래도……'

「(그리고 제 생각엔, 오히려 '선악의 이중주'에 참석해야 다음 메인 시나리오로 향하는 텀을 줄일 수 있을 것 같은데, 아닌가요?)」

그 말이 맞았다.

'조금만 더 견뎌주세요, 유상아 씨. 금방 다시 살려드리겠습니다.'

희미하게 웃는 유상아의 미소가 아른거렸다.

나는 일행들을 돌아보며 현 상황을 간략히 설명했다.

"아직 지난 시나리오의 여파도 끝나지 않았는데 벌써 새로운 일을 벌여 죄송합니다. 하지만 이 시나리오에는 꼭 참가해야 합니다."

내 말을 들은 이현성이 가슴을 탕탕 치며 말했다.

"독자 씨, 저는 상관없습니다. 이미 쉴 만큼 쉬어서 빨리 몸을 움직이고 싶습니다."

"그건 현성 아저씨나 그렇겠죠. 난 모처럼 좀 쉬나 싶었는데……"

"우리 전부 가는 건가요?"

"설화 씨와 공필두는 두고 가야 할 것 같습니다. 공단을 관리할 최소한의 인원은 필요해서요."

그리고 다음 순간, 허공에서 빛살이 번뜩였다.

['선악의 이중주'가 당신을 부릅니다.]

"아무래도 시작된 것 같군요."

메시지와 함께 나와 일행들의 몸이 빛살에 휩싸였다.

시나리오로 강제 전송이 시작된 것이다.

¤ ¤ ¤

'선악의 이중주'는 말 그대로 선과 악의 연회다.

하나의 긴 시나리오 시즌이 끝나고, 그간 있었던 시나리오의 '선악'을 판별하는 연회.

대체 그런 행위가 무슨 의미가 있는가 싶지만, 어떤 성좌에게 그 '판별'은 매우 중요한 의미를 지닌다. 왜냐하면 선악의 총체적인 판별 결과에 따라 다음 분기에 이어질 절대선과 절대악의 위상이 달라지는 까닭이다.

[이만한 규모의 연회는 오랜만이군요.]

"그쪽은 자주 와봤을 텐데?"

[나도 늘 참석한 것은 아닌지라. 이번에는 좀 이례적일 정

도로 규모가 크군요.]

성대한 연회장의 외경을 바라보며 아스모데우스가 떨떠름한 웃음을 흘렸다.

실제로 연회는 규모도 규모지만 입장부터 심상치 않았다.

멀리서 성채의 도개교가 내려오며 무수한 인파가 소리를 지르고 있었다. 도개교를 지나는 성좌와 화신들을 성류 방송에 내보내기 위해 대기 중인 도깨비들. 거기다 스타 스트림의 독립 언론사에 소속된 성좌들까지.

아스모데우스가 말했다.

[그럼, 나 먼저 입장하죠. 너무 불편하게만 생각지 말고 마음을 편하게 가지기 바랍니다. 무엇보다 그대는 이번 시즌의 '유력한 수상 후보'니까.]

수상 후보?

내가 뭐라 답하기도 전에, 손가락을 튕긴 아스모데우스의 의상이 화려한 검은색 프릴 드레스로 바뀌었다. 녀석은 우아한 걸음걸이로 도개교를 건너 연회장으로 입장했다.

[정욕과 격노의 마신!]

[마왕 아스모데우스가 왔다!]

쏟아지는 셔터 소리와 함께 도개교가 환한 빛으로 물들었다. 도깨비를 향해 눈웃음을 흘린 아스모데우스가 매혹적인 얼굴로 내 쪽을 돌아보았다.

새삼 아스모데우스가 얼마나 대단한 존재인지 실감 났다.

아스모데우스의 걸음마다 녀석이 싸운 전장의 영상이 흘렀다. 내가 알지 못하는, 녀석의 무수한 승격전들.

〈마왕 '정욕과 격노의 마신' – 현재 마왕 서열 13위〉

얼마 전까지만 해도 32위이던 녀석은 어느새 순위권 피라미드의 최상위권에 올라 있었다. 그야말로 엄청난 승격인 셈이었다.

"우리도 입장하죠."

나는 일행들을 돌아보며 말했다. 그런데 다들 표정이 심상치 않았다.

"아저씨. 우리도 들어가도 괜찮은 거야?"

"도, 독자 씨. 저, 이런 곳인 줄은 미처 모르고 아까 그런 호언을……."

그나마 〈에덴〉에 방문해본 정희원은 심호흡하며 평정을 찾고 있었지만, 나머지 일행들은 상태가 자못 심각했다.

이지혜는 불안한지 손톱을 뜯었고, 이현성은 소변이 급한 큰 곰처럼 어깨를 떨었다. 신유승과 이길영은 내 양손을 꼭 쥐었다.

"괜찮습니다. 우리도 초대를 받았으니까요."

나도 긴장되기는 마찬가지지만 일행들을 안심시키기 위해 웃으며 말했다.

"주눅 들지 마세요. 우리 그동안 열심히 싸워왔잖아요. 저들이 우리를 어떻게 생각하든 그런 건 중요한 게 아닙니다. 우리가 스스로 부끄럽지 않은 역사를 쌓았는지가 더 중요하죠."

"독자 씨 말이 맞아요. 까짓것, 저게 뭐라고. 우리도 빨리 입장해요."

정희원의 박력에 다른 일행들도 정신을 차리는 듯 보였다. 볼이 발갛게 물든 이지혜가 손으로 자신의 뺨을 탁탁 쳤다.

대강 준비가 끝나자, 나는 일행들과 함께 도개교를 향해 곧장 걸어갔다.

흑요석과 다이아몬드를 비롯해 휘황한 보석으로 뒤덮인 다리. 그리고 도개교 아래를 흐르는 설화의 강.

아스모데우스를 비롯한 유명 성좌가 막 지나간 후이기 때문에, 우리가 나타났음에도 인파는 별달리 주목하지 않는 눈치였다.

정확히는 그랬으면 싶었다.

[앗, 저자는!]

['구원의 마왕'이다!]

이제 수식언이 제법 알려진 까닭인지, 몇몇 성좌가 나를 알아보았다. 그와 동시에 방송을 진행하던 도깨비들이 동시에 이쪽을 돌아보았다. 탄성은 작은 박수처럼 시작해서 이내 도개교 전역으로 퍼져나갔다.

[〈올림포스〉의 대적자!]

[〈김독자 컴퍼니〉가 왔다!]

이목이 쏠린 것은 순식간이었다.

어마어마한 시선이 한꺼번에 쏟아지자, 간신히 걸음을 이어가던 일행들도 무척 당황한 눈치였다. 심지어 몇몇 성좌는 도개교 사이로 끼어들어 손을 내밀기도 했다. 곳곳에서 쏟아지는 메시지와 함께 플래카드들이 흔들리고 있었다.

—잘생겼다 김독자!
—9158 FOREVER

가능하면 일행들이 그쪽을 보지 않았으면 했는데, 기어코 정희원이 내게 한마디를 던졌다.

"독자 씨, 완전 아이돌인데요?"

"그러는 희원 씨도 저 못지않으십니다만."

[멸악의 심판자! 네 시나리오 잘 보고 있어!]

[희원 언니 너무 멋져요!]

[강철검세의 사랑을 응원합니다!]

깜짝 놀란 이현성이 질겁하며 말했다.

"도, 독자 씨! 제 얘기도 있습니다."

—'한국 역사 보존 전우회'는 충무공의 후예 이지혜를 응원한다.

이지혜가 인상을 찌푸렸다.

"저 아저씨들은 뭐야."

—신유승☆이길영 '베스트 케미상' 기원!

내 손을 잡은 신유승이 강하게 힘을 주는 게 느껴졌다.

"아저씨, 저 갑자기 속이 안 좋아요."

"왜 내가 신유승이랑……."

지난번 〈기간토마키아〉로 인해 우리 성운의 인지도가 올라간 건 알고 있었다. 실제로 '양산형 제작자'도 그렇게 말했고.

그런데 이렇게 엄청난 반응이 일어날 줄은 상상도 못 했다.

['구원의 마왕', 한 말씀 해주시죠!]

[이번 시즌의 유력한 수상 후보로 지목되셨는데 기분이 어떠십니까?]

여기저기서 들이대는 마이크 때문에 공황이 올 지경이었다. 생각해보면 살면서 이만한 주목을 받아본 것은 처음이었다.

그때, 도깨비들로 난처해진 나를 구해준 이가 있었다.

[■■, 다들 안 꺼져?]

특유의 화려한 백금발이 허공에 퍼져나가며 에메랄드빛 눈동자가 서슬 퍼런 격을 발했다.

[도, 도망가!]

[미친 천사다!]

갈라지는 도깨비들 사이로, 검은 실크 드레스의 대천사가 나를 향해 손을 뻗었다.

[김독자! 어서 와!]

우리엘이 와락 안겨들며 품에 볼을 비볐다.

나는 반가움과 민망함을 동시에 느끼며 우리엘을 떼어냈다.

"우리엘, 오랜만입니다."

[응응!]

반짝이는 우리엘의 눈동자를 보고 있으니 나까지 기분이 좋아졌다.

이렇게 반가워해주다니 고맙긴 한데.

〈에덴〉이 위험에 처했다고 날 부른 거 아니었나?

"저기요? 여기, 자기 화신은 안 보이시나요?"

[희, 희원아! 하하핫! 물론 희원이도 반갑지이! 자아, 입장 하자고!]

어설프게 말을 돌린 우리엘이 가로막는 인파들을 치워버리고 우리를 연회장으로 안내했다.

홀 내부로 들어서며 펼쳐진 정경에는 나도 모르게 감탄사가 흘러나왔다.

쿠구구구.

그저 바라보는 것만으로도 전율하게 되는 마왕과 성좌들이 두 개의 롱 테이블을 중심으로 앉아 있었다.

왼쪽에는 72좌의 마왕―이젠 73좌겠지만―을 비롯한 절대악 성좌들이, 오른쪽에는 〈에덴〉의 대천사를 비롯한 절대선 계통의 성좌들이 앉아 있었다.

그리고 우리의 입장과 함께, 그곳의 모든 존재가 나에게 집중했다.

내게 두 테이블 중 어느 쪽에 앉을 것이냐고 묻는 듯한 시선들.

[마왕, '별과 논리학의 군주'가 당신의 선택에 주목합니다.]
[마왕, '검은 갈기의 사자'가 당신의 선택을 궁금해합니다.]
[성좌, '하늘의 서기관'이 당신을 지켜봅니다.]
[성좌, '새벽 별의 여신'이 당신을 바라봅니다.]

안타깝게도 이번만큼은 다른 선택지가 없어 보였다.

5

가볍게 한숨을 내쉰 나는 생각했다.

딱히 어느 쪽을 선택할 생각은 없지만 일단 지금 나는 '마왕'이다.

그러니 자연히 앉아야 할 테이블은…….

꾸욱.

[자자, 이리로 와. 내가 미리 자리 깔아놨어.]

내게 팔짱을 낀 우리엘이 나와 일행들을 데리고 어딘가로 향하기 시작했다.

나는 당혹감을 느끼며 우리엘에게 질질 끌려갔다.

아주 자연스럽게 대천사가 있는 테이블로 나를 이끄는 우리엘.

반대편 테이블에서 마왕들이 나를 노려보고 있었다.

"아니, 잠깐만요. 우리엘. 저는⋯⋯."

나는 얼떨결에 우리엘 옆 좌석에 앉았고, 일행들은 내 뒤쪽 좌석에 차례대로 앉았다.

내 앞에 앉아 있던 라파엘이 어이없다는 듯 돌아보았다.

[님 마왕 아니심?]

"저, 그게⋯⋯."

그러거나 말거나 내 왼편에 앉은 우리엘은 희희낙락한 모습이었다.

[좋아, 좋아.]

뭔가 이상한 느낌이 들어서 오른쪽을 돌아보자, 생각지도 못한 인물이 있었다.

"뭐야, 네가 왜 여기 있어?"

대체 언제 왔는지 유중혁이 특유의 무시무시한 살기를 풍기며 앉아 있었다. 또 그 옆에는 알 수 없는 표정으로 나를 바라보는 메타트론도 있었다.

자리 배치를 보아하니 유중혁은 메타트론이 데려온 듯한데⋯⋯ 뭔가 불길한 예감이 드는 것은 기분 탓일까?

나를 일별한 메타트론이 절레절레 고개를 흔들며 우리엘을 타박했다.

[우리엘, 그대의 마음은 이해하지만 '구원의 마왕'은 '마왕'입니다.]

[얘가 어딜 봐서 마왕이에요, 서기관.]

[수식언부터 마왕입니다. 돌려보내세요.]

[싫어요.]

우리엘과 메타트론의 투닥거림과 동시에, 홀 중앙에서 사회를 맡은 도깨비가 나타났다. 뿔 개수와 크기를 보아하니 상급 도깨비인 듯했다.

[자, 지금부터 식순을······.]

도깨비의 시선이 정확히 나에게 멈춰 있었다.

[흠. 앞서 공지를 드렸는데 지키지 않는 분이 계시는군요. 성좌님과 마왕님은 '전용 좌석'을 지켜 앉아주시면 감사하겠습니다.]

나는 무심코 내 자리에 적힌 수식언을 확인했다.

['타락의 구원자' 님 전용 좌석]

하필 앉아도 이 자식 자리였나. 미카엘은 참석하지 않은 모양이군.

나는 황급히 자리에서 일어나 뒤쪽 일행들을 돌아보며 말했다.

"여러분은 그냥 이쪽에 계십시오. 그게 더 안전할 겁니다."

"그럼 독자 씨는요?"

"전 괜찮습니다. 다들 너무 긴장하지 말고, 연말 시상식 같은 거라고 생각하세요. 그동안 고생했으니 가끔은 이런 시나리오도 있어야 하지 않겠습니까."

말은 그렇게 했지만 나는 여전히 긴장을 놓을 수 없었다.

원작 전개대로라면 이번 '선악의 이중주'를 계기로 선악의 균형이 흐트러지게 되니까.

히잉, 하며 나를 올려다보는 우리엘에게 미소를 지어준 후, 모두의 주목을 받으며 홀 중심을 혼자서 건너갔다.

[마왕, '예제공'이 당신을 덜떨어진 마왕이라 생각합니다.]
[성좌, '새벽 별의 여신'이 어이없다는 듯 고개를 젓습니다.]
[마왕, '강령의 마신'이 당신의 품격을 의심합니다.]

입학식 날 혼자 다른 반에 가서 앉아 있었던 때 이후로 이런 기분을 느낀 것은 정말 오랜만이었다.

[성좌, '심연의 흑염룡'이 당신의 멍청함을 좋아합니다.]

심연의 흑염룡? 이 자식도 와 있는 건가?

잠시 후 나는 간신히 내 지정 좌석을 찾아냈다.

[이거 우연이군요. 또 짝꿍이 되다니.]

하필 아스모데우스 옆자리였다.

"기분 나쁜 소리 하지 마."

그리고 연회가 시작되었다.

첫 번째 순서는 간단한 다과를 즐기며 특별 게스트 공연을 보는 것이었다. 식순만 보면 정말로 연말 시상식 느낌이 물씬 풍겼다.

나는 눈앞 접시에 놓인 스테이크를 내려다보았다.

「필레산 최고급 소드마스터의 절규」

하여간 취향은 여전하시구만.

나는 포크를 내려놓고 번쩍거리는 무대를 바라보았다.

특별 게스트 공연이라…… 또 무슨 화신들이라도 섭외한 모양이었다.

[오늘 무대는 매우 특별합니다. 평소 섭외하기 위해 부단히 애써왔지만 한 번도 응해주시지 않던 분들이거든요.]

누구길래?

[소개합니다! '술과 황홀경의 신'! 그리고 '사랑과 미의 여신'!]

뭐?

화려한 조명과 함께, 슈트를 입고 다이아몬드 장갑을 낀 디오니소스와 블랙 점프 슈트를 입은 아프로디테가 무대에 등장했다.

그리고 음악이 흐르기 시작했다. 뒤쪽을 보니 오르페우스의 대악단이 음악을 연주하고 있었다.

[워~ 화려한 조명은 나만의 것.]

노래를 시작하는 디오니소스. 노래는 계속되었다.

[너희는 절대 흥을 깨선 안 돼─ 노, 노, 노. 안 되지 안 돼.]

당최 무슨 노래인지 모르겠다.

성좌들은 뜻밖의 이벤트에 신난 듯했다. 특히 아프로디테와 그녀의 화신들이 보여준 박력 넘치는 군무에 모두 환호하는 눈치였다.

몇몇 성좌가 디오니소스를 향해 포크를 던지는 게 보였다.

그러고 보니 〈기간토마키아〉가 끝난 뒤 디오니소스가 그런 말을 했다.

—너희 때문에 당분간 우리 〈올림포스〉 고생 좀 하겠다.

설마 그게 이런 의미일 줄은 몰랐다. 아마 이번 게스트 출연료로 디오니소스와 아프로디테는 막대한 코인을 받을 것이다.

〈올림포스〉 성좌의 드높은 자존심을 생각하면 얼마를 받든 수치스럽기는 마찬가지겠지만.

[워어! 흥을 깨지 마! 흥을…… 감사합니다! 앞으로도 우리 〈바쿠스와 여신도단〉 많이 사랑해주세요!]

한동안 음식물 세례를 얻어맞던 디오니소스가 머리에 스파게티를 얹은 채 웃으며 퇴장했다. 저렇게 신나게 웃고 있다니…… 연기인지 아닌지 알 수 없었다.

무대 공연이 이어지는 동안 나는 주변에 앉은 마왕을 관찰했다. 물론 관찰당하고 있는 것은 나 역시 마찬가지였다.

특히 하위권 마왕들의 눈빛은 노골적이었다.

[마왕, '시체를 철학하는 군주'가 당신을 경계합니다.]

[마왕, '금단을 보는 눈동자'가 당신을 견제합니다.]

하루 만에 순위가 73위에서 67위로 격상되었으니 그럴 법도 했다. 녀석들은 언제 내가 '승격전'을 요청할지 몰라 전전긍긍하고 있을 것이다.

[자, 그러면 슬슬 시상식을 진행하겠습니다.]

나는 자세를 고쳐 앉았다. 아무래도 지금부터가 진짜인 듯했다.

[좋은 설화란 성좌와 화신 사이의 긴밀한 협력을 통해 만들어지죠. 그런데 이번 시즌에는 성좌와 화신뿐만 아니라, 화신과 화신 간에도 훌륭한 케미를 보여주신 분들이 있습니다. 그래서 그분들을 위한 '작은 시상'을 준비했습니다.]

성좌들의 환호가 홀을 가득 채웠다. 원작에 이런 내용도 있었나?

[이번 시즌의 '베스트 케미상' 후보들입니다!]

그와 동시에 영상들이 떠올랐다.

후보군 중 몇몇 인물이 무척 익숙했다.

―무리야. 저건 절대로 안 된다고.

―어차피 이대로면 죽어.

화면에 떠오른 것은 두 아이였다.

[첫 번째 후보, 화신 '신유승'과 화신 '이길영'!]

갑작스레 쏟아진 스포트라이트에 신유승과 이길영이 눈을 휘둥그레 떴다.

이건 나도 예상치 못한 일인데.

그러고 보니 아까 도개교 넘을 때 베스트 케미상 어쩌고 하는 플래카드를 본 것 같았다.

화면에 소개된 영상은 언젠가 암흑성에서 '키메라 드래곤'을 길들이던 모습이었다. 괴수들의 파도를 헤치고, 용기를 내 드래곤을 향해 나아가는 두 아이. 어쩐지 뭉클해지고 말았다.

후보 소개가 계속되었다.

[두 번째 후보, 화신 '정희원'과 화신 '이현성'!]

또 우리 성운?

―희원 씨. 잠시, 실례하겠습니다.

자료 화면은 언젠가 이현성이 [강철화]를 익히던 순간의 영상인 듯했다.

니르바나에 의해 폭주하는 정희원의 [지옥염화]를 소화消火하기 위해, 몸 바쳐 자신을 희생하던 이현성의 모습.

테이블 건너편으로 얼굴이 새빨개진 이현성과 이마를 짚은 정희원이 보였다.

저렇게 보니 둘이 제법 잘 어울리는 것 같기도 하고.

[이어서 세 번째 후보입니다!]

잠시 후 화면에 떠오른 장면을 목격한 나는 경악했다.

뭐야 저거?

―김독자, 기회는 한 번뿐이다.

―내겐 늘 한 번뿐이었어.

자료 화면이 나오자 우리엘과 〈에덴〉의 대천사들이 함성을 질렀다.

화면에 나온 두 사람은 나와 유중혁이었다. 아무래도 헤라클레스를 해치우기 위해 함께 창을 던지던 순간인 것 같았다.

도깨비가 웃으며 말했다.

[최근 가장 떠오르는 세 번째 후보, 성좌 '구원의 마왕'과 화신 '유중혁'입니다!]

테이블 건너편에서 유중혁이 있는 대로 인상을 구겼다.

저 자식이. 나는 좋은 줄 아냐?

나와 시선이 마주친 이지혜와 정희원은 뭐가 웃긴지 깔깔거리다 뒤로 넘어가고 있었다.

[자, 그럼 영광의 주인공을 발표하겠습니다!]

나는 속으로 기도했다. 3번은 안 된다. 3번은 안 돼.

두구두구두구!

[이번 시즌의 베스트 케미는 화신 '신유승'과 화신 '이길영' 커플입니다!]

터지는 폭죽과 함께 발표되는 이름.

다행히 성좌들은 올바른 판단을 내려주었다. 천사들의 탄식과 함께, 이길영과 신유승이 우물쭈물 무대로 걸어나갔다.

"에, 어. 그러니까…… 이런 상을 주셔서…… 감사하고요……."

엄청나게 긴장한 신유승이 말을 더듬으며 내 쪽을 바라보았다.

갑자기 마이크를 빼앗은 것은 이길영이었다.

"독자 형 사랑해요!"

"사랑해요 아저씨!"

"〈김독자 컴퍼니〉 최고!"

대천사들은 그런 아이들이 귀엽다는 듯 박수를 보냈다. 사이좋게 상금과 상패를 받은 아이들은 투덕거리며 자리로 돌아갔다.

[험험. 그럼 계속해서 시상에 들어가도록 하죠.]

'베스트 케미상'이 특별했을 뿐, 사실 '선악의 이중주'에서의 시상은 대부분 '거대 설화'에 주어지는 것이었다. 그 때문에 이번 시즌에 괜찮은 '거대 설화'를 얻은 주요 후보는 무척 긴장한 모습이었다.

상금도 상금이지만, 이곳에서 받은 '상패'는 모두 격을 높여주는 성유물이다. 그러니 성좌들이 환장하지 않을 수 있나.

곁에 있던 아스모데우스가 눈웃음치며 속삭였다.

[기대되지 않나요? 당신이 무슨 상을 받게 될지.]

"내가 받을 턱이 없잖아."

받아봤자 고작 신인상이겠지. 애초에 이런 시상식에서 신인 마왕인 내게 큰 상을 줄 턱이 없었다.

아스모데우스의 표정이 기묘했다.

[그렇게 생각하십니까?]

나는 고개를 절레절레 흔들며 이어지는 시상을 지켜보았다. 수상 여부는 둘째 치고 마음이 편하지 않았다.

애초에 '선악의 이중주'는 단순 '시상식'이 아니기 때문이다.

선악의 이중주.

시나리오의 선악을 판단하는 선과 악의 연회.

말이 연회지, 사실 이 이벤트는 일정한 주기로 펼쳐지는 '절대선'과 '절대악'의 자존심 대결이었다.

우주 각지에서 펼쳐진 '거대 설화'의 정경이 허공에 떠오르고 있었다.

[신악상新惡賞 수상작은 거대 설화, 「치우의 후예」입니다!]

치우의 후예. 〈황제〉쪽에서 발생한 거대 설화였다. 아마 회신 '페이후'가 참가한 설화일 것이다.

지금부터 상을 받을 '거대 설화'는 모두 '선'과 '악' 구도로 나뉜다.

즉 '선'에서 주는 상과 '악'에서 주는 상이 다른 것이다.

페이후는 악인으로 판단됐으니 마왕들이 상을 주는 거겠지.

[신선상新善賞 수상작은 거대 설화, 「스핑크스의 수호자」입니다!]

스핑크스의 수호자. 〈파피루스〉의 거대 설화였다.

아마 '란비르 칸'이 받겠군.

란비르 칸은 자신의 것을 아낌없이 베푸는 선인인 만큼, 절대선 계통의 지지를 받은 듯했다.

[수상자는 앞으로 나와주십시오!]

대표로 나온 페이후와 란비르 칸이 간단한 수상 소감을 말했다.

일대일 격투의 달인인 페이후.

그리고 대군 전투의 귀재인 란비르 칸.

지금쯤 거대 설화 시나리오에 돌입했을 거라고 생각은 했지만, 벌써 저런 대단한 설화를 모으다니 놀라웠다. 역시 멸살법의 주요 등장인물은 다르다.

[자, 다음 순서는…….]

신인상 순서가 지나가고, 각 분야 우수상 시상이 이어졌다.

한 번은 악이, 한 번은 선이. 마치 나눠 갖기라도 하듯 주어지는 상들.

아마 몇 개는 일부 성좌의 입김이 강하게 들어갔을 것이다. 이것이 바로 스타 스트림의 성좌들이 선과 악의 균형을 맞추는 방식이니까.

[먼저 이 상을 주신 절대악 계통 성좌 및 마왕님들께 진심으로 감사드립니다. 모성에 계신 배후성님, 채널을 운영해주신 도깨비님, 그리고…….]

기나긴 우수상 수상 소감까지 끝나자, 나는 기분이 조금씩 이상해졌다. 당연히 이쯤에서 상 하나 정도는 받을 줄 알았는데 순서가 훌쩍 지나가버린 까닭이었다.

아무리 그래도 〈김독자 컴퍼니〉 정도면 신인상 정도는 줄 만하지 않나? 그래도 우리가 만든 설화가 있는데.

[이번 시즌의 최우수상 수상작은, 거대 설화…….]

최우수상은 안나 크로프트의 '차라투스트라'였다.

사정상 참석을 못 했는지, 셀레나 킴이 대신 수상 소감을 읊었다.

생각해보니 원작에서도 이 연회의 최우수상은 안나 크로프트였지.

어느새 남은 것은 대상뿐. 그쯤 되자 나는 뭔가 두려워지기 시작했다.

「'선악의 이중주'에서는 '대상'의 발표를 통해 그 해의 '선악 균형'이 가려진다.」

이 연회에서 가장 중요한 것은 '대상'이다.

지금까지의 상과 달리 대상은 선악을 통틀어 오직 하나뿐.

즉 대상이 어떤 설화인지에 따라 선과 악의 권력 위상도 결정되는 것이다.

이번 시즌의 가장 위대한 설화는 선인가, 아니면 악인가.

주변을 둘러보니 웃고 떠들던 마왕과 천사들 표정이 긴장으로 물들어 있었다.

[이번 시즌의 대상 수상작은―]

그리고 도깨비의 입술이 열렸다. 녀석이 토해내는 음절을 들으며, 나는 현실감이 조금씩 사라지는 느낌이 들었다.

세상의 균형이 삐거덕거리고 있었다.

[성운 <김독자 컴퍼니>의 거대 설화, 「신화를 삼킨 성화」입니다.]

66
Episode

선악의 저편

1

처음에는 잘못 들었다고 생각했다.

하지만 마왕들의 시선이 쏟아지고, 아스모데우스가 내게 박수를 치고, 얼떨떨한 일행들의 표정을 보며— 그제야 조금씩 실감이 나기 시작했다.

〈김독자 컴퍼니〉가 대상을 받았다.

기쁨보다는 불안한 마음이 앞섰다.

대상이라고? 우리가?

다른 곳도 아니고, 이 '선악의 이중주'에서?

불안의 정체는 곧 밝혀졌다.

[올해의 수상작은, 아직 선악이 판별되지 않았습니다.]

몇몇 마왕과 성좌가 동시에 술렁였다.

[선악이 판별되지 않다니 그게 무슨 말인가?]

도깨비가 곧바로 대답했다.

[역대 대상 수상작은 대도깨비들과 절대선, 절대악의 성좌가 합의해 정해왔죠. 그런데 이번에는 처음으로 결론이 나질 않았습니다.]

[결론을 내지 못했다고? 그 '대도깨비'들이?]

성좌와 마왕들은 모두 당황한 얼굴이었다.

절대선이나 절대악에 속한 성좌야 당연히 팔이 안으로 굽었겠지만, 대도깨비도 합의하지 못했다니.

['선악의 이중주'가 만들어진 이래 그런 적은 한 번도 없네. 아니, 성마대전聖魔大戰이 종료된 이후 처음 있는 일이야!]

[판별할 수 없다니? 그런 이야기가 있을 리 없다. 선악의 저울은 어느 쪽으로든 기울 수밖에 없어!]

흥분한 성좌와 마왕들의 고성이 오갔다.

그들의 말이 이해되지 않는 것도 아니었다. 거대 설화 시나리오는 대부분 성운들의 합의나 조작으로 승자가 결정된다.

〈기간토마키아〉가 일종의 관광 상품으로 팔려나갔던 것처럼, 다른 거대 설화 시나리오 또한 우선주優先株가 팔려나가듯 선악의 승패가 이미 정해져 있는 것이다.

그런데 〈기간토마키아〉를 무너뜨리고 만들어진 우리의 설화는, 그 탄생 경위가 완전히 달랐다.

다른 곳도 아니고 무려 〈올림포스〉에서 시행하는 거대 설화 시나리오가 무너지며 탄생한 설화. 애초에 예정에 없던 설화였으니 선악을 미리 결정할 수도 없었다.

이 상황이 재미있다는 듯 도깨비가 웃었다.

[뭐, 대도깨비님들 의견을 저 같은 것이 어찌 알겠습니까? 아무튼 이번 대상은 이 자리에서 '선악' 판별을 직접 내리게 됐습니다. 의견이 있으신 분들은 손들어 발표해주십시오.]

그제야 도깨비의 의도가 무엇인지 선명하게 드러났다.

이 망할 자식들이.

애초에 이 녀석들에게 〈김독자 컴퍼니〉의 수상 여부는 중요한 일이 아니었다. 중요한 것은 우리가 쌓은 설화의 선악 여부이고, 그로 인해 달라질 자신들의 위상이었던 것이다.

[당연히 그 설화는 '악'이다.]

가장 먼저 입을 연 것은 서열 50위의 마왕 '예제공'이었다.

예제공. 그의 진명은 50번째 마계의 주인인 '푸르카스'다.

['구원의 마왕'은 '마왕'이지. 덜떨어진 마왕이긴 하지만 어쨌든 그는 마계의 주인이다. 고로 그의 모든 행동은 악할 수밖에 없다.]

과연 맞춤법도 제대로 못 지키는 예제공답게 한심한 논리였다.

반대편 진영에서 누군가 손을 들었다.

[그 의견엔 이의가 있심.]

'젊은이와 여행의 수호자', 라파엘이었다.

라파엘은 쯧쯧, 혀를 차며 손가락을 내젓더니 이야기를 시작했다.

[물건을 훔치고 악인이 된 사람이 있다고 쳐보셈. 세상 모두가 그를 악인이라 불렀고 그렇기에 그는 악인이 되었음. 그런데 이 악인이 알고 보니 훔친 돈으로 사람들을 구했던 거임. 가난한 사람에겐 빵을 주고, 목마른 이에겐 물을 주며 수많은 사람을 살렸다면?]

나는 라파엘의 주장에 고개를 끄덕였다.

[그래도 그 사람은 계속 '악인'인 거임? 한번 '악인'으로 규정되었으니까?]

[글쎄, 그건…… 그러니까.]

언변이 떨어지는 예제공은 라파엘의 논리에 말려들었다.

그때 내 곁에 있던 마왕이 손을 들어 예제공을 도왔다.

[지금 이곳에서 '선한 악인의 역설'을 논해보자는 건가요?]

아스모데우스의 붉게 물든 동공이 격앙되어 있었다.

그러고 보니 아스모데우스는 라파엘에게 빚이 있었지.

라파엘이 고개를 끄덕였다.

[원한다면 못 할 것도 없심.]

구름 침대에 엎드린 라파엘이 허공에 손가락을 튕겼다.

그러자 무대의 대형 스크린에 나와 일행들이 〈기간토마키아〉를 수행하는 장면이 흘러나오기 시작했다.

화면을 보며 라파엘이 말을 이었다.

[결국 존재란 설화로 만들어지는 것이고, 설화는 존재가 행한 사건의 총체로 만들어지는 것임. 그런데 아무리 봐도 이 설

화에 누적된 사건에서는 악을 찾아보기는 힘듦.]

「선한 악인의 역설」

이 역설은 모든 존재의 '선악'이 곧 그 존재가 쌓은 이야기로 규정된다는 함의를 품고 있었다.

라파엘은 분할 화면들을 가리키며 입을 열었다.

첫 번째 화면은 내가 명계에 방문해 거신을 해방시키는 장면이었다.

['구원의 마왕'은 부당하게 억압받던 시나리오의 약자들을 해방시켰음.]

두 번째 화면은 일행들이 파천검성과 함께 관광지로 변한 〈기간토마키아〉에 저항하는 장면이었다.

[〈김독자 컴퍼니〉의 구성원들은 〈기간토마키아〉의 불합리한 시나리오 구성에 반발했음.]

마지막 화면은 역시나 나와 일행들이 성화를 불태워 신화급 성좌인 포세이돈과 대적하는 장면이었다.

[그들은 거대 성운의 지배 체제를 전복하기 위해 불가항력의 대상과 맞서 싸웠음. 보셈. 지금까지 일어난 사건의 어느 구석에서 '악'을 찾을 수 있다는 거심?]

장면 디테일을 들어 조목조목 설명하는 라파엘의 화법에, 다수의 성좌가 고개를 끄덕였다.

반면 마왕들은 표정이 일그러져 있었다.

정확히는 아스모데우스를 제외하면 그랬다.

[재미있군요. 이토록 천사들에게 비호를 받으니 어쩌면 '구원의 마왕'은 정말로 '선한 마왕'일지도 모르겠어.]

[인정하는 거임?]

[아뇨. 당신 말에는 허점이 있으니까. 일단 당신 말대로 '존재는 설화'고 설화란 곧 '사건의 총체'라 치죠.]

아스모데우스가 싱긋 웃으며 나를 일별했다.

[아시다시피 설화는 결코 홀로 존재하는 것이 아닙니다. 하나의 설화는 반드시 다른 설화와 관계되어 있고, 그에 영향을 미칩니다. 「신화를 삼킨 성화」도 마찬가지죠.]

그와 동시에, 전방의 스크린에 다른 영상이 흘러나오기 시작했다. 언젠가 있었던 첫 번째 시나리오의 장면이었다.

화면에는 내 손에 터진 메뚜기알이 클로즈업되어 있었다.

['구원의 마왕'은 지하철에서 사람들을 죽게 내버려두었습니다. 모두 구할 수 있었음에도 말이죠.]

몇몇 천사가 미심쩍은 눈으로 나를 바라보았다.

아스모데우스가 계속해서 말했다.

[이런 일은 또 있었습니다.]

뒤이어 '여덟 번째 시나리오'가 스크린에 떠올랐다. 서울 최강의 화신이 희생하면 모든 사람이 살 수 있었던 시나리오.

화면에는 특성 효과로 '여덟 개의 목숨'을 가진 내 모습이 비치고 있었다.

아스모데우스가 말했다.

['구원의 마왕'에게는 여분의 목숨이 있었고, 자신이 '최강의 희생양'이라는 사실을 알고 있었습니다. 마음만 먹으면 더 커다란 희생이 생기기 전에 얼마든지 시나리오를 끝낼 수 있었다는 거죠.]

성좌들의 웅성거림이 한층 심해졌다. 이야기는 계속되었다.

[원하는 사람은 살리고, 원하지 않는 생명은 방관하는 자. '구원의 마왕'은 그런 존재입니다. 그는 당신들이 싫어하는 차별을 행하는 마왕입니다. 이 스타 스트림에서 가장 끔찍한 죄인 '차별' 말입니다.]

승리를 선언하듯, 아스모데우스가 마지막 질문을 던졌다.

[묻겠습니다, 〈에덴〉. 그대들은 아직도 '구원의 마왕'을 '선한 마왕'이라 생각합니까?]

순간 좌중이 잠잠해졌다. 천사 중 일부는 나를 의심스러운 눈으로 보았고, 마왕 중 다수는 만면에 미소를 짓고 있었다.

그때 한 성좌가 자리를 박차고 일어났다.

[■■, 그딴 모순은 누구나 가지고 있어.]

우리엘이었다.

[중요한 건 사건을 겪으며 변해가는 모습이야. 그리고 '구원의 마왕'은 정의로운 방향으로 향하고 있었다고!]

[요즘 천사는 선의 판별에 굉장히 관대하군요. 최근 당신이 마왕에게 개인적인 호감을 가지고 있다는 소문이 있던데, 사실인가요?]

[뭐?]

[흐음, 사실인가 보군요. 지난번에 봤을 때도 혹시나 싶었지만―]

우리엘이 벌떡 일어섰다.

[이 ■ 같은 ■■가 지금……!]

파츠츠츠츠!

양 테이블을 중심으로 엄청난 스파크가 튀기 시작했다. 대천사와 마왕들의 욕설이 난무하고, 곧 여기저기서 의견이 난립하기 시작했다.

심지어 이제 표적은 나만이 아니었다.

누군가는 정희원의 살인을 공격했고, 다른 누군가는 첫 번째 시나리오에서 이현성의 비겁함을 공격했으며, 이지혜가 자신의 친구를 죽인 일을 물고 늘어지는 이도 있었다.

우리의 생生. 우리가 쌓아온 역사가 난도질당하고 있었다.

[거대 설화, '신화를 삼킨 성화'가 이빨을 드러냅니다.]

일행들의 표정이 조금씩 질려갔다.

이미 감당하기 힘든 상처를 받아온 사람들이었다. 삶이 관음되고, 성좌들의 유희거리가 되는 것을 감수하고 어떻게든 여기까지 버텨온 사람들이었다.

[잠깐만! 이렇게까지 할 필요는 없잖아?]

뒤늦게 뭔가 눈치챈 우리엘이 소리쳤으나, 이미 성좌와 마왕들은 〈김독자 컴퍼니〉의 상처를 헤집기에 여념이 없었다.

결국 그들은 신유승과 이길영의 과거마저 물고 늘어지기 시작했다.

내가 나선 것은 이길영의 트라우마와 배후성이 언급된 순간이었다.

"그만들 하시죠."

순간적으로 좌중이 나를 돌아보았다.

여기서 잘못 발언하면 위험하다. 지금 〈김독자 컴퍼니〉는 두 개의 거대한 조류 사이에 놓인 돛단배나 다름없었다. 언제든 조류를 잘못 타면 침몰할 수 있는 작은 배.

하지만 아무리 작은 배라도 자신이 어디로 항해할지 정도는 선택할 수 있는 법이다. 그리고 나는 그 배의 선장이었다.

"이쯤 하면 되지 않았습니까? 어차피 결론이 나지 않는다는 건 충분히 아셨을 텐데요?"

내가 지금껏 개입하지 않은 것은, 성좌들과 마왕들이 스스로 모순에 빠시길 기나렸기 때문이나.

"대도깨비도 판단하지 못한 일을 당신들이 여기서 결정할 수 있다고 생각합니까?"

〈김독자 컴퍼니〉는 선도 악도 아니다. 애초에 남들이 정한 '선악'의 개념에 놀아날 생각 따윈 추호도 없었다.

[그의 말이 맞다.]

뜻밖에도 그 말을 한 것은, 서열 5위 마왕인 '검은 갈기의 사자', 마르바스였다. 그는 나를 바라보더니 말을 이었다.

[여기서 우리가 떠들어봐야 무용하다. 불필요한 논쟁은 그

만두지.]

　[마르바스! 하지만.]

　[애초에 본인에게 물어보면 되는 일이다.]

　등골이 삐걱거리는 느낌이 들었다.

　[본인이 직접 정하게 하지. 이 설화가 선인지, 아니면 악인지. 그러려고 이 자리를 만든 게 아니었나?]

　그 말과 동시에 모든 마왕과 성좌의 시선이 내게 집중되었다. 등줄기로 식은땀이 흐르며 서늘한 감각이 스쳤다.

　곧이어 시스템 메시지가 떠올랐다.

　[당신은 거대 설화, '신화를 삼킨 성화'에 대한 지분을 가지고 있습니다.]

　[해당 설화의 선악을 판별해주십시오.]

　여기서 선악을 선택한다면, 나는 이들이 주장하는 '선'과 '악' 중 한쪽을 편드는 셈이 된다. 그래서는 곤란했다.

　〈김독자 컴퍼니〉의 행보만이 문제가 아니라, 선악을 선택하면 앞으로의 시나리오에 끔찍한 미래가 도래할 수도 있었다.

　한참 고민하던 나는 결국 결정을 내렸다.

　성좌나 마왕의 지탄을 받더라도 어쩔 수 없다.

　"거대 설화 '신화를 삼킨 성화'는—"

　"선善이다."

　나는 멍하니 그 말을 한 주인공을 바라보았다.

이제껏 어떤 말도 없이 침묵을 지키던 검은 코트의 사내.

유중혁이 말하고 있었다.

"이 설화는 선이다."

나는 너무 당황스러운 나머지 입만 뻐끔거렸다.

유중혁이 미친 걸까 싶기도 했고, 저 녀석이 뭔가 함정에 빠진 걸까 싶기도 했다.

유중혁 곁에 앉은 메타트론이 나를 향해 희미하게 웃고 있었다.

팔뚝에 서서히 소름이 돋았다.

설마, 메타트론이 유중혁을 데려온 이유는…….

[해당 '거대 설화'의 지분을 가진 존재는 '선악'의 판별권을 주장할 수 있습니다.]

뒤이어 떠오른 메시지에 성좌와 마왕들의 입이 희미하게 벌어졌다.

[화신 '유중혁'은 거대 설화, '신화를 삼킨 설화'에 대해 22.8퍼센트의 지분을 보유하고 있습니다.

[화신 '유중혁'의 선언으로 인해 해당 설화는 '선'의 방향으로 기울었습니다.]

지금 이 설화를 '선' 또는 '악'으로 규정할 수 있는 것은 나만이 아니었다. 왜냐하면 〈김독자 컴퍼니〉의 모두에게는 이 설화에 지분이 있으니까.

[해당 설화를 '선'으로 승인하시겠습니까?]

유중혁이 나를 바라보고 있었다. 표정을 읽을 수 없는 얼굴로, 이제 어떻게 할 거냐는 듯이.

—미친놈아! 대체 무슨 생각이야!

'한낮의 밀회'를 통해 말을 걸었지만 대답이 없었다.

나는 녀석을 노려보다가 스킬을 발동했다.

[전용 스킬, '전지적 독자 시점'을 발동합니다!]

[현재 해당 인물은 당신이 이해할 수 없는 감정 상태에 놓여 있습니다.]

뭐?

[다른 담화자의 반론이 없을 시, 해당 설화는 '선'으로 확정됩니다.]

[확정 완료까지 30초 남았습니다.]

대체 어떻게 돌아가는 건지 알 수 없었다. 줄어드는 숫자와 함께, 마왕들이 질러대는 고함 소리가 들려왔다.

나는 깜짝 놀란 일행들의 얼굴을 바라보았다.

정희원, 이현성, 신유승, 이길영…… 이 세계의 끝까지 반드시 데려가고 싶은 사람들.

나는 으스러져라 주먹을 쥐었다.

우리의 설화는 성좌들이 말하는 선이나 악으로 규정되어서는 안 된다. 그런 일이 벌어지면 나는 이 세계의 올바른 결말에 도달할 수 없다.

유중혁이 '선'을 선언했으니, 이제 판결을 뒤집을 방법은 하나뿐이었다.

[마왕, '구원의 마왕'이 자신의 격을 드러냅니다.]

날개뼈를 뚫고 나오는 검은 날개, 머리 위로 돋아난 작은 뿔.

강렬한 스파크와 함께 웅성거리던 소음이 한꺼번에 가라앉았다.

천천히 숨을 들이켠 내가, 유중혁을 노려보며 입을 열었다.

[이 설화는 악惡이다.]

내 선언과 함께 허공의 시스템 메시지가 깜빡거렸다.

[당신은 현재 해당 설화의 최고 담화자입니다.]

[당신은 거대 설화, '신화를 삼킨 설화'에 대해 33.7퍼센트의 지분을 보유하고 있습니다.

[당신의 선언으로 인해 해당 설화는 '악'의 방향으로 기울었습니다.]

당황한 일행들이 자리에서 일어났다. 나는 일행들을 안심시키듯 손을 들었다.

그리고 유중혁에게 '한낮의 밀회'를 전했다.

─유중혁, 이대로 가면 우리 설화는 '악'으로 확정돼. 그걸 바라는 건 아니겠지?

「신화를 삼킨 성화」에 대한 내 지분율은 33.7퍼센트. 그리고 유중혁의 지분율은 22.8퍼센트. 내가 10.9퍼센트나 앞서 있는 상황이었다.

[현재 두 담화자의 의견이 대립하고 있습니다.]

[담화자들은 합의를 통해 선악을 판결해주십시오.]

[제한 시간 내에 합의가 이행되지 않을 시 판결은 지분이 더 높은 쪽의 선택을 따릅니다.]

[판결 종료가 10분 연장됐습니다.]

유중혁은 답이 없었다. 나는 다시 한번 메시지를 보냈다.

─무슨 생각인지는 모르겠지만 여기서 '선악'이 결정되어서는 안 돼. 빨리 선언 철회해. 그럼 나도 철회할 테니까.

[성좌, '젊은이와 여행의 수호자'가 당신을 노려봅니다.]

[마왕, '정욕과 격노의 마신'이 당신의 판단에 즐거워합니다.]

[성좌, '악마 같은 불의 심판자'가 당신의 판단에 당황합니다.]

우리엘에게는 미안하지만, 여기서 절대로 선악이 결정되어
선 안 된다.

[마왕, '지옥 동부의 지배자'가 당신에게 호감을 갖습니다.]

마왕들의 최상석. 2번째 마계의 주인, '지옥 동부의 지배자'
가 묘한 미소를 지은 채 나를 보고 있었다. 뭔가 오해하는 모
양인데, 나는 '악'의 편을 들기 위해 나선 것이 아니었다.

조급해진 내가 다시 한번 외쳤다.

—야! 내 말 안 들려?

그리고 유중혁이 움직였다. 테이블을 넘어 무대로 걸어나온
유중혁이 스르릉, 하는 소리와 함께 칼을 뽑았다.

[화신 '유중혁'이 당신과의 합의를 거절합니다.]

나는 거의 반사적으로 칼날을 피했다.

순식간에 테이블이 쪼개지고 무대는 난장판이 되었다. 놀란
마왕들의 고성과 동시에 나 역시 품에서 검을 꺼내 쥐었다.

유중혁의 '흑천마도'와 내 '부러지지 않는 신념'이 충돌하며
파찰음을 터뜨렸다. 욱신거리는 손목.

"이런 미친……."

놀란 우리엘이 이쪽으로 달려오려 했지만, 무대에 설치된
푸른 막이 성좌들의 움직임을 막았다.

츠츠츠츠츳!

[현재 '선악의 이중주'에 참석한 성좌 및 마왕은 서로 적대할 수 없습니다!]
[지분 판결에 관한 타 성좌의 조력은 금지되어 있습니다.]

최악의 상황이었다.

[대도깨비 '바람'이 당신의 선택을 기대합니다.]
[대도깨비 '하롱'이 당신의 결정을 지켜봅니다.]

심지어 대도깨비까지 존재를 노출했다. 관리국에서도 우리 설화의 '선악' 판결을 주목하고 있다는 뜻이었다. 아마도 지금 이곳의 시나리오는 또 다른 채널을 통해 성류 방송에 중계되고 있을 것이다.

나는 점점 격을 키우는 유중혁을 노려보았다.

표정을 읽을 수 없는 얼굴. 유중혁이 왜 갑자기 이런 짓을 벌였는지는 모른다. 하지만 아무것도 모르는 3회차 녀석에게 양보할 수는 없었다.

—유중혁, 지금 당장은 이해 못 하겠지만 내 말 잘 들어.

어떻게든 이 녀석을 설득해야 했다.

—만약 여기서 우리 설화가 선이나 악으로 고정되면 무시무시한 재앙이 발생해.

원작에 따르면 절대선과 절대악의 자존심 싸움은 이번 시즌으로 분수령을 맞게 된다. '선악의 이중주'는 지난 몇 개의 시즌을 거치며 줄곧 '선' 쪽이 대상을 받아왔다.

즉 이번 '선악의 이중주' 결과에 마왕들이 칼을 갈고 있다는 뜻이었다.

「만약 여기서 선이 이기면 '제2차 성마대전'이 발발할 거야.」
「반대로 악이 이기면 <에덴>의 입지가 좁아져 멸망이 가속될 거고.」

나는 아직 성마대전을 대비할 만한 수준의 설화는 쌓지 못했다.

그렇다고 '악'이 승리하도록 내버려두고 싶지도 않았다.

—자세한 건 나중에 설명해줄 테니까, 지금은 내 말을······.

"그건 너의 '예언'인가?"

이글거리는 유중혁의 눈빛에 깊은 불신의 그림자가 아른거렸다.

예언.

그러고 보면 처음 유중혁을 만났을 때, 나를 '예언자'라고 소개했다. 아직도 그걸 믿고 있을 줄은 몰랐는데, 차라리 이런 상황이면 잘됐다는 생각이 들었다.

그런데 내가 입을 떼기도 전에 유중혁이 다시 물었다.

"아니면, 그 '멸살법'이라는 책에 나오는 정보인가?"

"뭐?"

갑자기 심장이 크게 뛰었다.

어떻게?

어떻게 유중혁이 멸살법에 대해 아는 거지?

[화신 '유중혁'의 배후성이 이 상황을 못마땅해합니다.]

[성좌, '악마 같은 불의 심판자'가 당신들의 싸움을 원하지 않습니다!]

[성좌, '긴고아의 죄수'가 예상 밖의 상황에 혼란을 느낍니다.]

[성좌, '은밀한 모략가'가 당신의 결정을 지켜봅니다.]

유중혁의 전신에서 스파크가 튀었다. 녀석은 두통이 오는
듯 잔뜩 인상을 찌푸렸다. 그리고 어떤 의지에 거역하기라도
하듯, 계속해서 말했다.

"네놈 말대로 하면, 이번 시나리오도 무사히 종료되는 건
가?"

"유중혁, 너 지금……."

"그것이, 미래 회차의 내가 사용한 방법이니까?"

쿠구구구구.

"왜냐하면 그것이, '이 세계에서 살아남는 방법'이니까?"

갑자기 손아귀에 힘이 들어가지 않았다.

[제4의 벽'이 흔들립니다.]

사위가 흔들렸고, 몸속 깊은 곳에서 작은 지진이 발생했다. 떨림은 진앙을 중심으로 빠르게 퍼져나갔다.

나는 격렬하게 떨리는 내 오른손을 붙잡았다. 고개를 들자 유중혁은 어깨 너머의 일행들을 바라보고 있었다.

—저들은 알고 있나?

유중혁은 대체 어디까지 아는 것일까.

—대답해라, 김독자.

'흑천마도'에서 흘러나오는 격의 반향이 강해졌다.

초월좌의 힘을 개방하는 유중혁.

지금부터는 정말로 봐주지 않겠다는 뜻이었다.

[등장인물 '유중혁'이 '거대 설화'를 움직입니다.]

[거대 설화, '신화를 삼킨 성화'가 이야기를 시작합니다!]

뜻대로 둘 수는 없었다.

[당신은 해당 설화의 최고 담화자입니다.]

[당신의 억제력이 설화를 통제합니다.]

[거대 설화, '신화를 삼킨 성화'가 당신의 '격'에 만족하지 못합니다.]

[거대 설화, '신화를 삼킨 성화'가 당신의 지배를 거부합니다.]

뭐?

높은 지분율에도 불구하고 설화는 내 말을 듣지 않았다.

포세이돈의 결계를 부순 우리의 성화가 유중혁의 '흑천마도'에 휘감겼다. 그 새하얀 불꽃이 나를 삼키기 위해 한 걸음씩 다가오고 있었다.

[전용 스킬, '제4의 벽'이 강하게 발동합니다!]

「(독자 씨, 정신 차려요!)」

유상아의 말과 함께, 나는 격을 방출했다.

[거대 설화, '마계의 봄'이 당신을 보호합니다!]
[거대 설화, '신화를 삼킨 성화'가 당신에게 적의를 드러냅니다!]

우리가 함께 쌓은 두 설화가 공중에서 뒤엉키며 부딪쳤다. 「신화를 삼킨 성화」가 사나운 맹수처럼 「마계의 봄」을 물어뜯고 찢었다. 뜯겨나간 문자열들이 피처럼 허공에 흩날렸다.
"지금 둘 다 뭐 하는 거예요! 미쳤어요?"

[화신 '정희원'이 '거대 설화'의 판결에 난입합니다!]

"사부! 갑자기 왜 그래! 아저씨는 또 왜 '악'을 고른 건데!"

[화신 '이지혜'가 '거대 설화'의 판결에 난입합니다!]

"독자 씨! 유중혁 씨! 둘 다 그만두십시오!"

[화신 '이현성'이 '거대 설화'의 판결에 난입합니다!]

"우리 형 괴롭히지 마, 시커먼 놈아!"

[화신 '이길영'이 '거대 설화'의 판결에 난입합니다!]

"아저씨! 피해요!"

[화신 '신유승'이 '거대 설화'의 판결에 난입합니다!]

차라리 지금으로서는 반가운 도움이었다.
「신화를 삼킨 성회」는 우리 모두의 실화.
즉 이 설화를 판단할 수 있는 사람은 나와 유중혁만이 아니었다.

[판결에 난입한 담화자는 선악을 분별해주십시오.]
[선악을 선택하지 않으면 대결에 끼어들 수 없습니다.]

일행들은 혼란에 빠진 모습이었다. 갑자기 선악을 선택하라니 당황스러울 법도 했다.

혼란 속에서 이길영이 제일 먼저 입을 열었다.

"난 무조건 독자 형 편이야."

[화신 '이길영'은 거대 설화, '신화를 삼킨 성화'에 대해 3.3퍼센트의 지분을 보유하고 있습니다.]

[화신 '이길영'의 선언으로 인해 해당 설화는 '악'의 방향으로 기울었습니다.]

나는 재빨리 외쳤다.

"더 이상 '악'을 선택하면 안 돼! 다들 '선'을 골라요!"

"네?"

"내 말대로 해요! 빨리!"

유중혁의 선언을 철회하지 못한다면 남은 방법은 하나뿐이었다. 이 빌어먹을 선악의 저울을 완벽히 평형으로 맞추는 것.

현재 차이는 14.2퍼센트. 나머지 네 사람의 지분을 합친다면…….

"한 사람씩 천천히 선택해! 유승이부터!"

"네!"

[화신 '신유승'은 거대 설화, '신화를 삼킨 성화'에 대해 3.3퍼센트의 지분을 보유하고 있습니다.]

[화신 '정희원'은 거대 설화, '신화를 삼킨 성화'에 대해 6.7퍼센트의 지분을 보유하고 있습니다.]

[화신 '이현성'은 거대 설화, '신화를 삼킨 성화'에 대해 7.3퍼센트의 지분을 보유하고 있습니다.]

[세 명의 담화자가 '선'을 선택했습니다.]

"그만!"

내 외침에 마지막으로 선택하려던 이지혜가 멈칫했다.

[저울대가 '선'으로 3.1퍼센트만큼 더 기울었습니다!]

[앞으로 5분 안에 합의에 실패할 시 '신화를 삼킨 성화'는 '선'으로 확정됩니다.]

예상보다 일행들이 가진 설화의 지분이 컸다.

그리고 이제 남은 것은 이지혜뿐이었다.

"아저씨! 나는 5.8퍼센트야!"

선과 악의 차이는 3.1퍼센트. 그리고 이지혜가 가진 지분은 5.8퍼센트.

이지혜가 어느 쪽을 선택하든 저울대의 평형을 맞출 수 없는 상황이었다.

만약 여기서 다른 일행이 가진 '지분'을 일부만 내 쪽으로 가져올 수 있다면?

[선악 판결에 참가 중인 담화자끼리는 '지분 증여'가 불가능합니다.]

젠장, 역시 이런 편리한 방법은 안 통하는 건가.

유중혁의 흑천마도가 다시 내 목을 노리고 날아들었다.

"멈추라니까!"

결투에 끼어들 수 있게 된 정희원이 나를 대신해 유중혁의 검을 막았다. 달려든 이현성이 유중혁을 뒤에서 껴안았고, 아이들이 나를 보호하듯 둘러섰다. 이지혜는 중간에 서서 어쩔 줄 모르는 얼굴이었다.

"대체 둘이 왜 싸우는데! 하필이면 지금!"

유중혁의 두 눈이 나와 일행들을 번갈아 보았다.

무슨 말인가 하고 싶은 것 같기도 했다. 아니, 사실은 무슨 말을 하려는지 알 것 같았다.

「너희는 속고 있다」

파르르 떨리는 녀석의 동공이 나를 향해 분노를 토하고 있었다.

「저 녀석은 우리 모두를 기만했다」

언젠가 이런 날이 올 거라고는 생각했다. 실은 하루에도 수십 번씩 생각했다.

"모두 꺼져라."

자신의 격을 증폭시킨 유중혁은 이현성을 날려버리고 이지혜를 쓰러뜨린 후 이쪽을 향해 달려왔다. 정희원과 유중혁이 검을 부딪쳤다. 하지만 [심판의 시간]을 발동할 수 없는 정희원이 유중혁을 상대할 수 있을 턱이 없었다.

나는 아이들을 뒤로 물리고 앞으로 나섰다.

[마왕, '별과 논리학의 군주'가 당신을 응원합니다.]
[마왕, '강령의 마신'이 당신의 승리를 원합니다.]
[성좌, '새벽 별의 여신'이 '선'의 승리를 원합니다.]
[다수의 성좌와 마왕이 <김독자 컴퍼니>를 지켜봅니다.]

걸음을 내딛는 나를 관음하는 성좌들의 메시지.
대체 왜 이렇게까지 '선'과 '악'에 집착하는 것일까.

[전용 스킬, '독해력'이 발동합니다!]

어쩌면 나는 이미 답을 알고 있었다.
그들은 그렇게 할 수밖에 없다.

[설화, '권선징악의 실천자'가 이야기를 계속합니다.]
[설화, '백악白惡의 수호자'가 이야기를 계속합니다.]
[설화, '악보다 더 큰 악'이 이야기를 계속합니다.]
[설화, '적당한 선'이 이야기를 계속합니다.]
(…)

성좌들과 마왕들의 눈동자에 무수한 문자열들이 벌레처럼 들끓었다.

그들이 가진 설화들. 그들을 조종하는 이야기들이었다.

그들은 더 이상 '성좌'나 '마왕'이 아니었다.

오직 이 세계에 '선'과 '악'을 실행하기 위해 존재하는 자들.

그중 대부분은 오래된 '설화'가 자신을 전파하기 위해 이용하는 번식 도구일 뿐이었다.

마침내 그 설화들은 우리 성운의 설화마저 집어삼키려 하고 있었다.

[앞으로 2분 안에 합의에 실패할 시 '신화를 삼킨 성화'는 '선'으로 확정됩니다.]

그렇게 둘 수는 없다. 나는 재빨리 판단을 마친 뒤 외쳤다.

"지혜야! '선'을 선택해!"

"어? 하지만……."

"빨리!"

이지혜는 이해가 안 간다는 표정이었다.

안 그래도 이미 '선'이 우세한 상황인데, 그쪽을 선택하라고 했으니 이상하기도 하겠지.

이지혜는 곧바로 선택했다.

[저울대가 '선'으로 8.9퍼센트만큼 기울었습니다!]

[앞으로 40초 안에 합의에 실패할 시 '신화를 삼킨 성화'는 '선'으로 확정됩니다.]

8.9퍼센트…… 아까보다 더욱 벌어진 차이.

그래, 역시 이게 최선이다.

나는 쓰읍, 숨을 들이켠 후 온 힘을 다해 어떤 존재의 수식언을 불렀다.

[심연의 흑염룡!]

녀석이 지켜본다는 사실은 알고 있었다. 즉 이곳 풍경을 놈의 화신도 알고 있다는 뜻이었다.

지금 이 상황에서 내가 원하는 바를 정확히 이해하고 있을 유일한 사람.

[성좌, '심연의 흑염룡'이 광기 어린 웃음을 짓습니다.]

초월좌의 격이 휘감긴 유중혁의 흑천마도가 내 목덜미를 노리고 쏘아졌다. 어떻게도 피할 수 없는 일격.

그때, 홀 천장에 쩌저적 금이 가더니 폭음이 터졌다. 흠칫 놀란 유중혁이 천장을 올려다보았으나 때는 이미 늦었다.

콰가가가각.

달려오던 유중혁은 통째로 쏟아진 천장 무더기에 깔렸다. 큼지막한 덩어리 몇 개는 피했지만, 쏟아지는 돌의 양이 너무 많았다.

뿌옇게 피어오른 먼지 사이로 작은 그림자가 보였다. 허겁 지겁 달려온 모양인지 땀에 젖은 머리카락. 반쯤 풀린 왼손 붕대가 바람에 흩날렸다.

흙먼지 속에서 유중혁을 짓밟고 올라선 녀석이 인상을 찌푸린 채 웃었다.

"하여간 너흰 나 없으면 안 된다니까."

[화신 '한수영'이 '거대 설화'의 판결에 난입합니다!]

돌무더기 밑으로 유중혁의 손이 비죽 튀어나와 있었다.

한수영은 그런 유중혁을 내려다보며 이죽거렸다.

"자식, 맨날 남들 깔아뭉개면서 등장하더니…… 막상 깔리니까 기분 별로지?"

[화신 '한수영'은 거대 설화, '신화를 삼킨 성화'에 대해 8.9퍼센트의 지분을 보유하고 있습니다.]

역시 한수영이라면 정확한 '지분'을 가지고 와줄 줄 알았다.

시스템은 '판결에 참가 중인 담화자끼리는 지분 증여가 불가능하다'라고 말했다. 그 말은 곧 아직 참가하지 않은 담화자끼리는 지분 증여가 가능하다는 뜻.

나를 흘겨본 한수영이 '한낮의 밀회'로 투덜거렸다.

—너 때문에 이설화한테 0.1퍼센트 뺏겼잖아.

아마 한수영은 이곳 정보를 알게 된 즉시 이설화와 보유 지분을 조정했을 것이다. 그리고 곧장 여기로 왔겠지.

주변 성좌를 향해 돌아선 한수영이 으르렁거리며 선언했다.

"나는 '악'이다. 그리고 저기 멀거니 선 빌어먹을 김독자도 확실히 '악'이고."

내 의사와 무관하게 나를 악으로 만들어버리더니, 이어서 한수영은 돌무더기에 깔린 유중혁을, 그리고 다른 일행들을 보며 말을 이었다.

"하지만 〈김독자 컴퍼니〉는 선도 악도 아니야."

단발머리를 흩날리며 외치는 녀석의 모습이 너무 굉장해서, 그 순간만큼은 유중혁이 아니라 한수영이 주인공으로 보일 지경이었다.

[제한 시간이 종료되어 설화의 선악 판결이 종료됐습니다.]

[판결에 참가한 선악의 참여 지분은 총 91.8퍼센트입니다.]

[선악의 참여 비율은 45.9퍼센트 : 45.9퍼센트입니다.]

[선악의 저울이 완전한 평형을 이루었습니다.]

경악한 성좌와 마왕들이 이쪽을 보았다.

나는 그들을 돌아보며 덧붙였다.

"우리는 당신들 '정의'에 정의되지 않을 겁니다."

[거대 설화, '신화를 삼킨 성화'는 선악을 판별할 수 없는 설화입니다.]

쐐기를 박는 메시지.

사회를 맡은 도깨비가 웃는 모습이 보였다. 마치 이렇게 될 줄 알고 있었다는 듯, 혹은 이런 결말을 줄곧 바랐다는 듯한 표정.

관리국은 신이 나기도 하겠지.

내 귓가로도 엄청난 양의 간접 메시지가 쏟아지고 있었다.

[성좌, '긴고아의 죄수'가 당신의 판단에 만족합니다.]
[성좌, '가장 어두운 봄의 여왕'이 당신을 자랑스러워합니다.]
[성좌, '부유한 밤의 아버지'가 당신의 패기를 기꺼워합니다.]
[다수의 중립 계통 성좌들이 당신의 성운에 호감을 보입니다.]
[중립 계통 성좌들이 당신에게 281,000코인을 후원했습니다.]

중립 계통의 성좌들이 좋아할 것은 예상했다.

어떤 선택은 주어진 선택지를 거부하면서 발생하니까.

[누군가가 당신의 설화를 <스타 스트림>에 추천했습니다.]
[새로운 설화를 입수했습니다.]

물론 모든 성좌가 그런 것은 아니었다.

[당신의 선택이 '절대선'과 '절대악'에 속한 일부 성좌의 반감을 불러 일으켰습니다.]

ㅊㅊㅊㅊㅊㅊ.

[무슨……?]

[대상의 '선악' 판별이 안 되었다고?]

성좌들과 마왕들의 분위기가 급변하고 있었다.

['절대선' 계통 성좌들이 해당 판결에 반대합니다.]

['절대악' 계통 성좌들이 해당 판결에 반대합니다.]

당장이라도 폭동이 일어날 것처럼 두 테이블 사이에서 심상치 않은 격의 흐름이 감지되었다.

[그런 일은 있을 수 없다! 관리국은 다시 한번 판결하라!]

[이게 대체 무슨 농간이지?]

최상위권 마왕부터 대천사에 이르기까지. 모든 참석자들의 시선이 도깨비를 향해 꽂혔다.

위기감을 느낀 상급 도깨비가 식은땀을 흘리며 대답했다.

[죄송하지만 그건 불가합니다. 이미 판결이 내려진 설화는 누구도 결과를 뒤집을 수 없습니다. 그게 규칙이니까요.]

다행히 관리국은 원칙을 지켰다. 하지만 원칙을 지키는 것이 항상 좋은 결과만을 불러오는 것은 아니었다.

[이번 시즌까지만 두고 보려 했었다.]

쿠구구구구!

상황이 예상 밖으로 흘러가고 있었다.

중하위권 서열 마왕들이 자리에서 일어나며 자신들의 격을 방출했다.

['대상'으로 선악의 위상을 결정할 수 없다면 다른 방식으로라도 결정을 내려야겠지.]

마왕이 움직이자 대천사도 지지 않겠다는 듯 자리에서 일어서고 있었다.

[다수의 마왕이 '절대선' 계통의 성좌에게 적대감을 표출합니다!]

[다수의 대천사가 마왕에게 경계심을 드러냅니다.]

[선악의 저울이 흔들리고 있습니다!]

츠츠츠츠츳!

당장이라도 달려들 것처럼 두 진영이 대치했다.

나와 일행들은 서로 바짝 붙어 선 채 상황을 살폈다.

내 곁에서 '심판자의 검'을 꺼내 쥔 정희원이 긴장한 목소리로 말했다.

"독자 씨."

"괜찮습니다."

나는 안심하라는 듯 일행들을 보호하며 섰다.

설령 '성마대전'이 일어나더라도 그런 초대형 이벤트는 이런 장소에서는 벌어지지 않는다.

[성좌, '하늘의 서기관'이 대천사들을 만류합니다.]
[성좌, '지옥 동부의 지배자'가 마왕들을 물립니다.]

'선'이 있어야 '악'이 존재할 수 있다.

아마 '하늘의 서기관' 메타트론도, '지옥 동부의 지배자' 아가레스도 그것을 잘 이해하고 있을 것이다.

만약 여기서 시나리오가 발동하면 두 진영은 공멸의 파국으로 치달을 뿐이다.

그리고 내 생각이 맞는다면, 그 사실을 가장 잘 이용하는 것은 저 빌어먹을 관리국의 도깨비들일 것이다.

[대도깨비 '바람'이 무대에 존재를 드러냅니다.]

기다렸다는 듯 허공에 모습을 드러낸 대도깨비가 웅장한 격을 내뿜고 있었다.

대도깨비 바람.

나도 원작을 통해 익히 아는 녀석이었다.

[거기까지 합시다. 이곳에서 싸워봐야 해결되지 않을 문제라는 건 잘 아실 텐데요.]

그 딱딱한 목소리에, 마왕들과 성좌들이 반발했다.

[아무리 관리국이라도 이 싸움에는 개입할 수 없다!]

[이대로 끝내라는 말인가?]

이곳에 모인 성좌나 마왕 중에는 신화급에 육박하는 존재도 있었다. 그러니 '대도깨비'가 직접 왔다 해도 말을 듣지 않는 것은 당연했다.

'도깨비 왕'이 직접 왔다면 이야기가 조금 달랐겠지만…….

곳곳에서 불만이 속출하자 바람이 말했다.

[판결에 번복은 없습니다. 그리고 이곳에서의 적대 행위도 허락할 수 없습니다.]

단호한 선언과 함께, 허공에 튀는 스파크가 '절대선'과 '절대악'의 기류를 차단했다.

반발한 성좌들이 다시 난동을 부리려는 찰나 바람이 말을 이었다.

[여러분의 불만은 '선악'의 위상이 가려지지 않았기 때문이겠지요. 단순히 그런 문제라면, '거대 설화 시나리오'를 하나 더 진행하는 것은 어떻습니까?]

[그게 무슨 뜻이지?]

['선악'의 위상을 가릴, 역대급 규모의 시나리오를 여는 겁니다.]

이어진 대도깨비의 말에 나는 당혹감을 감출 수 없었다.

저 녀석, 지금 무슨…….

[<스타 스트림>의 의지가 '대도깨비'의 판단에 동의합니다.]

['선악의 이중주'가 선악의 위상을 가릴 새로운 시나리오를 원합니다.]

　스타 스트림의 개연성이 움직이고 있었다. 다수의 성좌가 원하는 이야기를 향해 은하의 시선이 흐르고 있었다. 이만한 개연성이 움직일 만한 시나리오는 스타 스트림 전체를 뒤져도 손에 꼽는다.

　'지옥 동부의 지배자'가 물었다.

　[지금 '성마대전' 시나리오를 개방하겠다는 뜻인가?]

　[원하신다면요.]

　바람의 선언에 다수의 성좌가 웅성거렸다.

　알 수 없는 미소를 지은 바람이 나를 보며 말했다.

　[단, 시나리오의 무대는 여러분이 직접 정하십시오.]

2

휴회로 주어진 막간 동안, 성좌와 마왕들은 제각기 새로운 '성마대전' 무대를 어디로 할지 떠들어댔다. 다행히 도깨비의 개입 덕분에, 우리에게 쏟아지던 적대적인 시선은 한결 가신 듯 보였다.

갑작스러운 사태에 지친 일행들이 바닥에 주저앉았다.

곁으로 다가온 한수영은 아직도 돌무더기에 깔려 있는 유중혁의 손을 툭툭 걷어찼다.

"뭐야 이거? 왜 아직도 안 나와?"

유중혁은 죽은 듯 반응이 없었다.

파묻힌 녀석의 손을 보면서도, 한편으로는 저 손을 잡아 끌어 올리기가 두려웠다. 마지막으로 녀석이 남긴 말이 귓가에 붙어 떨어지지 않았기 때문이다.

―아니면, 그 '멸살법'이라는 책에 나오는 정보인가?

유중혁은 대체 어디서 그 이야기를 들었을까. 필터링은 어디까지 해제된 거고, 멸살법에 대해서는 얼마나 알고 있을까.

나와 한수영은 합심해서 유중혁을 꺼냈다.

유중혁은 의식을 잃은 상태였다. 이상한 일이었다. 이놈이 돌무더기에 깔렸다고 기절할 턱이 없는데.

"이 자식 상태가 왜 이래?"

자세히 보니 몸이 정상이 아니었다. 어디를 다녀왔는지 몸 곳곳이 크고 작은 상처로 덮여 있었다. 뭔가 죽이고 벤 흔적들. 지난 이틀간 내가 알지 못하는 시나리오를 헤매다 돌아온 듯했다.

그런 상황에서 나를 향한 분노를 이기지 못해 격을 끌어 올리다 커다란 내상을 입은 것이다.

곧장 '한낮의 밀회'를 발동한 한수영이 메시지를 보내왔다.

―유중혁이 멸살법의 존재를 눈치챘어.

―알아. 너 오기 직전에 유중혁이 나한테 말했으니까.

나는 유중혁이 한 말을 간략하게 전해주었다. 이야기를 들은 한수영의 눈썹이 크게 휘어졌다.

―이 자식, 어디서 그런 얘길 들은 거야?

―나도 몰라. 넌 어디 있다가 온 거야?

―남은 선지자들 죽이고 왔어. 혹시 거기서 정보가 유출됐

나 싶어서.

—그래서 뭐가 알아냈어?

—아니.

그럴 것이다. 슬슬 선지자들은 가진 정보가 다 떨어져서 '등장인물'로 변하고 있을 테니까.

—선지자 쪽에서 유출된 정보가 아닐 거야. 내 생각에는······.

나는 멀리서 대천사들과 논의를 진행하는 메타트론을 바라보았다. 유중혁이 멸살법을 알게 된 것은 메타트론과 관계있을 확률이 높았다.

한수영이 말했다.

—아스모데우스도 멸살법의 존재를 알고 있었어. 어쩌면 최상위권 성좌들은 거의 다 알게 된 걸지도 몰라.

최상위권 성좌라······.

슬슬 '종말의 구도자'도 활동할 시기가 된 모양이었다. 드디어 이 기나긴 시나리오의 여정도 끝이 보이기 시작한다.

나는 쓰러진 유중혁을 잠시 내려다보았다.

한수영이 나를 노려보며 말했다.

—김독자, 지금 중요한 것부터 생각해.

나는 고개를 끄덕였다.

고개를 들자 대도깨비 바람이 나를 보고 있었다.

—우리도 '성마대전'에 참가해야 해.

—미쳤어? 지금 우리 수준에 진입할 수 있는 시나리오가

아니잖아.

한수영의 말이 맞았다. 본래 '성마대전'은 80번대 메인 시나리오니까.

나도 이럴 생각은 아니었다. 위험한 시나리오는 가능하면 피해가는 편이 좋다. 하지만 '성마대전'은 아니다. 일어나지 않는다면 모를까, 일어난다면 절대로 피해가서는 안 되는 시나리오.

─상위 시나리오라도 상관없어. 문제는 개전開戰 장소야.

─그게 무슨…….

멀리서 바람이 박수를 쳤다. 성좌들이 제자리에 착석하자 바람이 입을 열었다.

[휴회를 끝내겠습니다. 성좌 및 마왕님들은 시나리오의 무대를 선택해주십시오.]

기다렸다는 듯 성좌와 마왕들이 기립하며 외쳤다.

['성마대전'의 무대로 우리 '14번째 마계'의─]

[우리 〈수호의 나무〉에 꽤 괜찮은 '거대 설화' 무대가 있어요.]

[무슨 헛소리냐! 그 무대는……!]

역시나. 모두 자기가 유리한 곳을 무대로 삼으려 했다.

그리고 나 역시 무대로 삼고 싶은 장소가 있었다. 하지만 지금 발언한다고 해서 저들이 나를 지지할 턱이 없었다.

나는 속으로 생각했다. 어떻게 하면…….

「(독자 씨, '그 섬'을 무대로 삼고 싶으신 거죠?)」

머릿속으로 유상아의 메시지가 들려왔다.

「(제가 좀 도와드릴까요?)」

'예?'

「(제가 벽 안에서 재미있는 걸 하나 찾았거든요.)」

'재미있는 거요?'

유상아는 대답이 없었다. 그 대신 머릿속에서 뭔가 부스럭거리는 소리가 들렸다.

그리고 잠시 후, 떠들썩하던 홀에 조금씩 어수선한 분위기가 감돌기 시작했다. 몇몇 성좌가 속삭이는 소리가 들려왔다.

[방금 들어온 정보인데…….]

[뭐? 그게 정말인가?]

나는 그들의 속삭임에 주목했다.

저 녀석들은 '계시'와 관련된 능력을 가진 성좌인데?

분위기가 묘해지고 있었다. 속삭임은 파도처럼 번졌고, 오분 정도가 더 흐른 뒤에는 메타트론조차 심각한 표정을 짓고 있었다. 싸우던 성좌들과 마왕들 목소리가 하나둘 잦아들고, 잠시 후에는 서로 눈치를 보기 시작했다.

치열한 눈치 싸움에 먼저 수를 던진 것은 마왕 쪽이었다.

[미안하지만 나는 잠깐 일이 있어서 가봐야 할 것 같네.]

[나도! 나도 마찬가지야.]

갑작스레 손을 든 일부 마왕이 자리에서 이탈했다.

나는 그들의 얼굴을 유심히 보았다. 몇몇은 '종말의 구도자'와 관련된 놈들이었다.

[죄송하지만, 저도 잠깐 자리를 비워야 할 것 같군요.]

성운 〈수호의 나무〉의 '새벽 별의 여신'마저 그런 발언을 하자, 사태는 일파만파로 번져갔다.

[저도 잠깐 일이 생겨서—]

이탈자가 점점 많아지자 가볍게 한숨을 내쉰 메타트론이 바람을 보았다.

[아무래도 대도깨비께서 직접 결정을 내려주셔야 할 것 같군요.]

대도깨비 바람이 허공을 더듬듯 눈을 게슴츠레 떴다.

[흥미롭군요. 하필 이 타이밍에 '계시'가 내려오다니.]

'계시'라는 말에, 눈치를 보던 성좌들이 움찔했다.

바람이 웃었다.

[좋습니다. 다들 말씀은 안 하셔도 이미 무대는 정해진 것 같으니—]

이어지는 대도깨비의 말을 들으며 나는 멍한 기분에 휩싸였다.

대체 무슨 일이 벌어진 거지?

그리고 별안간 머릿속에서 찌릿, 하는 통증이 일었다.

[<스타 스트림>의 개연성이 당신을 의심합니다!]

무시무시한 시선이 나를 들여다보는 것이 느껴졌다. 의심스러운 뭔가를 살피듯 나를 훑어보는 시선.
시선은 잠시간 계속되더니 이내 씻은 듯이 사라졌다.

[<스타 스트림>이 당신에게서 시선을 돌립니다.]

식은땀을 닦은 나는 조심스레 유상아를 불렀다.
'유상아 씨? 대체 뭘 하신 겁니까?'
유상아는 잠시 설명할 말을 찾는 듯 침묵했다.
그러더니 이렇게 말했다.

「(독자 씨는 성좌들이 미래를 읽는 방식을 알고 계신가요?)」

'압니다.'
성좌들이 미래를 읽는 방식에는 크게 두 가지가 있다.
하나는 [헤르메스 시스템]처럼 데이터를 모아 미래를 계측하는 방식이고, 다른 하나는 모이라이 세 자매나 〈에덴〉, 그리고 일부 마왕처럼 신묘한 '계시'를 받는 방식이었다. 속설에는 '신의 계시'라고 불리는 힘.

잠시 말을 찾던 유상아가 쑥스럽게 웃으며 답했다.

「(저, 아무래도 '신'이 된 것 같아요.)」

3

그 시각, 관리국의 비형은 '선악의 이중주'의 시나리오 화면을 들여다보고 있었다.

['제2차 성마대전'의 무대는 암흑 단층에 위치한 '환생자들의 섬'입니다.]

대도깨비의 선언이 흘러나오는 순간, 관리국의 도깨비들은 모두 대경했다.

"아니, 갑자기 왜 '그 섬'을……?"

"대도깨비께서는 무슨 생각이신 거지?"

그도 그럴 것이, 아무리 대도깨비라도 독단으로 80번 메인 시나리오의 무대를 정하는 경우는 없었다.

하다못해 스타 스트림의 의지라도 움직이지 않는 이상…….

[<스타 스트림>의 의지가 80번 메인 시나리오를 개방합니다.]

[새로운 '메인 시나리오'가 생성됐습니다.]

이어진 시스템 메시지에 비형은 깜짝 놀랐다.

"정말로 스타 스트림이 움직였다고?"

잇따라 들려오는 충격적인 시나리오 격변에 비형은 어안이 벙벙해졌다.

"비형 님! 방금 들어온 '계시'입니다!"

"계시?"

잠시 후, 새로운 패널에 어떤 화면이 준비되기 시작했다. 아직 화면은 떠오르지 않았지만, 비형은 그게 무엇인지 알 수 있었다.

"'계시의 판'인가."

오직 '계시' 관련 능력을 입수한 성좌나 마왕만 볼 수 있다는 미지의 판. 그것이 어떤 물질인지, 어느 시공간 좌표에 존재하는 것인지조차 제대로 알려진 바가 없었다. 관리국에서도 그저 관측만이 가능할 뿐인, 말 그대로 '미지의 대상'.

다만 미래의 정보를 토해내는 정체불명의 물체인 만큼, 관리국으로서는 귀추를 주목할 수밖에 없었다.

각 성운의 계시 능력좌들은 이 '판'을 저마다 다른 이름으로 불렀다.

신의 계시, 단 하나의 말씀, 가장 늙은 악마의 속삭임…….

스타 스트림의 성좌들이 '계시의 판'을 통해 미래를 읽어내는 방식은 간명했다.

가끔 저 '계시의 판'에 항문 같은 구멍이 생기고, 그 구멍을 통해 일련의 설화 파편이 떨어져 나온다. 마치 배설물처럼 쏟아진 설화 파편은 '미래'의 정보를 가지고 있는데, 이것을 알아챈 성좌들과 마왕들은 이 배설물 같은 단어를 조합해 미래를 예언하거나 운수를 읽었다.

그렇게 만들어진 성흔이 바로 '계시'였다.

말이 계시지 사실은 배설물의 재구성이나 다름없었다.

비형이 물었다.

"판에 또 이변이 발생한 건가?"

"그게, 몇 년 전에 흔들림이 발생한 후로 계속 말썽입니다."

본래 '계시의 판'은 미래 정보를 토해내기는 하지만 관리국의 시나리오 개연성에 심대한 영향을 미치지는 않았다. 계시를 통해 재구성된 미래는 불확실하고 불분명했기 때문이다.

그런데 몇 년 전부터 이 '판'에 균열이 발생했고, 그 균열을 통해 온전한 미래 정보가 넘어오는 경우가 있었다.

"며칠 전에는 이상한 구멍까지 뚫리더니……."

심지어 며칠 전에 뚫린 구멍은 스타 스트림으로서도 간과할 수 없는 몰개연성을 초래했다.

부서진 구멍으로, 넘어와서는 안 되는 정보가 손상 없이 넘어왔기 때문이다.

비형은 지금도 당시 일을 생각하면 골치가 아팠다.

뚫린 구멍 너머로 한동안 보인 이상한 문자열.

「멸망한 세계에서 살아남는 세 가지 방법.」

마치 책 표제처럼 생긴 그 이름에, 스타 스트림 성좌들은 대혼란에 빠졌다.

— '멸망한 세계에서 살아남는 세 가지 방법'이란 무엇인가?
— '멸망'이란 모든 시나리오의 ■■을 의미하는가?

그동안 시나리오를 등한시하고 여유 부리던 성좌들조차 이 '계시'가 풀린 뒤로는 발등에 불이 떨어진 것처럼 굴기 시작했다. 오래된 종말론이 퍼졌고, 스타 스트림의 끝을 예고하는 낭설이 오갔다.

"화면 준비 끝났습니다!"

새카맣게 일렁이는 화면을 보며 비형은 긴장했다.

구멍 너머에서 몇 마디 문자열이 넘어온 것만으로도 스타 스트림 전체가 흔들렸다. 그런데 이번에는 또 무슨 '계시'가 넘어왔단 말인가?

잠시 후, 화면에 '계시의 판'이 나타났다. 그리고 판 중심에 돋아난 아주 작은 구멍이 보였다.

"아무 변화도…… 응?"

다음 순간, 구멍 안쪽에서 나타난 희끄무레한 물체에 도깨비들이 경악했다.

그것은 누군가의 입이었다.

―아, 아…… 그러니까, 음…… 마이크 테스트?

도깨비들이 외쳤다.

"저게 뭐야?"

관리국이 대혼란에 빠진 사이, 입은 계속해서 떠들었다.

―들리세요? 지금부터 여러분께 계시를 드릴 거예요. 아주 잠깐만 보여드릴 테니까, 잘 보고 기억하세요!

또렷하고 경쾌한 목소리와 함께, 페이지를 넘기는 듯한 소리가 들렸다.

그리고 잠시 후, 구멍 사이로 설화 파편이 넘어왔다.

「멸망한 세계에서 살아남는 방법, 그 세 번째.」

너무나 선명하게 넘어온 계시.

그것은 정말로 '신의 계시' 같았다.

「그 방법은 '환생자들의 섬'에 있다.」

일렁이는 설화 파편들이 허공에 흩어지자 목소리가 말했다.

—다들 보셨죠? 자, 그럼 안녕!

이윽고 구멍이 닫히며 목소리의 주인도 사라졌다.
비형이 중얼거렸다.
"맙소사."
충격에 관리국 도깨비 중 누구도 입을 열지 못했다.
곳곳에서 울리는 벨. 성좌들의 문의가 쉴 새 없이 빗발치기 시작했다.
그리고 다른 쪽 패널에서는 여전히 '선악의 이중주'의 정경이 흘러나오고 있었다.
[다시 한번 알려드립니다.]
내도깨비의 목소리가 스타 스트림 전역에 울려 퍼졌다.

['제2차 성마대전'의 무대는 암흑 단층에 위치한 '환생자들의 섬'입니다.]

¤ ¤ ¤

'선악의 이중주'가 끝난 뒤, 우리 일행은 곧장 지구로 귀환했다.

공단으로 돌아가는 내내 일행들은 들뜬 모습이었다.

특히 정희원과 이지혜는 우리가 받은 상패를 이리저리 돌려 보며 그 성능을 확인하고 있었다.

['선악의 이중주' 대상패大賞牌]

본래 스타 스트림에서 '격'은 오직 설화의 축적으로만 상승한다. 하지만 극히 희귀한 성유물 중에는 설화의 축적 없이도 격을 올려주는 것이 있다.

'선악의 이중주'에서 하사하는 상패가 그러했다.

"칼이 더 가벼워진 것 같기도 하고…… 이 정도면 현성 아저씨도 가볍게 휘두를 수 있겠는데요?"

이지혜의 중얼거림에 이현성이 흠칫 몸을 떨었다.

확실히 대상패 정도면 준신화급 설화 둘을 얻은 것 이상의 효과가 있을 것이다. 내가 얻은 준신화급 설화들이 죄다 죽을 고생 끝에 얻었던 것임을 감안하면 그야말로 어마어마한 상승 효과였다.

[5,000,000코인 교환권]

거기다 상금 500만 코인 교환권까지.

"하, 독자 씨. 우리 이제 부자예요."

"한동안 코인 걱정은 없겠군요."

"얘들아, 너흰 얼마나 받았어?"

정희원이 묻기 바쁘게, '베스트 케미상'을 받은 아이들이 드잡이를 벌이고 있었다.

"신유승, 솔직히 내가 좀 더 활약했잖아. 10만 코인 더 내놔."

"뭔 헛소리야! 당연히 반땡이지. 설화 지분율도 똑같은 게."

이현성이 아이들을 말렸다.

일행들은 각자의 이유로 기분이 좋아 보였지만, 한편으로는 모두 내 눈치를 살피고 있었다.

「사실은 모두가 묻지 않은 질문이 있었다.」

나와 유중혁은 왜 싸웠는가.

분명 두 눈으로 그 정경을 보았음에도 누구도 내게 먼저 그 일에 관해 묻지 않았다. 어쩌면 본능적으로 화제를 피해간 것일지도 모른다. 아마도 내가 먼저 말해주길 기다리는 일행들 나름의 배려일 것이다.

나는 여전히 의식이 없는 유중혁을 업은 채, 머릿속으로 유상아의 이야기를 듣고 있었다.

'그러니까, [제4의 벽]에 난 구멍으로 멸살법 내용을 흘려보냈단 말씀이시죠?'

「(네.)」

'성좌들은 그걸 '계시'로 받아들였고요?'

「(맞아요.)」

얼핏 생각해서는 이해가 가지 않았다.

[제4의 벽] 밖으로 내보낸 정보가 성좌들에게 '계시'로 바뀌었다고?

아니, 잠깐만. 설마?

머릿속에서 맞춰지는 아귀가 있었다.

유상아가 물었다.

「(독자 씨, '제4의 벽'이 원래 존재하는 말이라는 건 아시죠?)」

'네. 정확한 의미로 아는 건 아니지만……'

「(본래 '제4의 벽'은 무대 용어예요. 극과 무대를 분리하는 벽. 극중 등장인물은 절대로 '제4의 벽'을 인식할 수 없어요. 왜냐하면 그들에게 '무대 바깥'이란 존재하지 않는 장소니까.)」

무대 바깥. 그곳은 내가 살던 '현실'이다.

팔뚝에 오소소 소름이 돋았다.

정말로 [제4의 벽]이라는 이름이 유상아의 설명과 같은 의미에 연원을 두었다면, 이 벽 안쪽에 멸살법이 있는 것은 당연했다.

왜냐하면 멸살법의 내용은 현실에서 만들어졌으니까.

즉 '계시'란 현실에서 소설 속으로 흘러들어온 '스포일러'인 셈이었다.

하나 그 연원을 찾을 수 없으니, 등장인물 입장에서는 '신의 계시'일 수밖에.

유상아가 말을 이었다.

「(줄곧 이상하다고 생각했어요. 성좌들에게 필터링되어 있던 멸살법에 대한 정보가 갑자기 풀린 게…… 그런데 그 시기가 하필 제가 '제4의 벽'에 들어온 시기랑 겹치더라고요.)」

'겹쳤다고요?'

「(네, 게다가 제가 들어온 구멍을 막고 있던 책이 바로 멸살법이었거든요. 그것도 제목이 아주 잘 보이는 형태로…….)」

그제야 모든 상황이 이해가 갔다.

갑자기 성좌들과 마왕들이 멸살법에 관해 알게 된 이유.

어쩐지 원작에 없던 전개가 갑자기 펼쳐졌다 했다. 그들이 알게 된 정보는, 모두 [제4의 벽]에 뚫린 구멍 사이로 새어나간 것이었다.

'조금 일이 복잡해지긴 했지만 오히려 잘됐군요.'

「(그렇죠?)」

유상아가 생긋 웃으며 대답했다.

아마 그녀도 나와 똑같은 생각을 하고 있을 것이다.

「(근데 자주 쓸 수는 없을 것 같아요. 눈치도 엄청 보이고…… 앗, 죄송해요. 선임들이 불러서 잠깐 가볼게요.)」

유상아의 목소리가 머릿속에서 사라졌다. 아무래도 도서관 막내다 보니 눈치가 많이 보이는 모양이었다.

어쨌거나 유상아의 활약 덕에 우리는 새로운 카드를 쥐게 되었다.

[제4의 벽]을 통해 성좌들이 받을 '계시'를 조작할 수 있다는 것.

그것이 '가짜 계시'라고 밝혀지기 전까지는, 그 정보를 이용해 성좌들을 선동할 수 있을지도 모른다.

곁에서 걷던 한수영이 말을 걸었다.

"너 아까부터 말이 없다?"

"잠깐 혼자 생각 좀 하느라."

"생각이 많으시기도 하겠지."

입술을 비죽인 한수영이 '한낮의 밀회'를 걸어왔다.

—이제 어쩔 거야?

―어쩌긴. 다음 시나리오 준비해야지. '성마대전'은 80번 시나리오고, 한 달 뒤부터 시작한다고 했으니 지금부터 빠듯하게 준비하면…….

―그거 말고.

한수영의 눈빛이 복잡해졌다. 녀석은 내 등에 업힌 유중혁을 보고 있었다.

―이대로 유중혁이 일어나면 어떻게 될지 알지?

유중혁은 멸살법의 정체를 알게 되었다. 녀석이 뭘 얼마나 아는지는 모르겠지만, 녀석이 알게 된 이상 모든 정보를 계속 숨길 수만은 없었다. 충격을 받을 것이고, 끔찍한 상처를 받을지도 모른다. 하지만…….

―참고로, 나는 반대야.

―뭐가.

―네가 하려는 거.

이미 내 생각을 다 안다는 듯 한수영이 선수를 쳤다. 가볍게 한숨을 내쉰 그녀가 땅을 바라보며 말을 이었다.

―네 성격에 지금까지 숨겨온 게 용한 일이지.

아무래도 한수영은 나를 오해하고 있는 것 같았다.

좀 더 잘 숨길 수만 있었다면 얼마든지 더 숨겼을 것이다. 가능하다면 이 이야기가 끝날 때까지라도.

한수영이 고개를 절레절레 흔들었다.

―최대한 숨기는 편이 좋아. 그냥 모른 척해. 지금까지 한 것처럼 예언자인 척하라고.

―그런다고 믿을 것 같아? 이젠 이야기해야 해. 유중혁뿐만 아니라, 다른 일행들에게도.

내 말에 한수영의 눈이 동그랗게 변했다.

―무슨 헛소리야? 그걸 저 사람들한테 왜 말해?

―저들도 알 자격이 있으니까.

―예전에 나도 해봤어. 근데 '등장인물'은 멸살법에 관한 걸 못 알아들어. 그냥 장난이라고 생각한다고.

―지금은 다를지도 몰라. '필터링'이 풀렸으니까.

작게 입을 벌렸던 한수영이 도로 입을 다물었다. 녀석은 나를 다그치는 대신, 아무것도 모르는 일행들의 얼굴을 살폈다. 선명한 한수영의 망막에 나를 향한 희미한 경멸이 엿보였다.

―그건 널 위한 거냐, 아니면 저 사람들을 위한 거냐?

―…….

―너는 이미 저 사람들을 기만했어. 그런데 이제 와서 용서받겠다는 거야?

―용서받겠다는 게 아냐.

한수영이 본 얼굴들을, 나도 하나하나 살폈다.

강인하지만 섬세한 정희원.

성실하고 순박한 이현성.

까탈스럽지만 정 많은 이지혜.

어른스럽지만 순수한 신유승.

그 얼굴을 보며 나는 내가 알던 '묘사'들을 떠올렸다. 그중 어떤 이는 '묘사'에 없었고, 어떤 이는 '묘사'와 달라진 얼굴을 하고 있었다. 내가 알지만 모르는 얼굴들.

문득 뒤돌아본 신유승이 이쪽을 향해 손을 흔들었다. 나는 아이에게 마주 손을 흔들며 말했다.

─진짜 동료가 되고 싶은 거야.

한수영은 오랫동안 말이 없더니, 조용히 등을 돌려 공장을 향해 훌쩍 사라졌다. 멀리서 녀석이 보낸 메시지가 메아리처럼 되돌아왔다.

─난 분명히 말했다? 반대라고.

우리는 얼마 지나지 않아 공장에 도착했고, 각자 휴식을 취했다.

그날 저녁, 나는 쓰러진 유중혁을 제외한 〈김독자 컴퍼니〉 일행들을 한곳에 불러 모았다. 비유를 불러 미리 채널을 차단했고, 다른 성좌들이 듣지 못하도록 두꺼운 방벽도 깔았다.

이윽고 준비를 끝마친 뒤 나는 일행들을 돌아보았다.

"여러분께 드릴 말씀이 있습니다."

막상 입을 떼자, 쉽사리 말이 이어지지 않았다.

내가 장난이라도 친다고 생각했는지 이지혜가 너스레를 떨었다.

"뭐야, 아저씨 갑자기 왜 그래? 사람 무섭게."

나는 그런 이지혜를 보며 애써 웃었다.

오랫동안 고민했다. 언젠가 이런 순간이 올 것이라 확신하면서.

　이현성과 신유승도 걱정스럽다는 듯 나를 보고 있었다.

　이런 상황에서도 나를 먼저 걱정하는 일행들을 보며, 나는
천천히 입을 열었다.

　"여러분 중 일부는."

　흔들리는 일행들의 눈빛.

　입술을 질끈 깨문 한수영이 돌아서는 모습이 보였다.

　나는 방아쇠를 당기듯 말을 이었다.

　"어떤 '이야기'의 '등장인물'입니다."

　내 발언에 일행들 표정이 변했다.

　정희원은 눈을 동그랗게 뜨고 있었고, 이지혜는 이게 무슨
말인가 생각하는 표정이었다. 이현성은 커다란 눈을 끔뻑이고
있었다.

　그리고 신유승은······.

　「*김 독자* 잘못 된 *생각* 이 야.」

　머릿속으로 [제4의 벽]의 말이 들려왔다.

　「늦 지 **않았** 어 지금 이라 도.」

　그것이 [제4의 벽]의 의지인지, 아니면 내 마음의 약한 부
분인지는 모르겠다. [제4의 벽]은 내 감정을 어느 정도 반영

하니 둘 다 진실일지도 모른다.

하지만 어느 쪽이든 이번만큼은 나도 결단을 내렸다.

"제 말을 잘 이해하기 힘드시다는 거 압니다."

나는 이 이야기를 일행들에게 해야만 한다.

"천천히, 처음부터 이야기해드리겠습니다."

그렇게 오랫동안 이야기를 해본 것은 오랜만이었다.

어느 날 내가 읽던 소설이 현실이 되었고, 그곳에서 내가 당신들을 만나게 되었던 이야기.

시간상 모든 이야기를 하지는 않았지만, 거짓말을 하지도 않았다.

만나기 전부터 일행들에 대해 알고 있었던 것.

내가 미래를 안다는 사실에 대해 제대로 말하지 않았던 것.

혼자만 정보를 독점한 채 일행들을 기만했던 것.

나는 그 모든 이야기를 토해냈다. 마치 묵은 어둠을 꺼내듯.

일행들과는 조금 떨어진 곳에서, 한수영이 이마를 짚은 채 나를 바라보고 있었다.

그녀의 심정은 이해한다. 1,863번째 회차의 한수영도 그랬으니까.

하지만 나는 한수영처럼 살아갈 수는 없었다.

이 이야기는 제대로 하지 않으면 안 된다. 제대로 앞으로 나아가기 위해, 어떤 이야기는 반드시 전해져야만 한다.

언젠가 유중혁이 그랬던 것처럼.

「"나는 회귀자다."」

어쩌면 유중혁 또한 나와 같은 심정이었을지도 모른다. 자신이 미래를 알고 있고, 몇 번이고 같은 이야기를 겪었으며, 이미 무수한 회차에서 일행들을 만났다는 것.

그들을 떠나보냈다는 것.

어떤 요령도 없이 묵묵히 그 이야기를 털어놓던 유중혁의 심정을, 이제 이해할 수 있었다.

"그래서 여기까지 오게 된 겁니다."

내 이야기는 끝났다.

하지만 이야기가 끝난 후에도 먼저 입을 여는 사람은 없었다. 내 이야기를 못 알아들어서는 아닐 것이다. 충분히 긴 이야기였고, 어린아이라도 알아들을 수 있는 내용이었으니까. 그럼에도 일행들은 입을 열지 않았다.

나는 고개 숙인 채 말을 이었다.

"여러분 모두에게 진심으로 사과하고 싶습니다. 이제야 이런 이야기를 하게 되어서 정말 죄송합니다."

알고 싶었다. 일행들이 어떻게 생각하는지. 어떤 감정을 느끼는지.

하지만 [전지적 독자 시점]을 사용하지는 않았다. 이런 상황에서까지 스킬을 사용해 내면을 읽는다면, 그것이야말로 진짜 기만이니까.

이번만큼은 스킬을 쓰지 않고 나 자신의 힘으로 부딪치고 싶었다. 그들이 속으로 무슨 생각을 하고 어떤 것을 느끼든, 그들이 직접 선택하고 결정한 행동이 진짜 그들의 것이라 믿고 싶었다.

서서히 고개를 들었을 때 이지혜와 눈이 마주쳤다.

눈시울이 붉어진 이지혜.

그 일렁이는 눈동자를 보는 순간, 불현듯 깨닫고 말았다.

나는 이미 저 눈동자를 알고 있었다.

「"그럼 사부가 미래에 대해 알고 있었던 건 전부……."」

왜냐하면 처음으로 유중혁의 이야기를 들었을 때 이지혜의 눈과 정확히 똑같았으니까.

천천히 이지혜의 입이 열렸다.

"그럼 지금껏 아저씨가 미래에 대해 알고 있던 게 전부……."

마치 원작의 등장인물이 주어진 각본을 읽듯, 이지혜가 말했다.

나 역시 각본처럼 그에 대답했다.

「"그렇다."」

"그래."

으드득 이를 간 이지혜가 나를 향해 말했다.

"그래서 지금…… 우리한테 그 이야길 하는 이유가 뭐야?"

상처받은 검귀가 분노하고 있었다.

이미 원작을 읽었기에, 이어질 말을 예상할 수 있었다.

「"당신한테 우린 대체 뭐였는데?"」

고개 숙인 이지혜의 어깨가 가늘게 떨렸다.

이어질 상황이 물 흐르듯 떠올랐다. 이지혜는 칼을 뽑을 것이고, 분을 이기지 못해 나를 공격할지도 모른다. 원작에서도 그런 일은 몇 번이나 있었으니까.

그러나 이지혜가 선택한 것은 내가 전혀 알지 못하는 방법이었다.

"아저씨가 미래를 알고 있었다고 쳐."

"……"

"모든 게 계획되어 있었고, 아저씨 목적을 위해서 우리를 이용한 거라고 쳐. 우리가 그 빌어먹을 '멸살법'이란 소설의 등장인물이고, 모든 게 다 정해져 있었다고 치자고!"

이지혜는 울면서, 파랗게 질린 입술을 깨문 채 나를 보고 있었다.

"그럼…… 아저씨는 왜 우릴 위해서 몇 번이나 목숨을 던진 거야?"

볼을 타고 흐르는 눈물을 보며, 나는 몇 번이고 입을 열기 위해 애썼다.

생각지 못한 질문이었다.

예상에 없었기에, 답할 수 없는 질문이었고.

"대답해! 우리가 정말 소설 속 '등장인물'이라면, 아저씨는 지금까지 왜 우릴 위해서 몇 번이고 죽었던 거냐고!"

내가 읽어온 멸살법에는 해답이 없는 질문이었다.

['제4의 벽'이 강하게 흔들립니다.]

분하다는 듯이 두 눈을 닦은 이지혜가 내 어깨를 치고 지나갔다.

황급히 뒤따라 일어선 정희원이 그녀를 쫓아가며 말했다.

"독자 씨, 우리 조금 이따가 이야기해요."

어쩔 줄 모르는 얼굴의 신유승이 나를 향해 머뭇거리며 손을 뻗다가 정희원을 쫓아갔고, 나사 빠진 사람처럼 멍한 눈을 하고 있던 이현성도 고개를 숙이며 방을 나갔다.

남은 사람은 이제 한수영, 이설화, 그리고 이길영뿐이었다.

이길영은 복잡한 눈으로 나를 보고 있었고, 이설화는 충격을 받았는지 고개를 숙이고 있었다.

그런 이설화의 등을 토닥여주던 한수영이 내게 쏘아붙였다.

"김독자, 잠시 나갔다 와."

⌘⌘⌘

고적한 병실.

나는 잠든 어머니의 얼굴을 가만히 들여다보았다. 일행들이 오랫동안 돌아오지 않았기에, 막간을 이용해서 병실을 방문했다.

얼마 전 대수술이 끝난 이후 어머니는 온종일 잠을 잤다. 수척한 뺨에 그늘진 눈가. 파리한 얼굴을 들여다보고 있자니, 언젠가 구치소로 면회하러 간 기억이 떠올랐다.

매번 소설 이야기만 떠드는 아들을 보며, 어머니는 과연 무슨 생각을 했을까.

"얼굴이 어두워 보이는구나."

"언제 깨셨어요?"

"네가 들어올 때부터."

아직 기력이 온전치 않은 목소리였다. 나는 헝클어진 담요를 끌어와 어머니의 몸을 덮어주었다. 어머니가 희미하게 웃었다.

"멸망이 좋구나. 아들한테 보살핌을 다 받고."

"빨리 낫기나 하세요."

"말해보렴. 뭐라도 좋으니."

나는 잠시 고민하다가 입을 열었다.

"멸살법 154회차에서 유중혁이 일행들에게 회귀에 대한 이야기를 꺼냈을 때……"

"일행들에게 멸살법에 대해 이야기한 모양이구나."

나는 대답하지 않았다. 나를 바라보던 어머니가 앙상한 손을 뻗어 내 손을 잡았다. 불쑥 반발감과 함께 목소리가 튀어나왔다.

"저를 욕할 거라고 생각했어요."

"……."

"그들을 기만하고 정보를 숨긴 이유를 캐물을 거라 생각했어요."

"그런데 아니었던 모양이구나."

"어떻게 용서를 구해야 할지 모르겠어요."

나는 묵묵히 고개를 끄덕였다.

─대답해! 우리가 정말 소설 속 '등장인물'이라면, 아저씨는 지금까지 왜 우릴 위해서 몇 번이고 죽었던 거냐고!

귓가에 맴도는 이지혜의 목소리.

어머니가 말했다.

"'용서'의 문제인지 아닌지는 네가 결정할 일이 아니란다."

"그러면……."

"아마 네 뒤에 있는 사람이 알려줄 수 있을 것 같구나."

무슨 말인가 싶어 고개를 돌리자, 병실 문 앞에 정희원이 서 있었다.

나는 어머니에게 양해를 구하고 병실을 나갔다.

정희원이 볼을 긁으며 물었다.

"잠시 걸을까요?"

우리는 병동 복도를 걸었다. 어떤 장식도 찾을 수 없는 심플한 복도. 보아하니 유중혁 취향 같은데…… 이 녀석, 지난 삼년 동안 공장을 제멋대로 뜯어고쳐놓은 모양이었다. 실제로 이 병동 복도의 끝에는 유중혁이 입원한 병실이 있었다.

잠시 창밖을 보던 정희원이 먼저 입을 열었다.

"말해줘서 고마워요."

정희원이 그 이야기를 하기까지 얼마나 많은 고민을 했을지 알 수 없었다. 표정이 보이지 않았기에 더 그랬다.

창밖으로 일행들 모습이 보였다. 이길영과 티격태격하는 신유승, 이지혜를 위로하는 이현성과 이설화도 보였다.

"다들 괜찮을 거예요. 지혜는 좀 더 시간이 걸릴 것 같지만."

"희원 씨는……."

내 말이 끝나기도 전에, 정희원이 고개를 돌려 나를 보았다. 평소처럼 빙긋 웃는 얼굴. 내가 입을 다물자 정희원이 물었다.

"너무 멀쩡해서 놀랐어요?"

"아닙니다."

"아니긴요."

정희원은 내가 '미래 정보'를 안다는 사실을 오래전부터 알고 있었다. 아마 '등장인물' 중에서는 나에 관해 제일 많이 아는 사람일지도 모른다.

정희원이 기지개를 켜며 말했다.

"별일도 아닌데요, 뭐. 몬스터도 나오고 도깨비도 존재하는 세상인데…… 소설이 현실이 된 게 뭐 특별한 일이라고."

"……."

"그나저나 이제 이해가 가네요. 독자 씨가 '본래의 미래'에는 내가 없다고 한 말. 그거, 독자 씨가 말한 소설에는 내가 나오지 않는다는 뜻이었죠?"

"그렇습니다."

구름처럼 동동 뜬 비유가 신유승의 머리 위에서 찰떡처럼 몸을 퉁기고 있었다.

정희원이 말했다.

"그럼 난 독자 씨 덕분에 여기까지 올 수 있었던 거네요."

"저기, 희원 씨—"

"고마워요, 날 발견해줘서. 비꼬는 거 아니고 진심으로 말하는 거예요."

알고 있다. 정희원이 나를 놀릴 때 쓰는 말투는 이미 익숙하니까.

하지만 그렇기에 나는 무슨 말을 해야 할지 알 수 없었다.

"괜히 혼자 또 침울해져서 기운 잃지 말고, 앞으로도 잘 부탁해요. 기왕이면 승진도 좀 빨리빨리 시켜주고. 자, 이건 힘내자는 뜻에서 하는 악수."

내 손을 끌어당긴 정희원이 강한 힘으로 손을 움켜잡았다. 갑작스레 파고든 그 온기에, 속에서 울컥 뭔가가 올라왔다.

나는 입술을 굳게 깨물었다.

「정희원이라고, 그저 괜찮을 턱이 없는데.」

굳게 쥔 정희원의 손에서 맥박이 느껴졌다.

그녀도 슬플 것이다. 그녀도 괴로울 것이고, 그녀도 힘들 것이다. 그런데도.

잠시 내 손을 꽉 잡고 있던 정희원이 머쓱한 듯 웃으며 손을 놓았다. 그리고 물었다.

"독자 씨, 근데…… 궁금한 게 하나 있는데."

"예, 물어보세요."

"이 세계가 '소설'이라면, 어딘가에는 주인공도 있다는 뜻이잖아요."

역시 정희원은 날카로웠다.

나는 멸살법에 관한 이야기를 했지만, 일행들에게 그 이야기의 주인공이 누구인지는 밝히지 않았다.

하지만 정희원은 이미 그 '주인공'이 누구인지 눈치챈 모양이었다.

정희원의 시선이 병동 끝을 일별했다.

"그래서 싸웠던 건가요?"

"아직 정확히 얘기를 나눠본 건 아니지만…… 그런 것 같습니다."

"이왕 시작한 일이니까 제대로 끝은 봐야 해요. 알죠?"

나는 고개를 끄덕였다.

"그 사람은 쉽지 않을 거예요."

알고 있다. 하지만 피할 수도 없는 일이었다.

¤ ¤ ¤

그 후 이틀 동안, 나는 종일 유중혁의 병실에 있었다.

다른 일행들과는 거의 마주치지 못했다. 걱정은 되었지만 그래도 차분히 시간을 갖기로 했다. 일행들에게도 생각할 시간이 필요할 것이라 믿었다. 그들이 준비가 되면 그때 다시 이야기해도 늦지 않으니까.

유중혁은 여전히 깨어나지 않았다.

"육체의 상처는 거의 회복되었는데 아무래도 정신의 문제인 것 같네요."

"정신의 문제요?"

"본인이 깨어나길 거부하는 것 같달까…… 어쩌면 심한 충격을 받을 만한 일이 있었는지도 모르겠어요."

아일렌은 그렇게만 이야기했다.

그녀가 설화 팩을 교환한 후 자리를 비우자, 병실에는 나와 유중혁만 남았다.

둥둥 떠다니는 먼지가 녀석의 코에 앉았다.

나는 그런 유중혁을 보다가 무심코 입을 열었다.

"네가 먼저 내 멱살 잡고 다리 아래로 던졌잖아."

녀석이 듣지 못한다는 것을 알면서도 뭔가 이야기하고 싶었다.

「"그만 이 손 놓고 꺼져, 빌어먹을 새끼야."」
「"믿겠다. 확실히 너는 예언자가 맞군."」

다리에서 처음 녀석과 조우한 그날의 일. 갑자기 피식 웃음이 나왔다.

"솔직히 넌 나보고 뭐라고 말할 처지는 아니잖아. 너도 회귀자면서. 너 때문에 내가 얼마나 많이 죽을 뻔했는지 아냐?"

한번 말문이 열리자 기억은 폭포처럼 쏟아졌다. 판도라의 상자를 건드리기라도 한 것처럼 밀려오는 기억들. 새삼 시간이 흘렀다는 게 느껴졌다. 나는 어느새 이 녀석과 정말 많은 시간을 헤쳐온 것이다.

"누구보다 널 잘 이해하고 있다고 생각했는데, 요즘은 잘 모르겠다. '범람의 재앙' 때는 왜 그런 거냐?"

「"……그 녀석은. 나의 동료다."」

"왜 나보고 '동료'라고 한 거냐? 평소엔 절대 그런 말 안 하는 놈이. 그래놓고 암흑성에선 나 찔러 죽이고. 뭐, 그땐 내가 죽이라고 하긴 했다만."

「"김독자!"」

하나하나 기억을 돌이킬 때마다 무수한 감정이 나타났다가 사그라졌다.

당시에는 정말 심각했던 시나리오들이 지나고 나니 이야기가 되었다.

우리가 쌓은 설화로 남았다.

"그래도 '혁명가 게임' 땐 고마웠다. 그땐 덕분에 살았어. 근데 그때도 이상해. 너 왜 내 이름 팔아서 엉뚱한 공단 친 거냐? 하긴 보나 마나 나 엿 먹이려고 그랬겠지만……."

이런저런 일을 생각하다 보니 서서히 졸음이 쏟아졌다.

나도 그동안 잠을 제대로 못 잤으니…….

불투명한 의식 속에서도 하소연은 계속되었다. 녀석과 함께 싸운 시간들이, 마치 멸살법을 읽듯 스쳐 지나갔다.

질문의 재앙.

최강의 희생양.

피스 랜드.

시나리오의 무덤.

마왕 선발전과 기간토마키아…….

함께 싸우지 않은 전장을 찾기가 더 어려울 정도였다.

그 시간들을 돌이키며 생각했다.

어쩌면 괜찮지 않을까.

내가 아는 유중혁이라면 어떻게든 설득할 수 있지 않을까.

우리는 한 번도 제대로 이야기해본 적이 없었으니까.

시간을 들여서 차근차근 설명을 한다면 어떨까.

다른 사람도 아닌 이 녀석이라면…….

멀리서 어렴풋이 뒤돌아선 유중혁의 모습이 보였다.

나는 이것이 꿈인 것도 잊고 녀석을 향해 다가갔다.

'유중혁.'

그 순간, 찌릿한 통증과 함께 머릿속을 스치는 말이 있었다.

그것은 멸살법의 한 장면이었다. 안나 크로프트에게 배신당해, 오래도록 비참하게 살던 유중혁. 그런 유중혁이 마지막으로 남긴 말.

「"나는 너를 절대로 용서하지 않을 것이다."」

뒤돌아선 유중혁이 나를 향해 말하고 있었다.

녀석의 손에 쥐어진 흑천마도에서 뿜어져나오는 살기.

「"김독자."」

목덜미가 서늘해지는 느낌이 드는 순간, 나는 소스라치며 잠에서 깨어났다. 땀에 젖은 채로 한참을 헐떡인 후에야 꿈이었다는 사실을 깨달았다.

창밖으로 어슴푸레한 달빛이 들어오고 있었다. 휑한 병실.

나는 천천히 눈을 비볐다.

그리고 뭔가 잘못되었다는 사실을 깨달았다.

"유중혁?"

텅 빈 침대. 병실 어디에도 유중혁이 보이지 않았다. 뽑힌 링거 줄이 덩그러니 허공에서 맴돌고 있었다.

다급한 마음에 자리에서 일어나 주변을 둘러보았지만, 어디에서도 유중혁의 기척은 느껴지지 않았다.

침대 위에는 익숙한 디자인의 회중시계가 남아 있었다.

'성마대전'까지 남은 시간은 이십육 일.

그날, 유중혁은 〈김독자 컴퍼니〉를 떠났다.

67
Episode

시나리오의 망자

1

유중혁이 사라지고 어느새 일주일.

그동안 〈김독자 컴퍼니〉의 분위기는 조금 바뀌었다.

사람들은 눈에 띄게 말수가 줄었고, 뭔가 표현하거나 이야기 나누는 대신 묵묵히 자신의 수련에 열중했다.

정희원도 그중 하나였다. 사람들 사이에 섞여 스킬을 수련하거나 육체를 단련하거나…… 하는 척하면서, 정확히는 어떤 사람의 눈치를 보고 있었다.

"아, 못 참겠네 진짜! 언제까지 이 분위기로 있을 거예요?"

정희원의 말에 지면을 상대로 [태산 밀기]를 하던 이현성이 흠칫 놀랐고, [상급 다종교감]을 수련하던 신유승이 어깨를 떨었다. 가장 놀란 사람은 [검도]를 훈련하던 이지혜였다.

정희원이 다그쳤다.

"지혜 너! 이제 독자 씨랑 말 안 할 거야?"

"몰라요."

"아직도 화 안 풀렸어? 뭐가 됐든 대화를 해야 할 것 아냐."

욱한 이지혜가 소리쳤다.

"화난 거 아니에요! 생각해보면 별일도 아니고. 사실 비슷한 일이야 선지자들 때도 있었잖아요. 나도 아저씨 좋은 사람인 거 알아요. 난 그냥."

"그냥 뭐."

"'등장인물'이라는 단어가 맘에 안 들었을 뿐이라고요!"

김독자가 일행들에게 폭탄을 터뜨린 지도 어느덧 일주일.

일행들은 각자의 방식으로 김독자의 말에 관해 생각했다.

요약하자면 이런 느낌이었다.

첫째 날, 일행들은 모두 충격에 빠졌고.

둘째 날, 생각해보니 그런 일은 이미 있었다고 여기게 되었으며(정희원, "생각해보면 성좌들이 있는 한 이러나저러나 같은걸요, 뭐.").

셋째 날, 좀 더 생각해보니 소설에 자신이 나온 게 신기하다는 사람이 등장했으며(이설화, "근데 전 비중이 얼마나 됐을까요?").

넷째 날, 역시 그런 소설을 읽었다면 김독자는 이 세계의 신이 아닐까 말하는 이가 출현했고(이길영, "역시 형은 신일 줄 알았어.").

다섯째 날, 급기야 지금 위로를 받아야 할 건 우리가 아니라 김독자라고 주장하는 이가 나타났다(신유승, "어쩌면 지금 제일 힘든 건 아저씨일지도 몰라요.").

이야기를 줄곧 듣던 이현성이 말했다.

"확실히 지금 독자 씨 심정이 어떠실지 모르겠습니다. 며칠 전엔 중혁 씨까지 사라졌으니⋯⋯."

그 말에 동의하듯 일행들이 고개를 주억거렸다.

결국 시선은 다시 이지혜에게 집중되었다.

"지혜야."

얼굴이 붉어진 이지혜가 빽 소리를 질렀다.

"아, 그러니까! 아저씨 완전 죽을상이던데 내가 어떻게 말을 걸어요."

"그래도."

"그러게 독자 아저씨는 왜 괜히 그런 말을 해서. 그냥 지금까지 해오던 대로 우릴 속이고⋯⋯."

"지혜야."

정희원의 부름에 이지혜가 흠칫 고개를 숙였다.

"우리가 이해할 수 없다고 해서 독자 씨의 선택을 무시하면 안 돼. 잘은 모르겠지만, 독자 씨에게는 반드시 해야만 하는 일이었을 거야. 독자 씨 나름대로 생각이 있었을 거라고."

"언니도 우리가 그냥 '등장인물'이라고 생각해요?"

"그건 나도 모르지. 다만…… 이미 '시나리오'가 있는 판국에 등장인물이면 어떻고 아니면 어때. 그런 소설이 존재했다는 게 독자 씨 잘못도 아니잖아."

맞는 말이었다.

김독자가 세계를 이렇게 만든 것도 아니고, 그는 그저 우연히 그 소설을 읽은 유일한 독자였을 뿐이다.

소설 속 등장인물. 그래서 그게 뭐 어쨌단 말인가. 이 빌어먹을 시나리오가 시작되었을 때부터 이미 그들은 성좌들의 광대였는데. 이제 와 그런 이야기를 듣는다고 해서 그다지 실감이 나지도 않았다.

한참이나 잘근잘근 입술을 깨물던 이지혜가 입을 열었다.

"알았어요. 가서 말할게요. 그 대신 유승이랑 현성 아저씨도 같이 가."

이현성과 신유승이 서로를 보며 미적거렸다.

"어, 음. 사실 난 어제저녁에 다녀와서……."

"저는 사흘 전에 아저씨랑 말했어요."

일행들을 쓱 둘러본 이지혜의 얼굴이 창백하게 변했다.

"뭐야, 그럼 나만 안 갔어?"

⌘ ⌘ ⌘

하나씩 찾아오는 일행들을 맞이하며, 나는 줄곧 심정이 복잡했다.

한밤중에 갑자기 나타난 이설화가 멀쩡한 내 팔에 설화 팩을 꽂은 일이 있는가 하면, 아침에 눈을 떠보니 방문 앞에 거대한 괴수종과 충왕종 뒷다리 같은 것들이 놓여 있기도 했다.

잘못한 사람은 나인데 오히려 일행들이 이쪽을 챙겨주니, 어떻게 반응해야 할지 알 수가 없었다.

─만약 우리가 등장인물이라면, 독자 씨는 그런 등장인물을 위해 몇 번이나 자신을 던진 거예요. 나도 다른 사람들도 그것만 기억할 거예요.

정희원은 그렇게 말했다.

─아저씨, 저는 어려서 아저씨가 왜 그런 말을 했는지는 잘 모르겠어요. 그래도 지금 아저씨가 무척 힘들다는 건 알겠어요.

신유승과 이길영은 이렇게 말했고.

─독자 씨, 제 매뉴얼에 이런 상황에 대한 대처법은 없습니다. 그러니 절 너무 곤란하게 하지 마시고 평소처럼 돌아와주십시오.

이현성은 언제나처럼 이현성이었다.

—난 사과나 위로 같은 거 잘 못해. 그 소설에 진짜 내가 나
온다면 아저씨도 알겠지?

그리고 이지혜까지.

어떤 위로는 봄의 빗방울처럼 따스하게 쌓인다. 그것이 위
로라는 것조차 눈치채지 못할 만큼 조용히.

성벽 아래로 눈이 쌓이고 있었다. 어느덧 겨울로 접어드는
계절.

나는 제설 작업에 한창인 시민들을 내려다보고 있었다. 세
상이 뒤바뀌고 괴수들이 난립하지만, 그래도 제설은 해야 했
다. 제때 치우지 않은 눈은 결국 단단한 얼음이 되어 골칫덩이
가 되고 마니까.

"준비는 잘 되어가고 있느냐?"

곁을 돌아보니 키리오스가 허공에 가부좌를 튼 채 둥둥 떠
있었다. 완연히 기세를 회복한 키리오스는 최근 일행들의 무
공 교육을 전담하고 있었다.

"열심히 하고 있습니다."

곧 있을 '성마대전'은 80번 시나리오. 그리고 지금 우리가
'별자리의 맥락'을 통해 진출할 수 있는 최대 시나리오는 65번
이었다.

즉 우리는 남은 기간 충분한 설화를 쌓아 65번 시나리오를

돌파하고 두 번째 별자리의 맥락으로 진출해야 했다. 그 후에야 우리 〈김독자 컴퍼니〉 또한 80번 시나리오의 자격을 얻게 될 것이다.

"설화는 착실히 쌓고 있고, 시나리오 공략도 순조롭습니다. 어차피 60번대 시나리오는 〈기간토마키아〉를 제외하면 난이도가 엇비슷하니까요."

「마계의 봄」에 「신화를 삼킨 성화」까지.

전과는 다른 개연성을 확보한 우리는 파죽지세로 시나리오를 클리어했고, 60번대 시나리오에서는 상대할 성운을 찾을 수 없을 정도의 고공행진을 하고 있었다.

더불어 '양산형 제작자'와 약속한 광고까지 시작하면서, 〈김독자 컴퍼니〉의 주가는 날이 다르게 치솟고 있었다.

때마침 허공의 패널에서 '양산형 제작자'의 광고가 흘러나왔다.

―시나리오, 그 무수한 길들.

독백조로 흐르는 내 목소리. 화면 속에서 몇 대의 차가 차원로의 포털을 향해 질주하고 있었다. 그런데 개중에 유일하게 포털을 택하지 않는 차가 있으니, 바로 한수영이 탑승한 'X급 페라르기니'였다.

―모두 자신만의 길이 있다.

제각기 흩어지는 차량들을 가로질러 그대로 어둠 속을 달려나가는 X급 페라르기니. 눈물점이 도드라지는 한수영의 얼굴이 클로즈업되며, 녀석의 입술이 내 목소리에 맞춰 립싱크된다.

─하지만 길이 없는 길을 달리는 것이 진짜 강자다.

검게 물드는 화면과 함께 떠오르는 '양산형 제작자'의 로고.
하여간 영감이 보통이 아니다. 나한테 겁줄 때는 언제고 저걸 광고 문구로 쓰다니.
저딴 광고가 성좌들에게 먹힐 턱이…….

[성좌, '심연의 흑염룡'이 해당 광고를 좋아합니다.]
[성좌, '긴고아의 죄수'가 'X급 페라르기니'를 갖고 싶어합니다.]
[당신의 광고가 일부 성좌의 구매 욕구를 자극했습니다.]

있네.
곁에서 함께 광고를 보던 키리오스가 혀를 찼다. 무림 출신 초월좌께서는 아무래도 현대 문명의 이기를 받아들이지 못하는 모양이었다.
"이해할 수가 없군. 무공을 쓰면 훨씬 빨리 달릴 수 있다."
"그건 그렇죠"

"파천의 제자 놈은 아직 돌아오지 않은 모양이지?"

갑작스러운 질문에 나는 입을 다물었다.

파천검성의 제자 중 '놈'이라 칭할 수 있는 존재는 하나뿐이었다.

"그 녀석이야 혼자서도 제 살길 잘 찾는 녀석이니 걱정하지 않습니다."

걱정된다.

어디서 또 개복치 짓거리를 하고 있지는 않을지.

또 갑자기 우울증이 도져서 회귀 생각이나 하고 있지는 않을지.

한편으로 지금의 유중혁을 건드릴 수 있는 존재가 많지 않다는 사실을 상기하면서도, 불안한 마음을 완전히 덮을 수는 없었다.

하지만 지금은 믿는 수밖에 없었다.

녀석을 활자로만 알던 그 시절에 줄곧 그랬던 것처럼.

"다음 시나리오 지역으로 가면 또 어디선가 짠, 하고 나타날 겁니다. 원래 그런 놈이니까요."

"'환생자들의 섬'은 쉽지 않을 거다."

"알고 있습니다."

나는 고개를 끄덕이며 말했다.

키리오스는 초월좌이고, 이미 '환생자들의 섬'을 방문한 이력도 있다.

키리오스의 시선이 흉벽 아래를 향했다. 일행들과 살짝 떨어진 곳에서 홀로 묵묵히 정권을 내지르는 장하영의 모습이 보였다.

"이번 여정에는 하영이를 함께 데려가라. 저 녀석 또한 파천의 진전을 이었다. 짐이 되진 않을 것이다."

"안 그래도 데려가려 했습니다."

장하영은 이번 시나리오에 꼭 필요한 인물이다. 원작에서 녀석이 '초월좌들의 왕'이라는 이름을 얻는 장소도 '환생자들의 섬'이니까.

가볍게 손을 흔들어주었더니 이쪽을 보던 장하영이 이내 휙 고개를 돌렸다.

다시 먼 하늘을 본다.

소매 안에서 째깍거리는 시곗바늘의 진동이 느껴졌다.

성마대전까지 앞으로 이십일 일.

나는 조용히 스마트폰을 켜 멸살법 파일을 열었다.

이 소설 때문에 일행들에게 상처를 입혔지만, 그럼에도 이 소설이 있었기에 일행들을 알 수 있었다.

나는 그 모순된 감정 속에서, '성마대전' 부분을 열어 읽기 시작했다.

'성마대전'의 첫 문장은 다음과 같이 시작한다.

「마침내 이 세계에도 멸망의 계절이 느릿하게 다가오고 있었다.」

✿ ✿ ✿

성운 〈에덴〉.

평소였다면 인기가 없었을 연무장의 입구에 웬일로 천사들이 잔뜩 모여 있었다.

[아, 저 화신이 바로……]

[저게 인간의 몸이라고?]

천사들이 엿보는 연무장 안에는 상반신을 탈의한 한 사내가 검을 쥔 채 허공을 노려보고 있었다. 얼핏 보면 그저 검을 쥐고 있는 것 같지만, 사실 검으로 허공을 베는 중이었다. 눈이 좋은 천사라면 칼날이 아주 미세한 속도로 아래를 향하고 있다는 것을 알 수 있었다.

유중혁이 시간을 잊고 싶을 때 반복하는 수련이었다.

찰나의 시간을 길게 늘여, 그 시간에 올올이 깃든 영원을 감각하는 것.

엄격한 절도가 묻어나오는 동작에 주변 공기가 거칠게 요동쳤다. 웅크린 용처럼 절제된 격.

하지만 뭔가 절제되어 있다는 것은 거꾸로 말하면 분출하지 않은 뭔가가 있다는 뜻이기도 했다.

[대단하군요. 지금의 당신이라면 어지간한 설화급 성좌도 섣불리 달려들지 못하겠어요.]

인상을 찌푸린 유중혁이 고개를 돌리자, 그곳에 창백한 얼굴의 대천사가 있었다.

〈에덴〉의 모든 것을 기록하는 자.

여긴 왜 왔느냐고 묻는 듯한 유중혁의 시선에 메타트론이 쓴웃음을 지었다.

[조금 충고를 하러 왔습니다. 수련을 할 때마다 상의 탈의를 계속하실 거라면, 장소를 다른 곳으로…….]

"이 수련을 진행하기에는 〈에덴〉의 개연성 밀도가 제일 알맞다."

[그건 그쪽 사정이고, 당신의 풍기문란으로 말미암아 어린 천사들에게…….]

"메타트론, 왜 내게 그 '계시'를 보여준 거지?"

상대방 말을 전혀 듣지 않는 화법에, 메타트론이 입맛을 다시며 말을 바꾸었다.

[거래였다고 말씀드렸을 텐데요. 당신이 '선악의 이중주'에서 '선'의 편을 드는 대가. 그 이상도 이하도 아니었습니다.]

"〈김독자 컴퍼니〉를 분열시키려는 게 아니라?"

[〈에덴〉이 뭐 하러 그런 짓을 하겠습니까?]

"너희가 김독자에게 유독 촉각을 곤두세우고 있다는 것쯤은 알고 있어. 녀석의 세력이 커지는 걸 견제할 속셈이겠지."

[이곳에서 상의까지 탈의하고 시위를 벌이는 이유가 그것입니까?]

"말이 전혀 통하질 않는군."

말이 통하지 않는 게 어느 쪽인지 알 수 없다는 듯 메타트론이 고개를 흔들었다.

그러거나 말거나, 유중혁은 여전히 허공을 향해 검을 휘두를 뿐이었다. 아주 천천히, 가상의 적수에게 검을 박아 숨통을 끊듯이.

[계속 불법 시위를 하실 거라면 〈김독자 컴퍼니〉를 정식으로 탈퇴하고 〈에덴〉에 가입하십시오. 그럼 상의 탈의까지는 허용을—]

"'계시'의 다음 장을 내놔라. 네가 가지고 있던 정보는 그게 전부인가?"

[내가 거짓 정보를 줄 거라고는 생각하지 않습니까?]

"대놓고 거짓말을 해대는 마왕 놈들보다야 낫겠지."

[그래서 아스모데우스를 따라가는 대신 우리 〈에덴〉에 쳐들어온 겁니까?]

"마왕들이 아는 정보라면 너 역시 알고 있을 테니까."

[허.]

유중혁이 홀로 〈에덴〉에 쳐들어온 그날 일을, 메타트론은 지금도 잊지 않고 있었다.

능천사와 역천사가 지키는 대결계 입구에서 진상을 부리다니. 그런 짓은 마왕도 하지 않는다. 메타트론이 말리지 않았더라면, 그날 유중혁은 미카엘 손에 목이 달아났을 것이다.

유중혁이 말했다.

"잔말 말고 계시를 내놔라. 여기까지 네놈들 목적대로 놀아나줬으면 충분한 것 아닌가?"

메타트론의 입가가 일그러졌다. 유중혁을 가만히 들여다보던 메타트론의 두 눈에 서늘한 안광이 스쳤다.

　[화신 유중혁. 내가 알려준 정보는 엄밀히 따지면 '계시'가
아닙니다. 그것은 특별한 존재에게서 받은 정보였지요.]

　"특별한 존재?"

　[정말 알고 싶습니까?]

　잠시 유중혁을 응시하던 메타트론이 천천히 고개를 들었다.
유중혁 또한 따라서 고개를 들었다.

　한순간 〈에덴〉의 하늘이 새카맣게 일그러지는 느낌이었다.

　연무장 주변에 몰려와 있던 몇몇 천사가 작은 비명을 내지
르며 주저앉았다.

　유중혁은 본능적으로 흑천마도를 움켜쥐었다.

　마왕? 아니다.

　그것은 마魔라기보다는 차라리 혼돈에 가까운 무엇이었다.

　[당신의 배후성이 이질적인 존재에게 불편함을 느낍니다.]

　다시 눈을 깜박였을 때, 주변 정경이 변해 있었다.

　스타 스트림의 한복판. 새카만 우주 속에 무형의 어둠이 똬
리를 틀고 있었다.

　초월좌인 유중혁조차 응시하는 것이 버거운 대존재大存在.

　유중혁이 물었다.

　"너는 누구지?"

[성좌, '은밀한 모략가'가 화신 '유중혁'을 바라봅니다.]

어둠이 말했다.

【오랜만이구나, 가장 오래된 꿈의 꼭두각시여.】

2

겨울의 시간은 빠르게 흘렀다.

65번 시나리오까지 쾌속 클리어를 마친 〈김독자 컴퍼니〉는 일주일 전, 두 번째 '별자리의 맥락'에 도달했다.

마침내 80번 시나리오의 최소 도전 조건을 충족하는 데 성공한 것이다.

['양산형 제작자'가 광고비를 입금했습니다.]

[2,500,000코인을 받았습니다.]

성운의 잔고도 빠르게 쌓였다. 광고 한 방에 250만 코인. 'X급 페라르기니'가 꽤 호황인 모양이었다. 판매 수익 일부를 지급받기로 했으니 앞으로도 수입은 꾸준히 더 들어올 것이다.

"슬슬 때가 됐군요."

그리고 마침내 시나리오 당일.

나는 채비를 마친 일행들을 돌아보았다.

이현성, 정희원, 이지혜, 신유승과 이길영. 거기다 장하영까지……

"독자 씨, 진짜 이대로 출발해도 괜찮겠습니까?"

뭔가 불안한 듯 이현성이 말했다.

이해는 간다. 정확히 일주일 전 내가 내린 지침은 '80번 시나리오가 열릴 때까지 아무것도 하지 말고 쉬자'라는 것이었기 때문이다.

"이렇게 기강이 해이해진 채로……."

기강 해이라.

탄피에 안전핀까지 잃어버린 전적이 있는 참군인의 말이었다.

"어차피 지금 뭘 해도 최상위 격 성좌들을 따라잡기는 힘들어요. 중요한 건 여기서 뭘 하느냐가 아니라, 그곳에서 뭘 하느냐입니다. 그나저나 한 사람이 빠진 것 같은데요."

"수영 씨는 먼저 갔습니다. 자기는 명령 따위는 듣지 않는다고……."

하여간 이 회사는 말 잘 듣는 직원이 하나도 없군.

뭐, 한수영이라면 알아서 잘 살아남겠지.

고개를 돌리자 어머니를 비롯한 방랑자들이 공단 정문에서 우리를 바라보고 있었다.

"그럼, 다녀오겠습니다."

"몸조심하렴."

서울의 치안은 어머니와 방랑자들에게 맡겼다.

모두 후반부 시나리오에는 큰 욕심이 없는 사람들. 시나리오를 클리어하는 대신, 각자 방식대로 삶을 꾸리고자 결심한 이들이었다.

최근 몰려든 화신들을 관리 감독 하기로 한 이설화와 공필두도 서울에 남기로 했다.

"서울을 잘 부탁합니다."

이설화가 고개를 끄덕였다.

광장 건너편에서 초반부 시나리오를 공략 중인 화신들에게 둘러싸인 공필두가 퉁명스러운 말투로 무언가 설명하고 있었다.

"좋은 자리를 선점하는 게 중요하다. 무조건 남들보다 먼저 좋은 땅을 차지해야 한다 이거야! 알겠냐?"

괜찮아야 할 텐데.

—나와 파천검성은 나중에 합류하지. 먼저 가거라.

멀리서 이쪽을 바라보는 키리오스에게 마주 고개를 끄덕인 후, 나는 허공에 신호를 보냈다.

곧 시나리오 전송을 담당하는 하급 도깨비가 나타났다.

[〈김독자 컴퍼니〉. 준비는 끝나셨습니까?]

"전송 시작해."

하급 도깨비의 읊조림과 함께 우리는 발밑의 포털로 빨려

들어갔다. 꽤 고급 포털인지 시공간이 바뀌는 와중에도 현기증이 느껴지지 않았다.

그리고 얼마나 지났을까.

[80번 시나리오 대기실에 진입했습니다.]

평화로운 광화문의 풍경 대신 창백한 대리석이 깔린 대기실이 나타났다. 대기실은 미리 도착해 있던 성좌와 화신들의 열기로 들끓고 있었다.

[시나리오는 언제 시작하는 거지?]

[빨리 열어! 시간 없으니까!]

성좌 중에는 내가 익히 얼굴을 아는 녀석도 있었다.

성급한 늪의 포식자.

'마왕 선발전' 이후로 보이지 않기에 죽은 줄 알았는데, 아직도 살아 있었던 모양이다.

뒤쪽에서 정희원이 중얼거렸다.

"쟁쟁한 성좌가 많은 것 같네요."

"아저씨, 저기 란비르 칸이랑 페이후도 왔어요!"

"〈파피루스〉와 〈탐라〉도 보이는군요."

추위를 견디는 펭귄처럼 내 뒤에 바짝 붙어 있는 〈김독자 컴퍼니〉 일행들. 막 상경한 시골 사람들 같기도 했다.

이지혜가 입술을 비죽이며 쏘아붙였다.

"아저씨, 뭘 그리 실실대?"

"너도 웃을 수 있을 때 웃어둬."

멀리서 〈올림포스〉 출신의 몇몇 성좌가 이쪽을 향해 손을 흔들었다. 디오니소스와 아프로디테였다.

설마 이번에도 공연을 하러 온 건 아니겠지.

그 뒤로는 〈베다〉 출신의 몇몇 성좌와 '지고한 빛의 신' 수르야의 모습도 보였다.

어쩌면 안나 크로프트나 유중혁도 저들 중에 섞여 있을 것이다.

[마왕, '예제공'이 당신을 노려봅니다.]
[마왕, '금단을 보는 눈동자'가 당신을 견제합니다.]

역시 저 녀석들도 왔군.

[성좌, '젊은이와 여행의 수호자'가 지루하다는 듯 하품을 합니다.]
[성좌, '타락의 구원자'가 당신을 향해 사나운 기세를 드러냅니다.]

거기다 〈에덴〉의 대천사까지.

확실히 80번 시나리오쯤 되니 규모 자체가 달랐다. 우리는 이제 저 무시무시한 설화급 성좌들과 경쟁해야만 한다.

대광장의 중심에서 도깨비 하나가 두둥실 떠올랐다. 비형이었다.

[다들 모이셨군요. 저는 이번 시나리오의 진행을 맡은 도깨

비 비형이라고 합니다.]

보통 이만한 규모의 시나리오는 대도깨비가 주최한다. 비형이 나온 걸 보니 관리국 내부에서 녀석의 위상이 꽤 올라간 모양이었다.

[본래 '성마대전' 무대는 다른 곳이 예정되어 있었습니다만, 이번에는 특수한 사정으로 '환생자들의 섬'이 시나리오 지역으로 선정됐습니다. 뭐, 우리 윗분들께서 하시는 일이 다 그렇잖아요?]

몇몇 성좌가 킬킬 웃음을 터뜨렸다.

관리국 풍자는 성좌들에게 잘 먹히는 유머 중 하나였다.

비형 자식, 개연성이 무섭지도 않은 모양이다.

[어떤 성좌님은 이 무대가 낯설게 여겨지실지도 모릅니다. 워낙 오래된 장소인 데다, 이제는 거의 사용되지 않는 곳이니까요. 시대의 흐름에 도태되었다고나 할까……]

비형의 말과 함께 하늘의 스크린에서 영상이 흘러나오기 시작했다.

곧 시작될 시나리오의 무대인 '환생자들의 섬'이었다.

[우린 '성마대전'에 참가하러 온 거다. 무대 따위는 어디든 상관없어!]

[별로 기대도 안 돼. 보나 마나 또 소드 마스터나 9서클 대마법사 같은 놈들 잔뜩 풀어놓은 세계관이겠지.]

벌써 시나리오를 체험하기라도 한 것처럼 성좌들이 비아냥거렸다.

그러자 비형이 말했다.

[소드 마스터라. 이번에는 그런 걱정은 고이 접어두셔도 좋습니다. 왜냐하면 이번 세계관은 좀 특별하니까요.]

성좌들이 웅성거리자 비형이 말을 이었다.

[애초에 '이 섬'이 막 열리던 시절에는 소드 마스터도, 9서클 대마법사도, 심지어는 마법 서클의 개념조차 존재하지 않았습니다. 그만큼 오래된 섬이죠.]

그 말에 다수의 성좌가 귀를 기울였다.

개중에서도 특히 '미식협' 회원들이 관심을 쏟았다. 아마 그들은 이 섬에 관한 정보를 어느 정도 알고 있을 것이다.

[뭐, 자세한 건 직접 겪어보면 아실 테죠. 일단 시나리오에 필요한 설명부터 하겠습니다. '성마대전'의 무대가 될 '본섬'에 진출하기 전, 여러분은 튜토리얼 지역을 먼저 경험하시게 될 겁니다.]

곧이어 영상에 섬의 약도가 떠올랐다.

우주 한복판을 부유하는 거대한 섬과, 그 주변을 에워싼 작은 섬의 군도群島.

비형은 군도 가장 바깥에 있는 섬들을 가리키며 말했다.

[여러분은 가장자리의 '소섬'에서 시작하시게 됩니다. 이곳의 튜토리얼을 통해 섬 적응법을 배우고, 추후 '성마대전'의 주요 무대인 '본섬'으로 진출할 시나리오를 받으시는 거죠.]

설명을 들어보니 기존 '환생자들의 섬'의 규칙과 같은 모양이었다. 내게는 반가운 일이었다.

물론 다른 성좌들은 아니었다.

[튜토리얼? 우린 성좌다. 지금 장난치는 건가?]

[아휴, 물론 말이 튜토리얼이지 반드시 수행하실 필요는 없습니다. 곧장 '본섬'으로 진출할 방법도 얼마든지 있으니 너무 화내지 마세요.]

보통 도깨비가 저딴 식으로 이야기하는 것은, 튜토리얼을 진행하지 않으면 시나리오가 엿같이 굴러갈 것이라는 뜻이다.

실제로 저 섬에서 무슨 일이 벌어질지 안다면 이곳에 모인 성좌 중 절반 정도는 참가 신청을 철회할 텐데.

내 시선을 눈치챘는지 비형이 이쪽을 보며 윙크했다.

[원래 시나리오는 설명 없이 시작해야 참맛인데, 제 사설이 너무 길었군요. 그럼 다들 시작할 '소섬'을 골라주시기 바랍니다. 같은 섬에서 시작하고 싶은 분들은 같은 섬을 고르셔도 됩니다.]

비형이 맺음말을 끝내자 성좌들이 출발지를 고르기 시작했다.

나와 일행들은 같은 섬을 골랐다. 함께 갈 수 있다는데 굳이 떨어질 필요는 없으니까.

몇몇 성좌가 눈치를 보다가 내가 고르는 섬을 따라 선택하는 것이 보였다.

처음부터 이렇게 나오시겠다 이거지.

나는 일행들을 보며 말했다.

"다들 어제 제가 한 말 기억하시죠?"

정희원이 대답했다.

"시나리오가 시작되면 섬 중앙으로 달려가라는 거 말이죠?"

"예. 절대 다른 녀석들과 싸울 생각 말고, 무조건 섬 중앙의 마을을 찾아 달리십시오."

이번 시나리오는 지금껏 우리가 겪은 시나리오와는 완전히 다르다. 평범한 방식으로 튜토리얼에 임해서는 아무리 일행들이라도 살아남을 수 없다.

내가 멸살법을 읽었다는 사실을 알기 때문인지 이제 일행들은 내 제안에 별다른 의문을 가지지 않았다. 뭔가 씁쓸한 배덕감이 들었다.

모든 성좌들이 준비를 끝내자 비형의 메시지가 들려왔다.

[이제 시나리오 전송을 시작하겠습니다!]

나는 품속에서 부러지지 않는 신념을 뽑았다. 이번 시나리오는 검을 뽑는 일분일초까지 중요하다.

"모두 마을에서 만납시다."

동시에 일행들과 내 몸이 빛무리로 바뀌었다.

[새로운 메인 시나리오가 도착했습니다!]

[메인 시나리오 #80 - '환생자들의 섬'이 시작됩니다.]

쏟아지는 메시지와 함께, 어둠으로 물들었던 사위가 밝게 개었다.

코를 찌르는 풀숲 냄새. 나는 섬의 삼림 지대에 내던져져 있었다.

　주변에 일행들은 보이지 않았다. 아마 모두 섬의 다른 장소로 전송되었을 것이다.

[현재 당신은 '531번 섬'의 탐험 지대에 있습니다. 안내원이 있는 마을을 찾으세요.]
[히든 시나리오 - '생존 게임'이 시작됩니다!]

　거의 동시에 하늘에서 쏟아지는 도깨비의 메시지.

[이대로는 재미가 없겠죠? 시작은 서바이벌이 제맛이니까요. 성좌님들, 치열한 생존 경쟁 속에서 모처럼 예전으로 돌아간 기분을 마음껏 느껴보시기 바랍니다!]

〈히든 시나리오 - 생존 게임〉

분류: 히든

난이도: SSS

클리어 조건: 함께 진입한 경쟁자를 피해 섬의 마을로 진입하거나, 경쟁자들을 살해하시오.

제한 시간: 24시간

보상: 50,000코인, 튜토리얼 지역 클리어

실패 시: 사망

이럴 줄 알았지.

군이 이 섬을 무대로 택한 도깨비들이 그냥 넘어갈 턱이 없었다.

주변에서 불길한 기척이 느껴졌다. 모습을 숨기기에는 너무 늦은 타이밍이었다.

[마왕, '기하학의 마공작'이 당신을 향해 적의를 드러냅니다!]

수풀 속에서 모습을 드러낸 존재. 녀석은 나를 쫓아온 마왕 중 하나였다.

서열 65위의 마왕. '기하학의 마공작', 안드레알푸스.

[구원의 마왕. 마왕 암두시아스를 해치웠다지?]

화려한 깃털로 덮인 녀석의 손아귀에서 짙푸른 청염의 마기가 타오르고 있었다.

안드레알푸스는 모든 종류의 마법을 극성으로 익혔다고 알려진 마왕이었다.

[종마 하나를 이겨먹은 정도로 기고만장하지 마라.]

공작새처럼 생긴 녀석은 뾰족한 부리로 말을 도도도 내뱉고는 마법 주문을 영창하며 나를 향해 달려왔다. 첫 사냥감을 나로 정한 모양이었다.

나 역시 녀석을 향해 마주 달려갔다.

안드레알푸스가 중얼거렸다.

[보법도 형편없고, 스킬 숙련도도 터무니없군. 평범한 인간 수준이야. 고작 그 정도로 암두시아스를 꺾었단 말인가?]

그러거나 말거나, 나는 열심히 달려갔다. [바람의 길]도 사용하지 않아 평소보다 훨씬 느린 발걸음이었다.

안드레알푸스가 조소했다.

[죽어라.]

녀석이 발동한 것은 9서클 마법인 [헬파이어]. 말 그대로 지옥의 불길을 빌려오는, 직격으로 맞는다면 나조차 무사할 수 없는 대마법이었다.

그런데 녀석이 마법을 발동한 순간, 이상한 일이 벌어졌다.

푸슈슛.

삼림 전체를 불태워야 할 헬파이어가 작은 불꽃을 만들더니 힘없이 꺼져버린 것이다.

[섬의 개연성이 마법 '헬파이어'를 히락하지 않습니다.]

당황한 안드레알푸스가 퍼뜩 나를 바라보았다.

나는 이제 녀석의 코앞에 있었다.

"이 섬에는 소드 마스터도 9서클 대마법사도 없다고 말했잖아."

경악한 안드레알푸스의 눈이 커졌다.

"그러니 '헬파이어'도 당연히 없지 않겠어?"

믿어지지 않겠지. 하지만 그게 이 섬의 법칙이다.

스타 스트림에서 가장 강력한 개연성이 지배하는 곳.

[이 섬에는 강력한 개연성의 힘이 작용하고 있습니다!]
[이 섬에서는 '특성창'을 사용할 수 없으며, 시스템 데이터로 환산되는 모든 종류의 종합 능력치가 초기화됩니다.]

이 섬에서는 시스템을 사용할 수 없고.

[이 섬에서는 1세대 이후에 만들어진 대부분의 '스킬' 사용이 제한됩니다.]
[이 섬에서는 '성흔' 및 '설화'의 숙련치가 초기화됩니다.]

지금껏 얻은 모든 전투 기술이 무용해진다.

뒤늦게 방호 스킬을 외우려던 안드레알푸스의 표정이 굳어졌다.

나는 아무런 기교도 없이 무식하게 검을 내질렀다.

어떤 스킬도 성흔도 담겨 있지 않은 일격에, 마왕 안드레알푸스의 가슴이 허망하게 꿰뚫렸다.

평소보다 몇 배는 무거운 '부러지지 않는 신념'.

칼을 �쥔 손아귀가 덜덜 떨렸다. 종합 능력치의 혜택이 사라진 것은 녀석만이 아니었다. 무더운 삼림 속에서 뜨거운 볕이 내 피부를 태우고 있었다.

나는 땀을 뻘뻘 흘리며 죽은 마왕의 화신체에서 검을 빼냈다. 빈약한 근육 때문인지 검을 쥐는 것조차 버거웠다.

"이래서 내가 옛날이야기를 안 좋아한다니까."

소드 마스터도, SSS급 헌터도, 시스템도 특성창도 없는 세계.

[오래된 설화들이 당신의 시선에 반응합니다.]

환생자들의 섬.

이곳은 별들의 흐름 속에 도태된 '1세대 설화'들의 무덤이었다.

3

이현성은 생각했다.

베트남전에 참전했다던 외할아버지가 이런 기분이었을까.

무성한 잎으로 우거진 삼림. 비정상적인 크기의 밑동을 자랑하는 나무들 사이에 숨으면서, 이현성은 서바이벌 훈련을 하던 기억을 떠올렸다.

'인근 지역의 갈대숲까지 낮은 포복으로 이동한다.'

낮은 포복과 높은 포복을 번갈아 사용하며, 이현성은 천천히 삼림 지대를 이동해갔다. 마음 같아서는 당장 벌판 쪽으로 달려가고 싶었지만, 그쪽으로 이동하는 성좌 무리가 적지 않았다.

퍼뜩 풀숲을 헤쳐오는 기척에, 이현성은 재빠르게 나무 밑동에 숨어 숨을 죽였다.

[구원의 마왕이 분명 이 섬을 택하는 걸 봤는데…….]

[놈을 사냥하면 분배는 어떻게 할 거지?]

[목을 따는 쪽이 절반을 갖기로 하지.]

웅성거리는 성좌들의 기척. 모두 김독자를 노리는 적이었다. 당장이라도 뛰쳐나가 놈들의 목을 참수하고 싶었다.

─무조건 섬 중앙을 향해 달리십시오.

하지만 김독자는 말했다. 그래야만 이 빌어먹을 서바이벌에서 살아남을 수 있다고. 이 세계의 미래를 아는 사람의 전언이었다.

순간 김독자에게 멸살법에 관해 더 자세하게 물어볼 걸 그랬나 하는 생각이 들었다. 매뉴얼에 관한 정보는 많을수록 좋으니까.

미래의 지신은 어떻게 되는지. 어떤 삶을 살게 되는지.

'쓸데없는 생각을 할 때가 아니다.'

이현성은 양손을 들어 뺨을 꼬집었다.

김독자가 말해주지 않았다면, 그건 그만한 이유가 있을 것이었다.

지금은 상황에 집중해야 할 때였다.

부스럭.

가까운 곳에서 다시 한번 기척이 들려왔다. 말소리는 들리지 않았다. 누군가 이쪽으로 다가오고 있었다. 신중한 움직임.

은폐 엄폐의 기본을 어느 정도 꿰고 있는 자였다. 소리는 조금씩 가까워졌다.

부스럭.

저쪽에서 먼저 방향을 틀지 않는다면 조만간 들킬 수밖에 없는 위치.

이현성은 긴장하며 품속에서 단도를 꺼냈다.

김독자는 무조건 전투를 피하라고 했지만 항상 그럴 수는 없었다.

'피해갈 수 없다면 선공이다.'

지난 몇 년 동안 피를 토할 만큼 혹독한 수련을 거치며, 이현성은 전보다 훨씬 강해졌다. 이제 그는 첫 번째 시나리오의 '불의를 외면한 군인'이 아니었다.

마침내 기척이 코앞까지 다가왔다. 그런데 뭔가 느낌이 이상했다.

성긴 갈대 사이로 언뜻 보이는 특전복 무늬.

이현성은 반사적으로 중얼거렸다.

"희원 씨?"

"으와앗!"

풀숲을 불쑥 뚫고 나온 심판자의 검. 이현성은 반사적으로 허리를 숙여 그 검을 피해냈다.

잠시 후 풀숲 사이로 정희원이 고개를 내밀었다.

"현성 씨? 이런, 미안해요."

"아닙니다. 괜찮으십니까?"

안 그래도 절박하던 상황에 동료와 조우하니 이렇게 반가울 수가 없었다. 한숨을 돌리고 보니 정희원 허리춤에 두 아이가 찰싹 붙어 있었다.

신유승과 이길영.

이현성은 핼쑥한 두 아이의 얼굴을 보며 물었다.

"애들 상태가 왜 이렇습니까?"

"저도 확실히는 몰라요. 방금 만난 거라. 뭔가 충격적인 광경을 봤나 봐요."

충격적인 광경.

확실히 이 섬은 기묘한 데가 있었다.

이현성은 아까부터 등에 찬 '헤라클레스의 방패'가 몹시 무겁게 느껴졌다. 평소에는 무게조차 느끼지 못 하는 아이템이었는데…….

이현성은 한 손으로 신유승을 업으며 말했다.

"일단 섬 중앙으로 가서 독자 씨와 만나는 게 먼저일 것 같습니다."

"어디가 중앙일까요?"

"연기가 피어오르는 방향이라고 들었으니…….."

슬쩍 고개를 들어 방위를 살피자 커다란 나무 사이로 모락모락 피어오르는 연기 자락이 보였다. 그리 멀지 않은 위치.

이현성은 정희원과 함께 포복하며 움직이기 시작했다. 든든한 동료와 함께하기 때문인지, 군번줄을 통해 느껴지는 심박이 아까와는 다른 박자로 뛰는 것 같았다.

그렇게 얼마나 기었을까. 얼마 지나지 않아 삼림 지대 끝자락에 도착했다. 눈앞으로 펼쳐진 것은 너른 벌판. 이제 연기 발화 지점까지 얼마 남지 않았다.

　문제는 그 벌판을 가로막은 일련의 무리였다.

　정희원이 인상을 쓰며 입을 열었다.

　"아무래도 우릴 쫓아온 녀석들인 것 같죠?"

　제각기 병장기와 성유물로 무장한 채 벌판 인근을 기웃거리며 수색하는 성좌들. 개중에는 아까 이현성이 일별한 무리도 있었다.

　"싸우지 말고 달리라고 했으니, 피해서 가는 게 좋을 것 같긴 한데……."

　이대로 벌판에 진출하면 반드시 저들 눈에 띄게 된다. 삼림 지대를 돌아가는 방법도 있었지만, 그러면 시간이 얼마나 걸릴지 장담할 수 없었다.

　등 뒤에 업힌 신유승이 입을 연 것은 그때였다.

　"아저씨. 저기."

　파들거리는 신유승의 손가락이 벌판 건너편에 있는 반대쪽 숲을 가리켰다.

　뭔가가 달려 나오고 있었다.

　거칠고 포악한 울음소리. 삼림을 헤치고 나온 그 괴수종은, 이현성도 익히 아는 괴수였다. 왜냐하면 수많은 판타지 만화와 소설에서 단골로 출연하는 몬스터니까.

　정희원이 물었다.

"저거 '오크' 아니에요? 80번대 시나리오에 있기엔 너무 약한 녀석인데……."

오크.

수많은 판타지 장르에서 '초반 몬스터'의 대표 격으로 등장하는 괴물.

"그러고 보니 지금까지 오크와 싸운 적은 없군요."

생각해보면 이상한 일이었다. 오크는 너무 유명해서 일반인도 아는 괴물이었다. 그런데 시나리오가 80번이 되도록 한 번도 오크와 마주친 적이 없었다.

벌판 지대에서 성좌들이 일갈을 터뜨렸다.

[우릴 무시해도 정도가 있지!]

[겨우 저런 쓰레기를 풀어놓은 건가?]

성좌들 역시 황당하기는 마찬가지인 모양이었다.

병기를 쓸 필요도 없다는 듯, 성좌 하나가 귀찮은 얼굴로 달려오는 오크를 향해 주먹을 내뻗었다.

평소였다면 그 주먹 한 방에 전신이 터져나갔어야 할 괴물.

그런데 다음 순간 이상한 일이 벌어졌다.

빠가각!

오크가 휘두른 돌도끼에 성좌의 주먹이 부서졌다.

당황한 성좌가 뭐라고 외치려는 순간, 어디선가 또 다른 돌도끼가 날아왔다.

퍼거걱!

그대로 터져버린 성좌의 머리통. 자신이 무슨 일을 당했는지 인지하지도 못한 듯, 멍청하게 쓰러지는 성좌의 화신체.

기분 나쁜 웃음을 흘린 오크와 포효와 함께, 벌판은 끔찍한 학살장으로 뒤바뀌었다.

[끄아아아아악!]

산을 부수고 바다를 가른다는 무시무시한 성좌들. 그 성좌들이, 단 두 마리의 오크에 의해 머리가 터지고 몸통이 찢기며 죽어가고 있었다.

정희원도 이현성도 얼이 빠졌다. 현실감 없는 정경이었다.

저렇게 쉽게 죽었다고? 성좌들이?

오크에게?

"도망가요!"

순식간에 성좌 열댓 명을 찢어버린 오크들이, 이쪽 삼림 지대를 향해 다가오고 있었다.

⌘ ⌘ ⌘

부디 오크만 만나지 않기를.

나는 무성한 삼림을 헤치며 머릿속으로 그 생각을 반복했다.

더위 속에 숨이 점점 찼고, 발걸음은 무거웠다. 별로 오래 걷지도 않았는데 전신에서 흘러내린 땀으로 탈진할 것 같은 기분이었다.

종합 능력치의 부재가 이렇게 클 줄은 몰랐다.

역시 태생 체력 1은 어쩔 수가 없다. 설상가상으로 어깨까

지 좁아진 느낌. 착각이라 믿고 싶지만 이것이 '섬'의 현실이
었다.

환생자들의 섬.
스타 스트림에서 가장 오래된 이야기가 모여 있는 곳.

여기서는 바깥에서 데이터로 쌓아온 모든 능력치 버프가
해제된다.
즉 순수한 육체 본연의 능력이 주가 되는 장소라는 뜻이다.
내가 서열 65위의 마왕을 손쉽게 쓰러뜨릴 수 있었던 것도
바로 그 때문이었다.
성좌위에 오른 성좌는 대부분 육체 수련을 게을리한다. 그
래서 이 섬에 막 진입했을 때 자신의 정확한 전투력을 오판하
는 실수를 저지른다.
그나마 육체파가 아닌 '인드레알푸스'였기에 망정이지…….

[당신은 현재까지 1명의 경쟁자를 살해했습니다.]
[안전 지역으로 진입 시 추가 보상을 획득할 수 있습니다.]

간간이 들려오는 메시지를 놓치지 않으려 애쓰며, 나는 무
성한 나무가 만든 그늘을 골라 이동을 계속했다. 탈수를 방지
하기 위해 드문드문 발견되는 개울에 코를 박고 벌컥벌컥 물
을 마시기도 했다. 영혼이 정화되는 느낌이 들 정도로 맑고 차

가웠다.

"1세대 물 참 맑네."

사실 나라고 무조건 옛날이야기를 싫어하는 것은 아니었다.

독자로서 말하자면, 오히려 오래된 이야기를 더 좋아했다. 꿈과 모험으로 가득한 영웅들의 이야기. 잊혀진 산맥의 드래곤과 싸운다거나, 아름다운 엘프, 용맹한 난쟁이와 함께 전설의 검을 찾아 떠난다거나…….

문제는 지금 내가 그 '옛날이야기' 속에 들어왔다는 것이다.

특성창의 힘도 못 쓰고, 어떤 편의 기능도 없는 세계.

이곳에서 위험은 괴수만이 아니었다. 스킬 효과를 받을 수 없으니 자연히 면역도 떨어지고, 추위나 질병도 조심해야 했다. 원작에서는 전염병에 걸린 성좌가 몰살당하는 경우도 있었다.

실제로 멸살법에는 다음과 같은 문장이 등장한다.

「특성창과 시스템이 주는 편의에 익숙해져 있던 성좌들은, 그들의 감수성으로 읽어낼 수 없는 세계를 맞닥뜨리자 제대로 된 저항 한번 해보지 못한 채 무력하게 죽어갔다.」

스타 스트림의 권좌에 군림하며 강력한 위상을 빛내던 성좌들은 고작 전염병이나 오크 따위를 이겨내지 못해 죽어갔다. 개중 어떤 성좌는 그 치욕을 견디지 못해 스스로 목숨을 끊기도 했다.

우스운 일이었다.

[861번 섬의 참가자가 전멸했습니다.]
[1,896번 섬의 참가자가 전멸했습니다.]

시작됐군.

아마 지금쯤 '소섬' 전역은 끔찍한 비극에 휩싸였을 것이다.

그동안 무시하던 하급 괴수종에게 죽어나가는 성좌들…….

[다수의 성좌가 '환생자들의 섬'의 난이도에 큰 충격을 받습니다.]
[다수의 성좌가 '관리국'에 항의 메시지를 보냅니다!]

항의해도 소용없다.

이 섬은 원래 그런 섬이다.

나왕이든 대천사든…… 누구든 조금이라도 방심하면 목이
떨어지는 곳.

꾀룩.

근처 수풀에서 들려오는 울음에 나는 반사적으로 숨을 죽
였다.

이 섬에서 저런 식으로 우는 괴수는 내가 알기로 하나밖에
없다. 연녹색 피부를 가진, 내 키의 반 정도 되는 난쟁이 괴수.

……'고블린'인가.

나는 가까스로 안도의 숨을 토해냈다.

오크가 아니라 고블린이라면, 정신만 바짝 차리면 해볼 만하다.

퀴에에에에!

귀청이 찢어질 것 같은 고성.

나는 반사적으로 울음이 들려온 방향으로 검을 휘둘렀다. 형편없는 근력 때문인지 내 몸은 '부러지지 않는 신념'이 휘둘러진 방향을 향해 덩달아 끌려갔다.

푸슈숫!

운 좋게도 풀쩍 뛰어오른 첫 번째 녀석이 눈먼 칼날에 맞아 바닥을 뒹굴었다.

문제는 그다음부터였다.

「1세대의 법칙 하나. 고블린은 절대 혼자서 움직이지 않는다.」

다친 고블린을 밟고 도약한 두 마리의 고블린이 순식간에 거리를 좁히며 가시 곤봉을 휘둘러왔다.

찌이이익!

개중 한 녀석이 휘두른 곤봉에 허벅지 바깥쪽에 길게 찰과상이 남았다.

빌어먹을. 여기선 마왕보다 고블린이 더 무섭다더니.

[전용 스킬, '제4의 벽'이 발동합니다!]

그나마 [제4의 벽]이 없었다면, 나 역시 고블린의 난타에 허둥대다 다른 성좌처럼 죽어나갔을지도 모를 일이었다.

불길한 목소리가 들려온 것은 그때였다.

['섬의 관리자'가 당신이 사용 중인 스킬의 불공정성을 염려합니다.]

['섬의 관리자'가 이곳에서 해당 스킬은 사용할 수 없다고 선언합니다.]

[<스타 스트림>의 개연성이 관리자의 항의에 동의합니다.]

츠츠츠츳……!

['제4의 벽'이 불편한 심기를 드러냅니다.]

「김독자 미안.」

'응?'

「*이 섬에서는 힘이 빠져.*」

그 말을 마지막으로, 내 정신을 감싸던 장벽 일부가 희미해지는 느낌이 들었다. 잠들어 있던 감각이 깨어나고 있었다.

나는 곧 내게 무슨 일이 벌어지고 있는지 깨달았다.

['제4의 벽'의 두께가 얇아집니다.]

['제4의 벽'을 통해 강화됐던 당신의 정신력이 원래대로 돌아옵니다.]

['제4의 벽'을 통해 경감되던 육체적 고통이 원래대로 돌아옵니다.]

이런 망할.

나는 치밀어 오르는 욕지거리를 삼켰다.

하필 이럴 때 [제4의 벽]이 얇아지다니.

전투에 몰입하느라 잊고 있던 생경한 고통이 찾아왔다. 정강이와 팔뚝에 난 생채기들이 쓰라렸다. 땀에 젖은 셔츠의 찝찝함이 더욱 생생해졌고, 삼림을 데우는 열기에 현기증이 밀려왔다.

이럴 줄 알았으면 평소에 운동을 좀 더 해둘걸.

쐐애애액!

내 머리통을 부수기 위해 날아드는 가시 곤봉.

나는 거의 몸을 구르다시피 하며 고블린의 공격을 피했다.

퀴에에에에!

성급하게 움직인 관절들이 삐걱거렸다.

내 회피 방향을 따라온 고블린들이 두더지 잡기라도 하듯 곤봉을 두들겨댔다.

가시 곤봉에 묻은 혈향에 손등의 솜털이 비죽 솟았다. 분명 지금껏 맡던 냄새인데도 낯설게 느껴졌다.

['제4의 벽'이 매우 얇아집니다.]

[’제4의 벽’이 위태롭게 흔들립니다.]

헐레벌떡 자리에서 일어나 검을 고쳐 잡았다.

동료를 잃은 두 마리 고블린이 붉은 눈을 빛내며 나를 포위하고 있었다.

언제든 빈틈을 노리고 달려들겠다는 살기. 그 욕망을 읽어낸 순간 새삼스럽게 죽음의 공포가 찾아왔다. 살얼음처럼 얇아진 [제4의 벽] 너머로, 내가 외면해오던 감정들이 하나둘 고개를 내밀었다.

내가 보던 이야기는 이런 것이었던가.

나는 떨리는 호흡을 가다듬었다.

싸워야 한다. 싸울 수 있다.

다른 일행들도 모두 이런 두려움과 맞서 싸워왔다.

오직 나만이, 벽을 통해 비겁하게 고통을 회피해왔다.

「김독자는 떨리는 손으로 ‘부러지지 않는 신념’을 쥐었다.」

생각하자. 지금 내 몸으로 고블린을 해치울 방법.

스킬은 쓸 수 없다. 하지만 성흔은 사용할 수 있다.

숙련치는 초기화되었지만, 분명 성흔은 사용 가능하다.

문제는 그 성흔이 어떤 식으로 적용될 것이냐는 거지만.

나는 다가오는 고블린을 보며 [칼의 노래]를 발동했다.

[해당 성흔은 당신의 성흔이 아닙니다.]
[해당 성흔의 효과가 최소치로 고정됩니다.]

「초 2일. 맑음. 일찍 나가서 무기를 점검하였다.」

'부러지지 않는 신념'은 희미한 광채를 내뿜더니 이내 원래 상태로 돌아갔다.

불화살이라도 나왔으면 좋았을 텐데, 제길.

그나마 검이 조금 가벼워진 듯한 느낌이 드는 것이 위안이었다.

퀴이익?

내 저항을 비웃은 고블린이 곧장 가시 곤봉을 휘둘러왔다. 곤봉과 검이 부딪치자 손목이 꺾이는 것 같았다. 보기에는 허접하지만 힘은 인간 이상인 녀석들이다. 이 섬의 생존에 최적화된 괴물.

이어서 두 번째 곤봉이 허리를 노리고 날아들었다. 검으로 막기에는 늦었다.

퍼어억!

나는 발을 휘둘러 곤봉을 걷어찼다. 발바닥을 꿰뚫는 가시의 감각. 끔찍한 고통에 입술을 깨물었다.

피 냄새를 맡자 성이 난 고블린들이 울부짖었다.

성혼으로 해결이 안 된다면, 두 번째 방법을 써야 한다.

[거대 설화, '마계의 봄'이 당신의 의지에 반응합니다.]

이 섬에서 스킬은 봉쇄되고 성혼의 숙련치는 모두 초기화된다.
그렇다고 사용할 수 있는 힘이 아예 없는 것은 아니었다.

[거대 설화, '신화를 삼킨 성화'가 당신의 의지에 반응합니다.]

서클도, 강기도 없는 1세대에도 분명 존재하는 것.
그것은 바로 '설화'였다.

[현재 당신의 힘으로 해당 설화의 통제권을 행사할 수 없습니다.]
[당신의 설화들이 당신의 지배를 기부합니다.]

문제는 내 힘이 대폭 깎이며 설화가 내 말을 듣지 않게 되었다는 것.

[거대 설화, '마계의 봄'이 당신을 안쓰럽게 바라봅니다.]
[거대 설화, '신화를 삼킨 성화'가 당신의 약해진 육체를 탐합니다.]

오히려 날뛰는 기혈 때문에 속에서 핏물이 올라왔다.

고블린들은 내게서 느껴지는 설화의 힘에 순간적으로 몸을 움츠렸으나, 이내 기세를 회복하고 달려들었다.

성흔도 막혔고, 설화도 말을 듣지 않는다.

나는 다가오는 고블린을 보며 이를 악물었다.

결국 마지막 방법뿐이다. 가능하면 이건 만약의 만약까지 쓰지 않으려고 했는데.

굳게 마음을 먹은 내가 마력을 일으키는 순간.

푸슈슉!

풀숲을 꿰뚫고 날아온 단도가 고블린의 머리를 꿰뚫었다. 철퍼덕 앞으로 쓰러지는 고블린. 이어서 달려온 인형이 환상적인 칼 놀림으로 다른 고블린의 목을 날려버렸다.

캡 아래로 흩날리는 소녀의 포니테일을 보며, 나는 안도의 한숨을 내쉬었다.

"아저씨 괜찮아?"

머리와 얼굴에 진흙을 잔뜩 뒤집어쓴 이지혜가 나를 바라보고 있었다.

¤ ¤ ¤

사실 [칼의 노래]를 사용한 것은 고블린에 맞서기 위함만은 아니었다.

시스템 메시지가 알렸듯이 [칼의 노래]는 내 성흔이 아니었다. 그리고 내 것이 아닌 성흔을 사용하면, 반드시 해당 성흔의 원주인은 내 존재를 깨닫게 되어 있다.

"휴, 진짜 아저씨라 다행이네."

이지혜가 개울물에 세수를 하며 말했다. 꼴을 보아하니 이지혜도 어지간히 고생한 모양이었다.

"뭐 이딴 곳이 다 있어? 스킬이랑 성흔은 죄다 쓸모없고. 키리오스 할아버지한테 훈련 안 받았으면 진즉에 뒈졌을 거야."

"다친 덴 없고?"

"없어. 잘 숨어 다녔거든. 근데 아저씬 왜 그 모양이야?"

"어쩌다 보니 그렇게 됐어."

나는 얼버무리며 이설화에게 미리 받아둔 금창약을 상처에 발랐다.

겨우 고블린이랑 싸우는데 이 정도 상처를 입다니. 앞으로 여정이 얼마나 험난할지 짐작도 가지 않았다.

나를 보던 이지혜가 답답하다는 듯 금창약을 빼앗았다.

"줘봐. 이게 뒤쪽에 덜 발렸어."

이지혜가 야무진 손으로 상처에 금창약을 치덕치덕 발랐다.

"살살 발라. 세게 누르면 나 죽을 수도 있으니까."

"엄살은. 근데 아저씨 원래 이렇게 왜소했나?"

"근육량이 조금 줄어든 것뿐이야."

"어깨가 나랑 비슷한 것 같은데?"

순간 자존심이 상해서 도로 금창약을 빼앗았다. 아니, 빼앗으려고 했는데 실패했다. 이지혜가 나보다 힘이 더 셌기 때문이다.

이지혜가 경고하듯 말했다.

"움직이면 어깨 부러진다."

이렇게 무력한 기분은 또 오랜만이었다.

"자, 다 됐다."

이설화의 금창약은 '1세대'의 개연성에도 불구하고 효과가 꽤 좋았다. 드라마틱한 수준은 아니지만 금창약이 스며든 상처가 빠르게 아물고 있었다.

하긴 1세대라고 해도 마법이나 무공은 있다.

이지혜와 나는 상처를 추스른 후 삼림 지대를 계속해서 걸어갔다.

다행히 더 이상의 괴수는 나오지 않았지만, 어느덧 밤이 찾아오고 있었다.

섬 중심부에서 올라오는 연기를 가늠하던 이지혜가 말했다.

"아무래도 오늘은 여기서 노숙해야 할 것 같은데?"

나는 고개를 끄덕였다. 무리하면 밤중에도 이동할 수는 있지만, [야간시] 스킬도 사용할 수 없는 판국에 잘못하면 고블린보다 훨씬 끔찍한 녀석들을 만나는 수가 있었다.

[섬의 밤이 찾아왔습니다.]

[밤에는 시스템 기능이 일부 회복됩니다.]

['도깨비 보따리' 기능을 사용할 수 있게 됐습니다.]

나는 곧바로 '도깨비 보따리'를 열어 노숙에 필요한 아이템을 구매했다. 1인용 휴대 숙소 두 개와 주변 경계를 위한 안전장치. 만약을 위해 상비용 회복 아이템도 쟁였다.

내게서 아이템을 받아든 이지혜가 눈을 끔뻑였다.

"뭐야, 1세대니 뭐니 하더니 이런 건 또 살 수 있어?"

"결국 코인 벌이용 시나리오라는 건 변함없으니까."

1세대든 2세대든 3세대든 시나리오의 본질은 돈벌이다. 그러니 '도깨비 보따리' 사용이 허가되는 건 당연한 이야기였다.

통탕통탕 텐트를 설치하던 이지혜가 나를 보며 한심하다는 듯 물었다.

"아저씨 군대 갔다 왔다며. 텐트 설치할 줄 몰라?"

"제대한 지가 언젠데. 넌 왜 이렇게 잘하냐?"

"초등학생 때 걸스카우트였어."

그러고 보니 이지혜에게는 그런 설정도 있었지.

근력 감소 페널티로 낑낑대는 나를 보던 이지혜가 내 텐트까지 뚝딱 설치해주었다.

숲의 밤은 추웠다. 우리는 주변 잔가지를 모아 불을 피웠다. 타오르는 모닥불을 쬐며, 이지혜도 나도 각자 생각에 잠겼다.

[전지적 독자 시점]을 사용하지는 않았지만, 웅크린 이지혜가 뭔가 참고 있다는 것을 느낄 수 있었다. 나는 인내심을 가지고 기다렸다.

타닥타닥 타오르는 불꽃을 향해 마른 나뭇가지를 집어 던지던 이지혜가 마침내 용기를 냈다.

"아저씨, 뭐 하나만 물어봐도 돼?"

"물어봐."

"그 소설이란 거, 언제부터 있었던 거야?"

왠지 그런 질문이 나올 것 같긴 했다.

나는 솔직하게 대답하기로 했다.

"십 년도 더 전부터."

기억이 조금 가물가물하긴 하지만, 멸살법을 처음 클릭하던 시절의 일을 나는 잊지 않고 있었다.

"그 소설에서 난 어떻게 나와?"

궁금해하는 게 정상이었다. 내가 이지혜 입장이더라도 그게 궁금할 테니까.

나는 천천히 시간을 들여 이지혜에 관한 묘사를 떠올렸다.

해상제독 이지혜.

일행들을 지키기 위해 앞장서서 검을 뽑는 소녀. 자존심은 강하지만 누구보다 정 많고, 겉으로는 강한 척해도 속으로는 가장 많이 곪아 있는 인물.

나는 이지혜의 상처를 가능한 건드리지 않으려 애쓰며, 최대한 섬세한 표현을 골라 이야기해주었다.

내 이야기를 듣던 이지혜가 수상쩍은 점괘라도 본 듯한 얼굴로 입을 벌렸다.

"너무 잘 맞아서 기분 나쁠 정도인데…… 그렇게 자세하게 나온다고?"

"소설이 좀 길거든."

"아무리 그래도. 아저씬 어떻게 그렇게 자세히 기억해?"

"열심히 읽었으니까."

"그렇더라도 너무 꼼꼼히 기억하는데…… 기분 나쁘게."

이게, 기껏 대답해줬더니.

"그때 난 중학생이었고 취미라고는 그 소설 읽는 게 전부였어."

"아저씨가 중학생? 푸하핫, 그럼 그거 처음 읽었을 땐 나보다 어렸단 얘기야? 말도 안 돼."

"누구나 열다섯 살이던 시절은 있어."

[성좌, '심연의 흑염룡'이 고개를 주억거립니다.]

이지혜는 뭔가 재미있는 이야기라도 들었다는 것처럼 킬킬거렸다.

"하긴 맞아. 나도 한때는 열다섯이었지."

이지혜는 그리운 눈으로 자신의 칼집을 내려다보았다.

칼집 끄트머리에 매달린 작은 키링.

멸살법을 읽은 나는, 물론 그 키링이 무엇인지 알고 있었다.

"괜찮냐?"

"이 키링에 대해서도 알아?"

"조금은."

"이건 뭐 사생활이란 게 없네."

이지혜가 늘 가지고 다니는 저 키링은, 첫 번째 시나리오에서 죽은 그녀의 친구가 선물해준 것이었다.

오래된 멸살법의 문장들이 머릿속을 흘러갔다.

「"지혜야. 날 죽여. 괜찮아."」

여전히 이지혜는 '상처받은 검귀'다. 언젠가 그녀의 특성명이 바뀌어도, 그 사실만은 변하지 않을 것이다.

이지혜는 자신의 첫값에 대해서는 결코 잊지 않는 인물이니까.

"있잖아, 그 소설 끝에서 나는 어떻게 돼?"

그 말에, 오랫동안 의식적으로 잊고 있던 이야기가 머릿속을 스쳤다.

내가 아는 멸살법의 결말.

짤랑.

귓가에 방울 소리가 들린 것은 그때였다. 미리 설치해둔 안전장치에서 울려 퍼지는 신호였다. 방울 소리는 이내 귀청을 찢을 듯 공포스러운 박자로 들려오기 시작했다.

짤랑. 짤랑. 짤랑. 짤랑.
짤랑. 짤랑. 짤랑. 짤랑.

"아저씨."

뭔가 이쪽을 향해 빠르게 다가오고 있었다.

울려 퍼지는 소리의 간격으로 봐서 고블린이나 오크는 아니었다. 그보다 훨씬 강력한 괴물.

나는 연기가 피어오르는 방향을 가늠하며 말했다.

"너는 끝까지 살아남아서 행복해질 거야. 소설 속에서도 그랬으니까."

거짓말이었다. 하지만 소설이란 애초에 '거짓말'이고, 나는 내 거짓말을 현실로 만들기 위해 지금껏 살아왔다.

"마을 쪽으로 달려. 내가 시간을 끌게."

"싫어! 아저씨나 얼른 도망쳐. 여기선 아저씨가 나보다 약하잖아?"

"너라도 저 괴물은 상대할 수 없어. 우리 둘이 힘을 합쳐도 무리야."

현재 이지혜의 실력으로 상대할 수 있는 것은 고블린까지다.

나는 침착한 목소리로 말을 이었다.

"빨리 마을에 가서 도움을 청해. 그래야 너도 나도 살아남을 수 있어. 네가 나보다 더 빨리 움직일 수 있으니까."

"하지만……"

"얼른 가! 나는 어떻게든 피할 방법이 있으니까!"

"정말이지?"

"당연하지. 내가 누군지 잊었어?"

그제야 안심한 듯 이지혜가 고개를 끄덕였다.

"조금만 버텨! 금방 다른 일행들 데려올게!"

이지혜가 사라진 후 십여 초도 채 지나지 않아, 풀숲 사이로 거대한 초록빛 괴수가 모습을 드러냈다.

3미터가 넘는 체고에 흉악한 기세를 내뿜는 괴수.

망할, 오크도 아니고 무려 '트롤'인가.

피할 방법이 있다는 것은 거짓말이었다. 설령 일행들을 데려오더라도 트롤은 상대할 수 없다. 전멸당하지나 않으면 다행이지.

그르르르……

나를 발견한 트롤이 끔찍한 이빨을 드러내며 웃었다.

이미 무수한 성좌들의 머리통을 깨부수고 오는 길인지, 철몽둥이에 성좌들의 파편이 덕지덕지 묻어 있었다.

나는 쓴웃음을 지으며 검을 움켜쥐었다.

아마 나는 저 몽둥이에 한 방만 맞아도 그대로 즉사하고 말 것이다. 나를 도와줄 존재가 전혀 없다면 말이다.

그르르르르!

애초에 이 섬은 정상적인 방법으로는 공략이 거의 불가능하다. 그리고 언제나 그렇듯, 불가능한 시나리오에는 숨겨진 히든 피스가 존재하는 법이다.

원작대로라면 슬슬 나타날 때가 됐는데…….

트롤의 몽둥이가 하늘 높이 치솟은 순간, 어디선가 살점을 꿰뚫는 소리가 들려왔다.

푸우욱!

익숙한 칼날이 트롤의 뱃가죽을 뚫고 나왔다.

이지혜였다.

"내가 이럴 줄 알았어. 이 거짓말쟁이야."

「해상제독은 자신이 죽는 한이 있어도 동료를 버리지 않는다.」

이 작전은 처음부터 그런 이지혜를 믿었기에 가능했다.

분노한 트롤이 손으로 장도를 뽑으며 괴성을 질렀다. 순식간에 아무는 상처.

장도를 내버리고 내 곁에 선 이지혜가 웃으며 말했다.

"죽어도 같이 죽자고, 아저씨."

트롤이 우리를 향해 달려오는 것을 보며 나 역시 웃었다.

이지혜는 죽지 않을 것이다. 그녀가 굴하지 않고 살아온 역사가 결국 그녀를 살릴 테니까.

트롤의 몽둥이가 떨어지는 것과 숲속에서 기척이 들려온 것은 거의 동시였다.

왔다.

어둠을 가르는 은빛 장검.

나는 똑똑히 보았다.

검강도, 에테르 블레이드도 사용하지 않은 순수한 칼날이 저 무시무시한 트롤의 목을 장난감처럼 잘라내는 모습을.

「1세대의 망자忘者들이 가장 좋아하는 테마는 '사랑'과 '우정', 그리고 '낭만'이다.」

1세대. 스타 스트림에서 가장 오래된 설화 중 하나.

그 설화의 주인이 말하고 있었다.

"동료를 위해 목숨을 바친다? 이런 경우는 삼백팔십일 년 만에 처음인데."

자세히 보니, 나타난 인물은 한 사람이 아니었다.

"그게 내가 말하지 않았는가. 그런 친구들이라고."

"정말이었군. 바깥에도 아직 쓸 만한 이야기가 남아 있었어."

호탕하게 퍼지는 웃음소리.

뭔가 이상했다. 이건 원작에 없던 일인데?

뒤이어 어둠 속에서 걸어 나온 존재의 얼굴이 보였다.

"오랜만이군, 후인이여. 바깥 세계 시간으로는 삼 년 만인가?"

놀랍게도 그는 내가 이미 아는 존재였다.

보기 좋게 기른 수염과 호기 어린 눈썹. 특유의 강직한 성품을 드러내는 두꺼운 입술까지.

어둠 속에서 나타난 사내는, 삼 년 전에 만난 그 모습 그대로였다.

"고려제일검?"

"이런 곳에서 만날 줄은 몰랐군, 김독자."

한반도의 성좌 척준경이 '환생자들의 섬'에 있었다.

4

척준경에게는 신세 진 일이 많았다. 암흑성부터 마왕 선발전에 이르기까지.

나는 치솟는 반가움을 삼켰다. 척준경은 좋은 성좌지만, 이곳에 있는 목적이 아직 명확하지 않았다. 일단은 상대의 복적을 알아볼 때였다. 만약 그의 목적이 나와 충돌한다면 그건 그것대로 곤란해질 테니까.

"그동안 간접 메시지를 사용하지 않으셔서 걱정을 많이 했습니다."

"한동안 성류 방송을 자제하고 있었다."

자세히 보니 전신에서 느껴지는 기파가 전보다 훨씬 정제되어 있었다. 퍼뜩 떠오르는 것이 있었다.

"시나리오 시작 전부터 이 섬에 와 계셨던 겁니까?"

"벌써 십오 년쯤 됐지."

십오 년? 순간 멸살법의 문장이 떠올랐다.

「'환생자들의 섬'은 <스타 스트림>의 암흑 단층에 위치해 있다.」

지구 시간 기준으로는 삼 년이지만, 암흑 단층에서는 시간이 몇 배로 빠르게 흐른다. 그 때문에 키리오스나 파천검성도 이곳을 애용한 것이고.

현재 이 섬의 시간 밀도는 지구와 대략 다섯 배 정도 차이가 나는 모양이었다.

"혹시 이곳에 계셨던 이유가……."

척준경이 고개를 끄덕였다.

"아무리 '이계의 신격'이라고는 하나, 고작 분신 하나 당해 내지 못했다."

머릿속을 스치는 장면이 있었다.

삼 년 전, 73번째 마계가 멸망하던 그날. 재앙을 상대한 척준경은 자신의 화신체를 잃었다.

자존심 강한 척준경은 자신이 벨 수 없는 아득함이 세상에 존재한다는 데 큰 충격을 받았으리라. 그렇기에 더욱 놀라웠다. 다른 성좌들은 대면한 것만으로도 자아가 무너지는 재앙을 상대하고서, 척준경은 여전히 그 재앙을 찢어 죽일 생각만 하고 있다.

어쩌면 이것이 고려제일검이라는 성좌의 테마인 것이겠지.

"가장 기본적인 것부터 다시 훈련해야겠다는 생각이 들었다. 이 섬은 그런 수련에 아주 적합한 곳이지."

척준경은 그렇게 말하며 앞쪽에서 수풀을 베는 인물들을 바라보았다.

덥고 끈적한 삼림 속에서도 가뿐한 몸놀림을 보이는 이들. 아마 이 섬의 망자들일 것이다.

내 시선을 눈치챘는지 그중 하나가 말을 걸었다.

"용케도 살아남았군. 보통 바깥에서 온 성좌는 한 시간도 안 돼서 목이 달아나는데. 아, 물론 저기 있는 '괴물 척'은 제외하고 말이지."

"도와주셔서 감사합니다. 저는 김독자라고 합니다."

나는 일부러 수식언을 말하지 않았다. 1세대의 망자 중에는 수식언을 허세라고 생각하는 이도 다수 있기 때문이었다.

내 대답이 마음에 들었는지 사내가 싱긋 웃었다.

"난 이름 같은 건 잊은 지 오래야. 이곳에 있으면 다들 그렇게 되거든."

사내는 그렇게 말하고 훌쩍 앞서 나아갔다.

망자. 수많은 환생 끝에 자신의 이름을 잊은 자들.

하지만 정말로 잊은 것이 아니다. 단지 지나간 과거를 떠올리는 일이 너무 고통스러워진 것뿐이다.

성큼성큼 길을 트는 망자들의 전신에서 오래된 향취가 느껴졌다. 아주 강건하고 곡진하게 단련된 설화.

이지혜가 소곤거렸다.

"저 사람들은 어떻게 저렇게 강해?"

의아하기도 할 것이다. 망자들에게서 느껴지는 격 자체는 대단하지 않았으니까. 그럼에도 그들은 우리가 고전했던 트롤을 단 한 번의 칼질로 해치웠다.

"설화 양이나 질도 우리가 더 위인 것 같은데……."

"아무리 좋은 설화가 많아도 그걸 제대로 활용 못 하면 잡설이나 마찬가지야."

이지혜가 그게 무슨 말이냐는 듯한 눈으로 나를 보았다.

내가 말을 이으려는 순간, 척준경이 끼어들었다.

"그의 말이 맞다. 열 자루 명검이 있어도 인간이 제대로 쥘 수 있는 것은 고작해야 두 자루뿐이니까."

과연 고려제일검. 몸도 검, 마음도 검, 비유도 검이다.

뭔가 심오한 깨달음이라도 얻은 듯, 이지혜가 자신의 양손을 내려다보았다.

그사이 척준경이 심유한 눈빛으로 내게 말을 걸었다.

"그동안 훌륭한 설화를 많이 모았군. 이제 격으로만 따지면 상위 격 성좌에게도 밀리지 않겠어."

"과찬이십니다."

"그런데…… 짧은 시간 동안 너무 많이 쌓였어. 지금 그대가 어떤 상태인지는 알고 있겠지?"

나는 입을 다물었다. 그의 눈에 지금 나는 무척 위태로운 상태일 것이다.

[거대 설화, '신화를 삼킨 성화'가 당신의 화신체를 노립니다.]

[설화, '이적에 맞서는 자'가 당신의 자격을 의심합니다!]

[설화, '이계의 신격을 살해한 자'가 당신에게 불만을 품고 있습니다.]

실제로도 그랬다. 아까도 거대 설화를 잘못 끌어 올렸다가, 오히려 설화들에 정신을 빼앗길 뻔했으니까. 그런 일이 벌어졌다면 나는 '선악의 이중주'에서 만난 성좌들과 똑같은 꼴이 되고 말았을 것이다.

"후인이여, 잊지 마라. 존재가 설화를 만든 후에는, 설화가 존재를 만든다는 것을."

알고 있다. 나도 그것을 알기에 이 섬에 온 것이다.

"명심하겠습니다."

얼마 지나지 않아 우리는 마을에 도착했다.

[첫 번째 안전 지역에 도착했습니다!]

[당신은 133번째로 '소섬'의 메인 시나리오 클리어 조건을 만족했습니다!]

[히든 시나리오의 클리어 조건을 만족했습니다!]

[당신은 유력한 경쟁자를 살해하여 추가 보상자 목록에 올랐습니다.]

[추가 보상 내역을 준비 중입니다.]

마을 정문을 통과하자, 중심부에 위치한 거대한 화로를 중심으로 제법 야무지게 조성된 풍경이 보였다.

꾀죄죄한 옷을 걸친 아낙이 소여물을 먹이고 있고, 덥수룩하게 수염을 기른 장한은 한창 빨래를 걷고 있었다. 길영이나 유승이보다 어린 것 같은 아이들도 보였다.

1세대 망자들이 살아가는 마을이라고는 믿을 수 없을 만큼 고적한 시골 풍경.

「(여기 정말 굉장하네요.)」

'유상아 씨?'

「(앗, 미안해요. 갑자기 말해서 놀랐죠?)」

'아닙니다. 이제 말씀하셔도 괜찮으신 겁니까?'

「(네, 잠깐 쉬는 시간이거든요. 사벽이도 바쁜 모양이고.)」

왠지 평소보다 목소리가 부쩍 가까워진 느낌이었다. [제4의 벽]이 얇아졌으니 그녀의 활동도 더 편리해졌을지 모른다.

「(이 마을은 꼭 수많은 장인이 오랜 세월에 걸쳐 그린 벽화 같달까…….)」

정확한 말을 찾으려 애쓰는 유상아의 목소리를 들으며 나는 내심 감탄했다. 겉보기에는 평범하지만 유상아의 말처럼 이 마을의 실체는 절대 평범하지 않았다. 내가 방문했음에도 불구하고 평소처럼 생활을 이어나가는 주민들 모습만 봐도 알 수 있었다. 이런 광경 따위는 수백 수천 번도 더 봤다는 듯 따분한 눈길들.

[휴, 뒈질 뻔했군.]

[이런 미친 섬이…… 그게 정말 오크라고?]

어디선가 들려오는 진언에 고개를 돌리자, 마을 반대쪽 입구에서 성좌 무리가 진입하는 것이 보였다.

나는 빠르게 무리의 면면을 훑어보았다. 아쉽게도 일행들의 얼굴은 보이지 않았다.

그 대신 달갑지 않은 녀석이 보였다.

[마왕, '금단을 보는 눈동자'가 당신을 노려봅니다.]

흑표범의 외형에 불타는 눈동자를 가진 마왕.

언젠가 1,863회차를 방문했을 때 본 적 있는 녀석이었다.

64번째 마계의 주인.

'금단을 보는 눈동자' 플라우로스.

아마 1,863회차에서 유중혁 주먹에 맞아 죽은 녀석이었지.

저 마왕도 나를 따라 이 섬을 선택한 모양이었다.

묘한 눈빛으로 이쪽을 노려보던 플라우로스가 이내 입맛을 다시며 시선을 돌렸다.

애써 읽지 않아도 속이 빤한 얼굴이었다. 아마 이곳은 자신이 싸우기에 유리한 장소가 아니라고 판단했겠지. 옆에 있는 척준경의 눈치도 제법 보였을 것이고.

나는 내 곁을 지키는 척준경을 흘끗 보았다.

"무슨 할 말이라도 있는가?"

"아무것도 아닙니다."

참으로 훌륭하고 듬직한 어깨다. 부럽구만.

[이번 시나리오는 이게 끝인가? 어이, NPC들. 안내해봐!]

성좌들이 하나둘 들어오자 마을은 조금씩 번잡해지기 시작했다.

곳곳에서 일어나는 난동에, 주민 중 하나가 인상을 찌푸리며 대답했다.

"소섬은 여기가 끝이다."

[말투가 영 성의 없네. 하긴 도깨비 새끼들이 만든 시나리오가 다 그렇지.]

이제 괴수는 없다고 안심한 탓인지 성좌들의 기세가 다시 기고만장해지고 있었다.

[설화, '강자에겐 약하고 약자에겐 강하자'가 이야기를 시작합니다.]

사이한 성좌들의 눈동자에서 흘러나오는 설화의 목소리.

역시 척준경의 말이 맞다. 성좌든 화신이든 몇 년의 세월을 살아왔든 예외란 없다. 우리가 제대로 설화를 살지 않으면 설화가 우리를 살게 된다.

[여긴 뭐 추가 보상 같은 거 없어?]

[아무 집이나 좀 뒤져볼까? 히든 피스 같은 게 있을 수도 있잖아.]

뭔가 피곤해질 기미를 느낀 주민들이 귀찮은 목소리로 답했다.

"그런 건 없다. 소섬 시나리오는 끝났으니 다음 시나리오로 가고 싶은 녀석들은 마을 중앙의 화로로 들어가. 거기가 포털이다."

차가운 말투에 몇몇 성좌가 눈살을 찌푸리는 순간, 마왕 플라우로스가 앞으로 나섰다.

[NPC 주제에 시끄럽군. 언제 이곳을 떠날지 선택하는 것은 본좌의 의지다.]

분풀이 상대를 찾고 있었는지, 녀석은 어느새 슬그머니 격을 끌어올려 진언을 발하고 있었다.

[모처럼 마을을 찾았으니 잠깐 쉬어가는 것도 나쁘지 않겠지. 거기, 술과 음식을 내와라! 이 몸은 무척 시장한 상태니까.]

폭력적인 격이 담긴 그 말에 십수 명의 성좌들이 킬킬대며 웃었다.

인상을 찌푸린 이지혜가 앞으로 나섰다.

"저게―"

"기다려."

아마 이 싸움에 우리가 끼어들 여지 따위는 없을 것이다. 실제로 마을 사람들은 마왕의 위협에도 조금도 주눅 든 기색이 아니었다.

따분한 듯 하품하며 빨래를 널던 사내가 지나가듯 중얼거렸다.

"말끝마다 NPC, NPC. 요즘 어린놈들은 삶이 게임인 줄 안다더니."

지게를 짊어진 노인도 말했다.

"허구한 날 기연만 찾지. 하여간 열정이 없어, 열정이……."

소에게 여물을 주던 아낙도 한마디 보탰다.

"카악, 퉤. 이래서 내가 우리 섬 개방하는 거 반대했다고. 아무리 코인이 급해도 그렇지, 저런 찌끄레기들이 굴러들어 오는 걸 내 눈으로 봐야겠어? 소나 몇 마리 더 키우는 게 낫지."

흘러가는 말투지만 너무나 명료하게 들리는 목소리. 사태가 이상하게 흘러가자 성좌들도 눈치를 살피기 시작했다.

플라우로스가 일갈을 터뜨렸다.

[이 버러지들이 지금 단체로 무슨……?]

그러자 그의 코앞에서 사탕을 빨던 꼬맹이가 말했다.

"버러지는 너고. 아직 천 년도 안 산 애송아."

플라우로스의 입이 떡 벌어졌다. 무려 64번째 마왕으로서 군림하던 그였으니 그런 반응을 보이는 것도 당연했다.

생전 처음 받는 모욕이겠지.

한순간 플라우로스의 얼굴에 사악한 미소가 스쳤다.

[시나리오에 NPC를 죽이지 말라는 내용은 없었지.]

마왕이 뿜어낸 강대한 적의. 녀석이 으르렁대며 송곳니를 드러낸 순간, 마을의 모든 주민이 일제히 플라우로스를 보았다.

빨래를 하던 사내도.

여물을 주던 아낙도.

지게를 짊어진 노인도.

마치 세상이 통째로 얼어붙는 것 같은 시선.

뭔가 기묘한 기류를 눈치챈 성좌들이 주춤거렸다.

플라우로스도 마찬가지였다. 녀석도 꽤 짬이 있는 마왕이니, 뭔가 이상하다는 점을 슬슬 알아챘을 것이다.

어쩌면 이렇게 생각하고 있을지도 모른다.

「이놈들은 대체 뭐지?」

하지만 녀석이 여기서 물러날 리는 없었다.

겨우 작은 마을의 주민에게 눌리는 것은 마왕으로서 자존심이 용납지 않을 테니까.

결국 플라우로스는 가장 약해 보이는 녀석을 본보기로 삼는 방법을 선택했다.

[죽어라!]

눈앞에서 사탕을 물고 있던 꼬맹이를 향해 플라우로스의
발톱이 쇄도했다. 하지만 그것이야말로 완전히 잘못된 선택이
었다.

「그는 주먹을 쥐었다. 그러자 주먹이 그곳에 있었다.」

그리고 뭔가 폭발하는 소리가 들렸다.
폭죽처럼 허공에 흩뿌려지는 화신체의 파편.
머리를 잃은 플라우로스의 화신체가 천천히 바닥에 주저앉
았다.

[마왕, '금단을 보는 눈동자'가 시나리오에서 탈락했습니다.]

코앞에서 마왕의 죽음을 목격한 성좌들이 부들부들 떨며
물러섰다.
[뭐, 뭐야. 이게.]
성좌들은 경악하는데 정작 주민들은 별다른 반응이 없었다.
벌레에게 장례를 치르는 사람은 없다는 듯 평온한 분위기. 장
한은 다시 빨래를 시작했고, 아낙은 소에게 여물을 주었다. 노
인은 고개를 절레절레 흔들더니 나무하기 시작했다.
사탕을 빨던 아이가 말했다.
"모두 꺼져라. 꼴도 보기 싫으니까."
창백하게 질린 화신과 성좌들이 부리나케 포털로 달아났다.

어차피 소섬 시나리오는 종료된 상황. 더 이상 망설일 이유가 없었다.

그렇게 하나둘 포털 너머로 사라진 후, 남은 성좌는 열도 채되지 않았다.

[거대 설화, '신화를 삼킨 성화'가 당신이 다음 시나리오로 이동하기를 원합니다!]

아이를 마주한 순간부터, 내 거대 설화가 격렬한 반응을 일으키고 있었다.

아마 녀석도 뭔가 눈치챘을 테지.

나는 쓴웃음을 지으며 마왕의 머리를 터뜨린 아이에게 다가갔다.

[거대 설화, '신화를 삼킨 성화'가 당신을 위협합니다!]

플라우로스가 도움이 될 줄은 몰랐다. 이렇게 찾는 수고를덜게 되었으니까.

[거대 설화, '신화를 삼킨 성화'가 이 이상 그에게 다가가면 당신의화신체를 붕괴시키겠다고 선언합니다!]

그러거나 말거나 나는 녀석의 말을 무시하고 계속해서 다가갔다.

날뛰는 거대 설화가 위협적인 기류를 주변에 발산하고 있었다.

자신을 향한 도발이라 생각했는지, 나를 보는 아이의 표정에 짜증이 스쳤다.

"뭐야? 방금 그놈처럼 되고 싶은 거냐?"

"일권무적—拳無敵 유호성. 파천검성과 키리오스를 가르치던 실력은 여전하시군요."

아이의 표정이 변했다.

이곳 주민은 모두 '환생자'. 외양으로는 나이를 읽어낼 수 없었다. 눈앞의 아이 또한, 적어도 만 년 이상의 세월을 살아온 환생자였다.

눈을 가늘게 뜬 아이가 나를 향해 물었다.

"너는 누구냐? 그 아이들과 무슨 관계지?"

[거대 설화, '신화를 삼킨 성화'가 눈앞의 존재에게 이빨을 드러냅니다.]

내가 '환생자들의 섬'에 온 또 하나의 이유.

앞으로 있을 신화급 성좌와의 전투를 대비해, 이곳에서 반드시 얻어가야 할 것이 있었다.

"일권무적, 제게 '설화 통제법'을 알려주십시오."

68

Episode

들리지 않는 말

Omniscient Reader's Viewpoint

1

소섬의 정글 숲을 헤치고 나가며 장하영은 김독자의 말을 떠올렸다.

―너는 이번 시나리오의 히든카드야.

시나리오가 시작되기 전, 김독자는 장하영을 따로 불러 그런 말을 했다. 하지만 갑자기 그런 말을 들어봐야 당혹스러울 따름이었다.

'지금까지 관심도 없던 게.'

섭섭했다. 아무리 다른 일행들과 지내온 시간의 깊이가 다르다고는 해도 김독자는 지금껏 너무 소홀했다. '혁명가 게임' 시나리오나 '마왕 선발전' 시나리오가 끝난 이후 삼 년. 장하영은 줄곧 소외감을 느껴왔다.

뭐랄까, 주요 시나리오에서 계속해서 배척당하는 느낌이라고나 할까.

—난 왜 〈김독자 컴퍼니〉에 가입하라고 안 해?

그중에서도 가장 섭섭한 점이었다.

묻고 싶었다. 왜 김독자는 자신에게 성운 가입을 권유하지 않는지.

설마 잊고 있는 것은…….

['정체불명의 벽'이 말합니다. '김독자를 너무 믿지 마.']

"시끄러워."

['정체불명의 벽'이 말합니다. '그 녀석은 그냥 널 이용할 뿐이야.']

어쩌면 정말 그럴지도 모른다. 김독자는 장하영이 아는 사람 중에서 가장 실리적인 인간이니까.

그럼에도 장하영은 이렇게 대꾸했다.

"김독자는 그런 사람 아냐. 넌 왜 그렇게 김독자를 싫어해?"

['정체불명의 벽'이 묻습니다. '넌 그 녀석과 친해지고 싶은 건가?']

"친해지면 좋기야 하겠지. 요즘 말도 많이 못 해봤으니까."

['정체불명의 벽'이 묻습니다. '왜지? 그 녀석을 좋아하는 거냐?']

"좋아하긴 누가 좋아해."
퉁명스럽게 대꾸한 장하영이 입술을 비죽였다.
"내가 좋아하는 건 '구원의 마왕'이라고."

['정체불명의 벽'이 당신을 노려봅니다. '그놈이 그놈이잖아.']

"달라! 암튼 난 두루두루 친하게 지내고 싶은 것뿐이야."

['정체불명의 벽'이 한숨을 내쉽니다. '언젠가 그 녀석이 너를 죽이더라도?']

"왜 그런 불길한 소리를 하는데?"
그러고 보면 [정체불명의 벽]은 김독자를 좋아하지 않았다. 김독자를 처음 만났을 때부터 지금까지, 줄곧.
"너 자꾸 방해 좀 하지 마. 지난번에도 너 때문에 나만 '거대 설화' 못 얻었어."
〈기간토마키아〉를 승전보로 장식한 거대 설화, 「신화를 삼킨 성화」.

화면으로 그 광경을 지켜보던 장하영은 벅차올랐고, 감동했으며, 끝내는 홀로 서글퍼졌다.

자신도 저곳에 있어야 했다고 생각했다.

저 타오르는 불꽃에 자신도 몸을 던져야 했다고. 그 거대한 설화의 일부가 되어야 했다고.

하지만 그럴 수 없었다.

['정체불명의 벽'이 말합니다. '사람을 믿어봤자 또 실망하게 될 뿐이야. 지난 삶을 통해 충분히 겪었잖아.']

자신이 없었다.

만약 그녀가 뛰어들었을 때 성화가 꺼지기라도 한다면?

자신의 개입으로 '거대 설화'가 망쳐지기라도 한다면?

김독자가, 자신의 개입을 원치 않는다면?

장하영은 다른 일행들과는 달랐다. 그녀는 마계의 주민으로서 지구로 넘어온 존재이고, 김독자와 첫 번째 시나리오부터 함께 싸워온 동료가 아니었다.

그래서 같이 가고 싶다고 말하지 못했다. 결코 넘을 수 없는 벽이 그들 사이에 있었으니까. 아무리 다가가려고 해도 다가갈 수 없는 벽.

장하영에게는 그들이 공유하는 역사가 없다.

"이쪽이에요! 조금만 더 달리면 돼요!"

"희원 씨, 길영이를 제게 주십시오. 제가 들겠습니다."

"됐어요! 아직 그 정도 체력은 남아 있어요."

먼 수풀 사이에서 들려오는 목소리. 장하영은 반사적으로 나무 뒤에 몸을 숨겼다.

상처투성이가 된 남녀가 아이를 하나씩 업은 채 달리고 있었다. 장하영도 아는 인물들이었다.

정희원과 이현성.

둘은 괴수에게 쫓기고 있었다. 달려오는 대여섯 마리의 오크족과, 다시 그 뒤를 잇는 두 마리의 트롤.

방향을 보아하니 벌판을 가로질러 연기 발생지로 이동하려는 듯했다. 잘못된 선택이었다. 왜냐하면 그들이 가는 방향에는 오크나 트롤 이상의 무시무시한 괴물이 있으니까. 저대로 가다가는 전멸이다.

장하영은 반사적으로 주먹을 그러쥐며 자리에서 일어섰다.

['정체불명의 벽'이 말합니다. '저들을 구하지 마라.']

"뭐? 무슨 개소리야?"

['정체불명의 벽'이 말합니다. '저들이 여기서 죽으면, 너는 김독자의 유일한 동료가 될 수 있다.']

그 말과 거의 동시에 달려가던 정희원이 돌부리에 걸려 넘어졌다. 바닥을 나뒹구는 이길영과 정희원. 바로 뒤를 쫓던 오크들이 히죽거리며 글레이브를 쳐들었다. 피하기에는 늦었다.

정희원이 외쳤다.

"길영아! 달려!"

떨어지는 글레이브를 보며 장하영은 생각했다.

어쩌면 [정체불명의 벽]의 말이 맞을지 모른다. 만약 여기서 저들이 죽는다면…….

—고마워.

그 순간 머릿속을 스친 것은, 이곳에 오기 직전 김독자와 나눈 대화였다.

—뭐가?

—그때 네가 해준 말.

김독자는 평소처럼 허여멀건 얼굴로 중얼거렸다.

—네가 그랬잖아. 벽 너머의 상대방이 들을 수 없더라도…… 그래도 벽에 뭔가를 남겨보라고.

장하영은 의아했다.

자신이 그런 말을 했던가? 언제?

……술에 취하기라도 했나?

김독자는 계속해서 말했다.

—그래서 그렇게 하고 있어. 언젠가 네 말처럼, 누군가는 그 벽의 흔적을 들여다볼지도 모르니까.

떨어지는 글레이브 아래, 눈을 질끈 감는 정희원의 모습이 보인다. 고함을 치는 이현성과 정희원을 제 몸으로 감싸는 이길영.

정신을 차렸을 때 장하영은 이미 달리고 있었다.

[당신의 새로운 특성이 개화를 준비합니다.]

그녀의 주먹이 섬전처럼 뻗어나갔다.

초월좌의 주먹에 오크의 글레이브가 수수깡처럼 부러져나갔다.

눈을 크게 뜬 정희원이 자신을 올려다보고 있었다.

그런 그녀를 내려다보며 장하영은 생각했다.

'바보같이.'

자신의 감정을 김독자는 알아주지 않을 것이다.

'구원의 마왕'은 마왕이지 신이 아니니까, 그녀가 무슨 행동을 어떻게 하는지 아무런 관심도 없을 것이다.

하지만 전해지지 못한다 하여 그 마음이 모두 없던 것이 되지는 않는다.

일행들을 지키며 선 채 장하영이 말했다.

"여기서부턴 나한테 맡겨요."

역사 같은 건 지금부터 만들어도 늦지 않다. 아직 시간은 많이 있으니까.

※ ※ ※

나는 숨을 토해내며 눈을 떴다.

['전지적 독자 시점' 3단계가 종료됐습니다.]
['3인칭 관찰자 시점'을 종료합니다.]

다행히 장하영은 일행들을 만났다. 혹시나 시일이 늦춰지면 어쩌나 싶어 조마조마했는데 다행히 계획대로 흘러갔다. 장하영을 만났으니 이제 일행들은 안전할 것이다.

나는 뻐근한 몸을 일으키며 눈앞에 떠오르는 메시지를 재차 확인했다.

[당신은 '히든 시나리오' 클리어 보상으로 스킬 '전지적 독자 시점'의 사용권을 획득했습니다.]

본래 '환생자들의 섬'에서는 스킬 사용이 불가하다.

하지만 '히든 시나리오-생존 게임'을 완수하면 이야기는 조금 달라진다.

[전용 스킬, '전지적 독자 시점'의 레벨 수치가 최저치로 고정됩니다.]
[시스템 오류가 발생했습니다. 해당 스킬에는 레벨 개념이 존재하지 않습니다.]
[해당 스킬은 '1세대 개연성'의 영향을 받지 않는 스킬입니다.]

처음에는 [책갈피] 사용권을 받는 편이 낫지 않을까 싶었는데, 생각해보니 [책갈피]는 어차피 다른 인물의 스킬을 빌려오는 스킬이었다.

즉 사용권을 얻더라도 다른 인물의 스킬에 대한 사용권까지 추가로 얻지 않으면 어차피 무용지물이다.

정말이지 제약이 많은 섬이지만 어쩔 수 없다. 이번 섬에서 얻어야 할 것은 스킬보다 더 중요한 것이니까.

멀리서 이지혜의 목소리가 들려왔다.

"대대사부우!"

벌써 이틀째. 이지혜는 일권무적 유호성을 졸졸 쫓아다니고 있었다.

"대대사부! 그 설화 좀 알려주세요!"

유호성이 소여물을 줄 때도.

"한 구절만요! 저 진짜 잘 배울 수 있어요."

빨래나 나무를 할 때도 이지혜는 유호성을 괴롭혔다.

"어제 그거 어떻게 한 거예요? 주먹 쑥 뻗었더니 걔들 머리 다 터졌잖아요!"

물론 유호성은 아무 말도 하지 않았다.

'설화 통제법'을 쉽게 배울 수 없을 거라고 생각은 했다. 키리오스나 파천검성도, 그에게 이 기술을 사사하는 데 오랜 시일이 걸렸으니까.

설화 통제법.

그것은 스킬이나 성흔이 아닌, 순수한 기술의 이름이었다. 멸살법에서도 여러 가지 설명이 나오긴 하지만, 사실 뜬구름 잡는 소리가 많아서 나도 정확히는 알지 못했다. 그래서 좀 걱정이 되는 것도 사실이었다.

[거대 설화, '신화를 삼킨 성화'가 으르렁거립니다.]

이 자식을 빨리 어떻게든 하지 않으면 안 되는데.

유호성이 처음으로 짜증을 낸 것은 그날 저녁이었다.

"그만 쫓아다녀라. 내가 왜 네 대대사부냐?"

"그야 우리 사부의 사부의 사부잖아요!"

해맑게 웃는 이지혜의 말을 들으며 그것도 맞는 말이다 싶었다. 이지혜의 사부는 유중혁이고, 유중혁의 사부는 파천검성이고, 파천검성의 사부는 일권무적 유호성이니까.

이지혜를 노려보던 유호성이 한숨을 내쉬며 말했다.

"이건 알려준다고 배울 수 있는 게 아니야. 너희처럼 시스템에 익숙해진 놈들은 백날 수련해도 효과를 보지 못해."

"하지만 대사부들한테는 알려주셨잖아요!"

"그놈들은 배후성이 없는 초월좌였어. 너희와는 달라."

냉정한 거절이었다.

"그래도 혹시 모르잖아요! 시키는 대로, 하라는 대로 다 할게요!"

"그 자세부터가 잘못되었어. '시키는 대로' 해서 익힐 수 있는 게 아니란 말이다. 이틀 동안 나를 따라다니면서 아무것도 느끼지 못한 거냐?"

유중혁의 대사부답게 유호성은 재수 없는 미소를 지었다 (심지어 성씨도 같다).

사실 나는 알고 있었다. 유호성이 내내 우리를 시험하고 있다는 것을.

"너희는 이곳에서 아무것도 듣지 못하였느냐?"

그 말에 이지혜와 나는 동시에 주변 정경을 보았다.

돼지 똥을 치우던 장한이 뭘 보느냐며 나를 마주 노려보고 있었다.

[설화, '배변 치우기의 달인'이 오늘 하루도 즐겁게 살자고 다짐합니다.]

농작물을 수확하던 아낙이 막걸리를 마시며 노래를 흥얼거리고 있었고.

[설화, '노동요의 달인'이 흥얼거리며 주인의 일을 돕습니다.]

도끼질하던 노인이 한숨을 푹푹 쉬며 지게에 걸터앉았다.

[설화, '천년의 나무꾼'이 요즘 젊은 놈들은 어른 공경을 모른다고 말합니다.]

딱히 대단한 설화들은 아니었다. 고작해야 동물 똥을 치우거나, 노동요를 부르거나, 나무를 하며 만들어진 설화.
그럼에도 그 설화들은 내가 아는 다른 설화와 궤가 달랐다.
그 설화에서는 기묘한 조화造化가 느껴졌다.
그저 강력한 힘을 추구하는 설화나, 주인을 지배하려 드는 설화와는 다른 느낌. 하나의 존재와 하나의 설화가 오랜 세월을 함께하며 만들어진 앙상블.
유호성이 말했다.
"십 년을, 백 년을, 천 년을 수련해야 비로소 한 문장을 얻을 수 있는 것. 그게 바로 '진짜 설화'다."
진짜 설화라. 재미있는 표현이었다.
"너희도 설화를 가지고 있겠지? 그거나 잘 단련하도록 해

라. 이제 와서 다른 설화를 배우려 애써봤자 소용없다."

"하지만…… 이걸로는 대대사부처럼 강해질 수 없잖아요."

"그거야 네놈들이 하기에 달렸지. 중요한 건 설화를 정확히 들여다보는 거니까."

"정확히 들여다본다고요?"

"너무 커다란 이야기는 오히려 그 이야기의 향방을 알 수 없게 만드는 법이다."

그러고 보니 예전에도 저런 아리송한 소리를 들은 적이 있다. 언제였더라, 리카온에게 [바람의 길]을 배울 때던가?

이런저런 생각을 하다 보니 갑자기 걱정이 되기 시작했다.

[바람의 길]도 못 배운 내가 설화 통제법을 제대로 익힐 수 있을까? 또 재능이 어쩌고저쩌고 얘기를 들으면 곤란한데.

한숨을 내쉰 유호성이 재차 입을 열었다.

"에휴, 빌어먹을 애새끼들. 딱 한 번만 알려주마."

그 말에 이시혜가 얌전한 학생처럼 그의 앞에 앉았다. 나 역시 슬그머니 근처로 다가가 그의 이야기를 들었다.

"너흰 '설화'를 뭐라고 생각하느냐?"

이지혜가 눈을 굴리다가 대답했다.

"음…… 이야기?"

"한심하긴."

"구박만 하지 말고 제대로 알려줘요!"

"기초부터 설명하는 수밖에 없겠군."

유호성이 쯧쯧 혀를 차며 자신의 왼손을 들었다.

"이건 뭐라 부르지?"

"왼손?"

이번에는 반대쪽 손을 들었다.

"그럼 이쪽은?"

"오른손이요."

"그럼 이 둘을 묶으면 뭐가 되지?"

곰곰이 생각하던 이지혜가 답했다.

"양손?"

그러자 유호성을 대신해 설화가 대답했다.

[설화, '양손잡이 권투사'가 즐거워합니다.]

"그래, 이것은 '양손'이라는 말로 이어져 있다. 많은 존재가 그렇게 부르고, 그렇게 인식하고, 비슷한 형태로 납득할 수 있는 '관계'지."

이지혜가 멍한 얼굴을 했다. 알 듯 모를 듯한 표정이었다.

그럴 줄 알았다는 듯 유호성이 말을 이었다.

"그렇다면 이런 경우엔 뭐라고 부를까?"

유호성은 바닥에 떨어진 나뭇가지를 왼손으로 쥐며 물었다.

"하나는 왼손이고, 하나는 나뭇가지지. 이 둘을 묶어 뭐라 부르면 좋겠느냐?"

"음…… 나뭇가지를 쥔 왼손? 아니면…… 왼손과 나뭇가지……."

뭐라고 불러도 시원찮은 느낌이었다.

"부르는 게 쉽지 않지. 왜 그런지 알겠느냐?"

이지혜가 고개를 저었다. 유호성이 말했다.

"둘 사이에 제대로 된 '관계'가 없기 때문이다. 왼손과 나뭇가지든, 나뭇가지를 쥔 왼손이든, 뭔가 딱 떨어지지 않는 느낌이 들지. 서로 어색하기 때문이다."

유호성은 나뭇가지를 다트처럼 들고서 멀리 떨어진 나무를 향해 던졌다. 쾌속하게 날아간 나뭇가지가 나무둥치에 박혔다. 원래 그 나무의 가지였던 것처럼 자연스러운 모습이었다.

"그 어색한 거리감을 좁히는 것이 바로 '설화'다. 세상의 가장 먼 것들을 이어주는 것. 설화를 통제하고 싶다면 이것부터 제대로 이해해라."

알 듯 모를 듯한 설명이었다.

나무에 꽂힌 나뭇가지를 보던 이지혜가 멍하니 눈을 끔뻑였다.

나는 바닥에서 굴러다니는 돌멩이를 조심스레 주워들었다.

세상의 가장 먼 것들을 연결해주는 힘이라…… 어렵다.

내 행동을 보던 유호성이 혀를 차며 말했다.

"멍청한 놈. 방금 나는 예시를 든 것뿐이다. 그렇게 아무거나 쥔다고 관계가 만들어지고 설화가 발생하는 게 아냐! 오랜 세월을 쌓아 소재와 나 사이의 거리를 좁힌 후에야……!"

그리고 다음 순간, 이상한 일이 일어났다.

츠츠츠츠츳!

[1세대의 충만한 개연성이 당신의 행동에 반응합니다.]
[설화의 소재가 당신에게 친근감을 가지고 있습니다.]

내 손에 쥐어진 돌멩이가 즐거운 듯 나를 올려다보고 있었다.

[설화, '돌멩이와 나'가 이야기를 시작합니다.]

망연한 얼굴로 나를 보던 유호성이 입술을 푸들푸들 떨며
물었다.
"네놈, 대체 뭐냐?"

※

2

돌멩이는 마치 살아 있기라도 한 것처럼 내 손 위에서 부르르 떨었다.

[새로운 설화를 획득했습니다!]
[설화, '돌멩이와 나'가 이야기를 계속하고 싶어합니다.]

나도 이런 경우는 처음이었다.
그냥 돌멩이를 만졌는데 설화가 발생했다고?
머릿속으로 온갖 복잡한 가설이 스쳤지만, 마땅히 떠오르는 해답은 없었다.

[1세대의 개연성이 당신 주변을 감돌고 있습니다.]

[현재 '제4의 벽'이 매우 얇아진 상태입니다.]

그나마 의심이 가는 건 저 두 줄의 시스템 메시지인데.

의심스러운 눈으로 나를 노려보던 유호성이 말했다.

"그렇군, 네놈도 환생자구나. 그렇지?"

그사이 나에 관해 엉뚱한 가설을 세운 모양이었다.

"전생에 돌팔매에 맞아 죽기라도 한 모양이구나? 그래서 저 돌이……"

"아닙니다만."

"오호라, 네놈 돌머리로구나. 그래서 하필 돌멩이가―"

나는 말없이 유호성이 내던진 나뭇가지를 집어 들었다.

[설화의 소재가 당신에게 민감하게 반응합니다.]

[설화, '나뭇가지 같은 김독자'가 이야기를 시작합니다!]

나는 멍하니 입을 벌리는 유호성을 향해, 겸손한 무림의 후기지수처럼 말해보았다.

"말씀드리기 외람되오나 제 머리가 그렇게 나쁜 편은 아닙니다."

옆에서 이지혜가 나를 재수 없다는 듯 노려보았다.

눈을 부릅뜬 유호성이 외쳤다.

"어디, 이것도 쥐어보아라!"

나는 유호성이 건넨 꽃을 받아들었다.

[설화의 소재가 당신에게 호감을 갖습니다.]

[설화, '꽃을 든 김독자'가 이야기를 시작합니다!]

유호성은 계속해서 설화 소재가 될 만한 것을 건넸고, 나는 그것을 족족 받아 들었다.

[설화의 소재가 당신에게 호기심을 품습니다!]

[설화의 소재가 당신에게 호기심을 품습니다!]

한참 고민하던 유호성이 결단을 내린 것은 내 주변이 노래하는 꽃과 돌멩이로 가득해졌을 무렵이었다.

"나를 쥐어라."

"어딜 말입니까?"

"여기, 내 어깨를 잡아보란 말이다."

이글거리는 유호성의 눈빛.

그의 분노도 이해가 갔다. 말마따나 십 년, 백 년, 천 년을 쌓아야 한 줄을 이룰 수 있다는 '진짜 설화'가 내게서 너무도 쉽게 봉오리를 틔웠으니, 열받을 수밖에 없겠지.

"정 그러시다면…… 실례하겠습니다."

나는 한숨을 쉬며 유호성 어깨에 손을 얹었다.

무슨 어린애 어깨가 이렇게 단단하지?

유호성이 말했다.

"별다른 변화는 없군. 무생물에 한정인가? 흠……."

[등장인물 '유호성'이 당신에게 미미한 호감을 갖습니다.]

흠칫 놀란 유호성이 내 손을 뿌리치며 물러났다.
"이, 이게 무슨 짓이냐?"
그리고 다음 순간, 내 귓가에 메시지가 들려왔다.

[설화, '만물의 사랑을 받는 자'를 획득했습니다.]

¤ ¤ ¤

유호성이 충격에 빠진 사이, 내게 관심을 보인 것은 마을의 다른 주민들이었다.
"이런 미친 재능은 오랜만이군."
"허, 보기 드문 친구일세. 바깥에서 온 자가 맞나?"
"혹시 소여물에도 관심이 있니?"
나는 얼떨떨한 기분으로 아낙이 건넨 소여물을 받아들었다.
인간 김독자. 삼십 년 가까운 세월을 어영부영 살면서 이렇듯 좋은 일로 관심을 받아보기는 처음인 것 같다.
내가 재능이 있다고?

「(독자 씨는 확실히 재능이 있어요. 이런 소설을 십 년이 넘도록 완독하셨잖아요.)」

최근 사서 일이 고된 모양인지 유상아는 살짝 지친 목소리
였다.

'역시 소설을 읽은 것과 관련이 있을까요?'

「(그렇게 생각할 수밖엔 없을 것 같아요.)」

'하지만 그동안은 이런 일이 있은 적이……'

생각해보니 아예 없던 건 아니었다. 등장인물 중에 나를 보
자마자 호감을 가진 이들이 있었으니까.

「(어쩌면 '벽'이 얇아진 것과 관계가 있지 않을까요?)」

듣고 보니 그럴 수도 있겠다는 생각도 들었다. 정확한 연유
는 모르겠지만 [제4의 벽]의 기능이 떨어진 것이 세계와 나
사이의 거리를 가깝게 만들었을 가능성도 있었다.
그럼 이 능력은 어디까지 적용되는 거지?
곁을 돌아보니 어쩐지 자존심이 상한 듯한 이지혜가 손에
나뭇가지를 꼭 그러쥔 채 혼잣말을 중얼거리고 있었다.
나는 손가락으로 녀석의 팔을 쿡 찔렀다.
"으엑!"

깜짝 놀란 이지혜가 성질을 냈다.

"아저씨 미쳤어? 어디서 똥 묻은 손가락으로……!"

일단 얘는 안 먹히는 것 같고. 그럼, 어디 보자…….

역시나 바로 곁에서 가부좌를 틀고 있던 척준경의 어깨를 콕 찔러보았다.

"도전인가?"

"아닙니다."

이쪽도 적용이 안 되는군.

그럼 대체 무슨 원리로 작동하는 거지?

아무리 생각해도 내 재능의 작용 원리를 알 수가 없었다.

"정말 빌어먹을 재능이로군. 그렇게밖에는 설명할 수 없다."

그 말을 한 것은 한참이나 혼자만의 생각에 빠져 있던 유호성이었다.

말간 유호성의 얼굴에 흉흉한 분노가 배어 있었다. 유호성은 아이의 보폭으로 나를 향해 성큼 다가오더니 말했다.

"네놈은 모르겠지만 나는 세상에서 기연을 제일 싫어한다. 특히 너처럼 노력도 안 하고 쉽게 뭔가 얻는 녀석을 제일 증오하지."

일권무적 유호성은 그런 사람이다.

악바리처럼 덤비는 사람을 좋아하고, 극복할 수 없는 재능을 넘어서기 위해 노력하는 사람을 아끼는 무인.

그런 유호성의 눈에 나 같은 녀석은 재능발로 1세대를 능멸하는 대역죄인처럼 보이겠지.

"오늘 처음으로 내 신념을 어기게 되는군."

응?

"네놈에게 '설화 통제법'을 가르쳐주겠다."

⌘ ⌘ ⌘

왜 유호성이 변심했는지는 모른다. 다만 확실한 것은 그가 내게서 어떤 가능성을 발견했다는 사실이다.

일생일대의 제자라도 남기려는지 유호성은 그날부터 밤낮으로 나를 괴롭혔다.

"현상과 진리는 동일한 것이 아니다. 설화를 제대로 사용한다는 것은 곧 현상을 자신의 언어로 이해한다는 뜻이다."

"추상으로 도약하기 위한 단단한 지반. 그것이 바로 네가 쌓아야 할 설화의 세부細部다."

등등. 이건 뭐 멸살법을 다시 읽는 게 낫겠다 싶을 정도로 귀신 씻나락 까먹는 소리였다.

나는 마을 주민이 가져다준 귤을 하나씩 까먹으며 일단 열심히 고개를 주억거렸다.

"멍청한 놈. 하나도 이해하지 못한 얼굴이로군."

"송구스럽네요."

"모르겠으면 굳이 이해하려 들 필요 없다. 모두 같은 방식으로 통제법을 체득하는 것은 아니니까."

"그럼 어쩌란 말씀이신지."

나는 딱밤을 맞았다.

"고얀 놈. 너는 일단 말버릇부터 문제다. 연장자에 대한 공경이 부족하단 말이다."

"……."

"너는 일단 듣는 법부터 배워야 한다."

"이보다 더 잘 듣고 있을 수는 없을 것 같은데요."

"네가 가진 설화의 말에 귀를 기울이란 뜻이다!"

설화의 말? 멸살법에 이런 이야기가 나오던가?

"네겐 이미 설화와 소통할 수 있는 재능이 있다. 그들의 감정과 말에 귀를 기울일 수 있는 재능 말이다."

그러고 보니 확실히 그랬다. 언제부터인지는 모르겠지만 나는 설화의 의사를 읽을 수 있게 되었다. 마치 그들이 사람이라도 되는 것처럼.

"하지만 저는 설화를 통제하고 싶은 거지, 잡담을 나누고 싶은 게 아닙니다."

"설화는 통제할 수 있는 게 아니다."

설화 통제법을 가르치는 사람의 말이었다.

"너는 네 생각을 통제할 수 있느냐?"

"그야 당연히 제 생각이니……."

"그럼 지금부터 오 분간 아무 생각도 하지 말아보아라."

나는 그쯤이야 쉽다는 듯 고개를 끄덕였다.

생각하지 말자, 생각하지 말자…….

빌어먹을, 이건 '생각하지 말자'라는 생각을 하는 거잖아.

열심히 내 상상을 피해 달아나려 했으나 쉽지 않았다. 오 분도 채 안 되는 사이 머릿속에서는 정말 많은 일이 일어났다.

가령 개연성 없는 원인으로 인해 미소녀가 되어버린 유중혁이 마왕들을 썰어 죽인다거나, 원인 불명의 정신 착란에 걸린 한수영이 "김독자 님 역시 그때 표절해서 죄송합니다"라고 머리를 조아린다거나…….

나는 솔직하게 인정했다.

"안 되네요."

"얼빠진 놈."

[설화, '구원의 마왕'이 당신을 향해 히죽거리며 웃습니다.]

"오늘부터 네가 할 일은 그것이다. 설화의 말에 귀를 기울이는 것."

"하지만……."

"두려워하지 마라. 아무리 거대한 설화라도 결국은 네가 쌓은 것이니까."

그 말을 하며 돌아서는 유호성은 처음으로 스승 같은 표정을 짓고 있었다.

"설화는 우리를 지배하려 들기도 하지만, 때로 우리에게 길을 알려주기도 하는 법이다."

그렇게 나는 '설화 통제' 수련을 시작했다.

더 정확히 말하면 설화의 목소리를 듣는 연습이었다.

[거대 설화, '신화를 삼킨 성화'가 당신의 관심을 귀찮아합니다.]

설화들은 그런 내 모습을 낯설어했지만, 하루가 가고 이틀이 지나자 조금씩 마음을 열기 시작했다. 그렇게 얼마나 귀를 기울였을까. 지금껏 감정 표현을 자제하던 설화들의 목소리가 들려오기 시작했다.

[설화, '왕이 없는 세계의 왕'이 그땐 참 즐거웠다고 말합니다.]

설화는 이야기를 하고 나는 그 이야기를 듣는다. 이야기는 다시 우리가 쌓은 기억이 된다.
하늘을 수놓은 '사인참사검'의 별빛과 절대왕좌를 부수던 쾌감의 순간.
맞아, 그때 정말 즐거웠지. 네가 내 '첫 번째 설화'니까.

[설화, '이적에 맞서는 자'가 그 귀환자는 정말 골치가 아팠다고 말합니다.]

맞아, 명일상 그 자식은 정말 까다로웠어. 유중혁이랑 한수영이 같이 있었는데도 죽을 뻔했지.

[설화, '재앙의 왕을 사냥한 자'가 뱀술의 맛을 그리워합니다.]

[설화, '이계의 신격을 살해한 자'가 혹시 이것도 기억하느냐고 묻습니다.]

그렇게 한 마디 한 마디 늘어갈 때마다 나는 설익은 추억에 잠겨갔다. 한편으로는 여기서 너무 시간을 지체하면 곤란하다는 조급함도 있었다.
한수영, 유중혁, 안나 크로프트.
나와 다른 결말을 추구할 그들은, 이미 다음 시나리오의 문을 두드리고 있을지도 모른다.

[설화, '구원의 마왕'이 너는 더 이상 도망가선 안 된다고 말합니다.]

나는 다시 이야기에 집중했다.
어느 순간부터 쏟아지는 설화들의 목소리가 늘어나며, 나는 현실과 가상을 구별하기 어려워졌다. 시공간의 감각이 흐려지고 있었다. 내가 지금 설화들 속에 있는 것인지, 아니면 현실에서 설화의 이야기를 듣고 있는지 알 수가 없었다.

[설화, '은막의 혁명가'가 새로운 혁명에 굶주려 있습니다.]

그래, 미안해. 내가 너희를 너무 오랫동안 방치했구나.

[설화, '미식협의 이단아'가 배고픔을 호소합니다!]

[설화, '기적의 도박사'가 또 한판 크게 벌이자고 말합니다.]

중간중간 꿈 같은 정경이 스쳐 가기도 했다.

―독자 씨. 우리 진짜 죽을 뻔했어요. 알아요?
―아저씨이!

어디선가 어렴풋하게 들려오는 일행들의 목소리.

―와, 치사하게. 혼자만 먼저 수련하고 있었다고?
―우리도 얼른 배워요! 누구한테 가면 배울 수 있는 거죠?

그 목소리를 들으며 나는 생각한다.
이게 정말 꿈이라면 정말 달콤한 꿈이구나.

―난 왜 설화 안 생기지? 독자 형은 이렇게 하면 설화 생겼다며.
―그 손 떼라 이길영.
―너나 떨어져 신유승.

꿈결 속에서, 아이들이 "아저씨와 나"라거나 "독자 형과 이길영" 따위를 열심히 중얼거리는 소리가 들려왔다.
그런 설화를 가져서 어디 쓰려는 건지는 모르겠지만······.

[거대 설화, '마계의 봄'이 당신의 이야기를 함께 바라봅니다.]

왜일까. 아이들의 목소리를 들으며 나도 모르게 포근한 마음이 되었다. 몽롱한 시야 속에서, 무수한 설화들이 나와 함께 그 광경을 바라보고 있었다.

[설화, '대천사의 사랑을 받는 자'가 당신의 이야기를 좋아합니다.]
[설화, '왕이 없는 세계의 왕'이 아이들의 모습을 지켜봅니다.]
[설화, '거신의 해방자'가 애틋한 눈으로 일행들을 바라봅니다.]

이 모든 설화는 나를 닮았고, 나는 다시 그 모든 설화를 닮는다.
그렇다면 저기 외따로 떨어져 있는 저 녀석도 분명 우리의 일부일 것이다.

[거대 설화, '신화를 삼킨 성화'가 당신을 외면합니다.]

나는 말한다.
'그만 심통 부리고 이리 와.'
그러나 녀석은 대답이 없었다. 산만 한 덩치로 다른 설화를 위협하던 녀석은, 몸을 웅크린 채 등을 돌리고 있었다.
뭔가 읽고 있는 아이처럼 고개를 숙인 채로.

어쩌면 나는 저 등을 알고 있다. 자신만의 이야기에 폭 빠져 있는 작은 아이.

하지만 언제나 그렇듯 '설화'는 혼자서만 존재할 수는 없다.

나는 녀석의 등 뒤로 조심스레 다가가 말했다.

'재미있어 보이네.'

흠칫 놀란 「신화를 삼킨 성화」가 나를 돌아보며 몸집을 키웠다.

「너……!」

어마어마하게 커진 몸으로, 설화가 나를 노려보았다.

이상하게도 나는 그런 녀석이 두렵지 않았다.

녀석은 설화다. 그리고 모든 설화는 어딘가로 흘러간다.

'네가 가고 싶은 곳은 어디야?'

녀석은 내 질문에 쉽게 대답하지 못한 채 입만 뻐끔거렸다.

아마 대답할 수 없겠지. 그 마음을 안다.

'나와 함께 가자.'

「어디로?」

천천히 입을 열어 이야기한다.

내가 원하는, 내 모든 이야기의 ■■.

설화가 묻는다.

「그 모든 이야기의 끝엔 뭐가 있지?」

'나도 몰라. 하지만 적어도 혼자는 아닐 거야.'

[설화, '영원불멸의 지옥도'가 당신을 바라봅니다.]

그리고 잠시 후, 설화들이 손끝에 감겨드는 느낌이 들었다.

이야기의 파도 속에 떠밀리던 몸이 점차 무거워지고, 나는 천천히 눈을 떴다. 대체 시간이 얼마나 흘렀는지 알 수 없었다.

다리가 저려와서 아래를 내려다보니, 이길영과 신유승이 내 무릎을 베고 새근새근 잠들어 있었다. 설화가 아니었다. 진짜 육신을 가진 아이들이었다.

나는 아이들의 머리를 가볍게 쓰다듬어주었다.

[거대 설화, '신화를 삼킨 성화'가 당신의 이야기를 듣습니다.]

마침내 다음 시나리오로 떠날 준비가 끝났다.

☒ ☒ ☒

그 시각, 331번째 섬의 유일한 생존자가 다음 시나리오를 향해 움직이고 있었다.

[당신은 섬의 모든 참가자를 학살했습니다.]

[당신은 331번째 섬의 유일한 생존자입니다.]

[다음 시나리오의 진입 자격을 얻었습니다.]

흩날리는 검은색 코트와 등 뒤에서 빛나는 흑천마도.

다음 시나리오로 향하는 포털을 바라보며, 유중혁은 이곳에 오기 직전 만난 음험한 존재를 떠올렸다.

3회차를 살아온 그조차 정체를 알지 못하는 이계의 신격.

【계시의 내용 전부를 알려줄 수는 없다. 아무리 나라도 그건 '개연성'에 지나치게 위반되니까. 하지만 이 정도는 내줄 수도 있겠지. 그래야 공평한 싸움이 될 테니까.】

스마트폰을 켜자 텍스트 파일이 나타났다.

《한수영 - 1,863회차의 기록 (上)》

포털을 향해 발걸음을 옮기며 유중혁은 자신이 알지 못하는 이야기의 첫 장을 넘겼다.

3

마을에 도착한 지 이 주가 지났다.

설화들이 제자리에 안착한 후, 나는 곧장 다음 시나리오 준비를 시작했다.

「'환생자들의 섬'은 크게 세 개의 섬으로 이루어져 있다. 1세대 설화의 개연성이 작동하는 '소섬'. 그리고 2세대 설화의 개연성이 작동하는 '중섬'. 마지막으로 3세대 설화의 개연성이 작동하는 '본섬'…….」

소섬과 달리 중섬에서부터는 본격적으로 성좌들과 부딪쳐야만 한다.

이 현실적인 1세대의 개연성을 뚫고 살아난 존재들이 그곳에서 나를 기다리고 있었다.

[거대 설화, '신화를 삼킨 성화'가 빨리빨리 움직이라고 재촉합니다.]

여전히 한 녀석이 성깔을 부려댔지만 이 정도로 고삐를 잡았으면 됐다 싶었다.

유호성은 말했다. 설화는 사용자를 지배하려 들기도 하지만 나아갈 길을 알려주기도 한다고.

[거대 설화, '마계의 봄'이 당신의 선택을 기다립니다.]

이 녀석들은 앞으로도 나와 함께 살아갈 것이다. 함께 이야기를 만들고, 그것을 또 다른 설화로 빚어낼 것이다.

"희원 씨, 무사하셔서서 다행입니다."

"인사 레퍼토리 좀 바꾸면 안 돼요? 이번엔 진짜 죽을 뻔했다고요."

일행들은 내가 설화 통제 수련을 시작한 지 일주일이 지날 무렵 도착했다고 했다. 섬 외곽 쪽에서 길을 잃는 바람에 시간이 지체되었다고.

나는 주변을 돌아보며 물었다.

"다른 일행들은요?"

"전부 훈련받고 있어요."

얼마간 걷자 제각기 가부좌를 틀고 앉은 아이들과 이현성,

장하영의 모습이 보였다. 표정을 보아하니 수련이 쉽지 않은 모양이었다.

당연한 일이었다. 설화 통제 훈련은 짧게 잡아도 두 달은 걸린다. 원작의 유중혁이 그 엄청난 재능으로도 삼 주나 시간을 허비해야 했으니…….

나는 일행들의 설화를 가만히 들여다보았다.

[설화, '김독자 컴퍼니 행동강령'이 고통스럽게 몸을 꿈틀거립니다.]

[설화, '괴수의 목소리를 듣는 자'가 신음합니다.]

[설화, '동료의 신의를 갈망하는 자'가 고통스러워합니다.]

내가 얻은 설화가 있듯, 일행들 또한 쌓아온 설화가 있다. 같은 시나리오를 겪었다고 반드시 같은 설화를 얻지는 않는다. 저마다 지닌 감수성이 다르기에 쌓이는 이야기도 다르다.

"이곳은 다른 섬보다 시간 배율이 느리니 천천히 훈련하셔도 됩니다. 급하게 마음먹지 마세요. 통제 훈련을 완전히 마쳐야 성마대전에서 제대로 싸울 수 있습니다."

"알겠어요."

[설화, '마왕의 광신도'가 노래를 부릅니다.]

「오오 그때 독자 형은 말했다네에 나는 세상의 신이다 나를 따라오면 세상의 진실을 알게 되리」

"그리고 길영이 깨면 꼭 말해주세요. 왜곡된 설화를 쌓으면 큰일 난다고."

정희원이 키득거려서 나는 조금 진지한 어투로 말했다.

"장난이 아닙니다."

"알았어요. 근데 독자 씨는 본인 위치를 좀 제대로 자각할 필요가 있어요. 저 아이들에게 독자 씨가 어떤 존재인지 말이에요."

"……."

"독자 씨가 없었다면 아이들이 여기까지 올 수 있었을 것 같아요?"

나는 훈련 중에도 서로 손등을 꼬집는 신유승과 이길영을 가만히 바라보았다. 나를 믿고 불완전한 이야기를 함께 이야기하며 여기까지 와준 아이들.

[이제껏 존재하지 않던 새로운 설화가 당신에게 발아합니다.]

"그건 저도 마찬가집니다."

내가 마지막으로 바라본 이는 장하영이었다.

그녀는 이마에 굵은 땀방울이 맺힌 채로 자신의 설화와 분투하고 있었다.

「듣고 싶지 않아. 사실은 듣고 싶지 않아.」

「들어야 해. 그래도 들어야 해.」

홀러넘친 설화의 목소리가 내 귓가에도 들려왔다.

장하영이 무슨 설화를 보는지는 짐작할 수 있었다.

아마 이 섬에서 장하영은 새로운 특성을 개화하게 될 것이다. 그리고 그 특성으로 말미암아 '초월좌들의 왕'이 될 초석을 닦겠지.

"독자 씨."

"예."

"하영 씨한테 유독 무신경한 거 알죠?"

"본의는 아니었습니다. 어쩌다 보니……."

"우리한테 해준 이야기, 하영 씨에겐 해줬어요?"

일행들에게는 해준 이야기.

정희원의 말이 무슨 뜻인지는 분명했다.

「이 세계는 소설을 기초로 구성되어 있고, 나는 그 소설을 읽은 유일한 독자다.」

그 이야기를 소수의 일행들에게만 전한 상태였다. 키리오스나 파천검성을 비롯한 대부분의 사람들은 여전히 그 사실을 모르고, 장하영 또한 마찬가지였다.

나는 허리를 숙여 장하영의 얼굴을 들여다보았다.

「짙은 쌍꺼풀에 곱슬거리는 금발. [습도 보존]이 없어도 새하얗고 뽀송한 피부. 살짝 도톰한 볼과 웃을 때 매력적으로 들어가는 보조개. 묘하게 중성적인 분위기 때문에 쉽게 성별을 가늠할 수 없는 얼굴.」

멸살법의 묘사가, 과거의 내가 남긴 댓글이 이제 나에게 되돌아오고 있었다. 내가 상상으로 그린 것과 너무도 똑같은 그 모습이, 형언할 수 없는 죄책감이 됐다.

"어디까지 솔직해야 할지 잘 모르겠습니다."

"네?"

장하영에게는 사실을 말할 수가 없다.

어떻게 말한단 말인가. 너를 만든 것은 나라고.

너는 내가 단 댓글 때문에 태어난 존재라고.

"최근 그런 생각을 자주 합니다. 어쩌면 제가 읽던 소설이 현실이 된 게 아니라 그 소설이 그냥 이 세계를 기록한 게 아니었을까 하는……."

"갑자기 무슨 소리예요?"

어쩌면 그것은 내 바람이리라.

「아주 오래전, 어린 시절의 김독자가 그렇게 생각한 것처럼.」

어리둥절한 표정으로 나를 바라보는 정희원을 향해 나는 싱겁게 웃었다.

"저는 희원 씨를 좋아합니다."

"어, 저도 그래요."

"그리고 다른 일행들도요. 지금은 거기까지만 생각하고 싶습니다. 이기적이라 죄송합니다."

잠시 뭔가 생각하던 정희원이 고개를 끄덕였다.

"그래요. 독자 씨 하고 싶은 대로 하는 거죠. 이해해요."

"감사합니다. 참, 일행들 일어나면 이걸 전해주세요."

"이건……?"

"다음 시나리오에 관한 정보입니다."

정희원에게 건넨 수첩에는 다음 시나리오인 '중섬'의 정보가 담겨 있었다.

"잠깐, 독자 씨 또……!"

눈치 빠른 정희원은 내가 왜 그것을 건네는지 이미 깨달은 눈치였다.

¤ ¤ ¤

"오늘쯤 올 줄 알았다."

소섬을 떠나기 전, 나는 유호성을 찾아갔다. 어쨌든 설화 통제법을 알려주었으니 고마움을 표하고 싶었다─라는 것은 거짓말이고, 실은 목적이 있었다.

"왜 우리 일행들을 받아주신 겁니까?"

대뜸 던진 질문에 유호성이 인상을 찌푸렸다.

"그냥 늙은이의 변덕이다."

열 살 남짓한 외형의 아이가 자신을 '늙은이'라 칭하는 모습은 무척 기이했지만, 몰개연적인 광경은 아니었다. 일권무적 유호성은 어지간한 마왕이나 대천사보다 더 오랜 세월을 살아온 존재니까.

전설로만 알려진 '제0 무림'.

그 무림의 천하제일고수이던 사람이 바로 유호성이다.

"질문 끝났으면 썩 꺼져라. 꼴도 보기 싫으니."

처음과 같은 축객령이었다.

"같이 가실 생각은 없으십니까?"

"무슨 헛소리냐?"

"소섬 시나리오가 종료되면 당신도 다음 시나리오에 진출 가능하다는 걸 알고 있습니다. 이번 '성마대전'은 그런 시나리오니까요."

유호성의 눈썹이 크게 꿈틀거렸다.

원작에서도 이곳 '환생자들의 섬'에서 '성마대전'이 일어난 회차가 있었다.

「신新과 구舊의 만남. 1세대와의 퓨전 시나리오!」

아마 지금도 바깥에선 그딴 슬로건을 내걸고 시나리오를 홍보 중일 것이다.

관리국의 의도였다. 말로만 듣던 1세대 설화들을 시나리오 홍보 소재로 사용하기 위한 수작.

하지만 관리국의 돈벌이는 때로 시대에 떠밀려 잊힌 망자
들에게 기회가 되기도 한다.

"어쩌면 이 기회에 섬 밖으로 나갈 수 있을지도 모릅니다."

환생자들의 섬. 스타 스트림의 살아 있는 박물관.

이곳의 환생자들은 섬 안에서 영겁의 생을 사는 대신, 섬 밖
으로 나갈 수 없는 저주를 받는다.

그것이 '섬의 주인'과 그들 사이의 계약이기 때문이다.

"언제까지 지나간 시대의 성유물처럼 박제되어 있으실 겁
니까?"

유호성이 천천히 눈을 감았다. 화를 참는 듯한 기색이었다.

"나가서 뭘 어쩌란 얘기지? 망자들이 강한 것은 섬 안에서
의 이야기일 뿐이다. 1세대는 저물었어. 아무도 그런 이야기
는 원하지 않아."

확실히 그 말은 맞다. 환생자는 대부분 '1세대의 개연성'이
깃든 섬을 벗어나면 제대로 활약하지 못하니까.

강기와 마법이 난무하고, 시스템의 지배를 받는 바깥 세계
에서 1세대의 망자들은 적응하지 못할 것이다.

하지만 모두 그런 것은 아니었다.

"이곳에서 당신을 사사한 초월좌들은 바깥에서도 활약하고
있습니다. 당신이 만든 설화를 그리워하는 존재도 분명 있단
말입니다."

"있겠지. 하지만 대세가 될 수는 없어."

"꼭 대세가 되어야 합니까?"

"뭐?"

"대세가 되어야만 좋은 설화인지 묻는 겁니다. 당신이 언제부터 그런 것을 신경 썼습니까?"

다시 눈을 뜬 유호성의 눈에 불길이 일고 있었다.

"이제 와서 다시 성좌들 노리개가 되라는 뜻이냐?"

여기서 한 발짝만 더 내디디면 나는 다른 마왕들처럼 머리가 터져나갈 것이다. 그러니 한 발짝을 내디딜 수는 없다.

내가 내디딜 것은 반 발짝이다.

"당신은 오랫동안 설화의 이야기를 들어왔습니다."

정확히 반 발짝만큼, 이 사람을 흔들어놓아야 한다. 그래야 나머지 반 발짝을 본인이 내디딜 수 있을 테니까.

"이제 직접 이야기할 때가 되었다고 생각하진 않으십니까?"

눈을 크게 뜬 유호성의 동공에 파문이 번지고 있었다.

나는 말없이 미소만 지어준 후 그대로 돌아섰다.

[설화, '돌멩이와 나'가 키득거리며 웃습니다.]

돌은 제대로 던졌으니 이후의 일은 이제 내 몫이 아니다.

저 무시무시한 초월좌를 움직일 사람은 따로 있으니까.

❤ ❤ ❤

"정말 인사도 없이 갈 거예요?"

"다들 집중하는데 방해하고 싶지 않습니다. 금방 또 만날 거고요. 먼저 가서 해야 할 일이 있습니다."

나는 일행들에게 따로 작별 인사를 고하지 않고 정희원에게만 인사를 했다. 정희원은 아쉬운 표정이었지만 이내 내 선택을 받아들이는 듯했다.

"꼭 살아남아요."

"다시 만납시다."

우리는 가볍게 주먹을 부딪쳤다.

떠나기 직전, 마을 주민들이 나를 배웅했다.

"빵 좀 가져가겠나? 아침에 막 구운 건데."

"돌을 좋아하는 것 같기에 내가 모은 돌을 좀 가져왔네."

그동안 친해진 몇몇 주민이 먹을 것을 챙겨주었다.

멀어지는 마을 사람들 사이로 유호성의 모습이 보였다.

그 역시 뭔가 바뀌기를 바라는 것은 마찬가지다. 그렇기에 나와 일행들을 가르치기로 했겠지. 그가 가르친 기술이 섬을 바꾸고, '성마대전'을 바꾸고, 마침내는 스타 스트림을 바꾸기를 염원하면서.

[설화, '만년의 환생자'가 이별을 노래합니다.]

[설화, '세상에서 가장 오래된 농부'가 당신을 배웅합니다.]

누군가는 떠나고 누군가는 남는다. 세상에서 가장 먼 것들이 만나고 멀어지는 그 순간을 설화는 기억한다. 그것이 이 세계가 존재하는 방식이었다.

돌아서는 순간 유호성의 전음이 들려왔다.

—'섬의 주인'이 네게 관심을 가질지도 모른다. 조심하는 게
좋을 거다.

나는 그저 가볍게 웃어 보였다.

눈앞에는 아까부터 같은 메시지가 떠오르고 있었다.

['섬의 주인'이 당신을 주목하고 있습니다.]

마을 화로 쪽에서 척준경이 나를 기다리고 있었다.

"함께 가지."

"좋습니다."

어차피 중섬으로 전송되는 와중에 헤어지기는 하겠지만, 입
장이라도 같이 한다니 뭔가 든든하다.

"다음 시나리오 말입니다만."

중섬의 시나리오는 본섬에서 있을 '성마대전'의 예비 시나
리오였다.

내 말을 어떻게 오해했는지 척준경이 고개를 주억거렸다.

"그러고 보니 그대는 마왕이었지. 좋다. 만약 그대와 싸우게
된다면 최선을 다할 것을 약속하지."

"아니, 그게 아니라……."

"본좌는 진정한 대결을 할 때 사사로운 연에 얽매이지 않으니 그대는 너무 걱정하지 않아도 좋다."

아니, 제발 사사로운 인연에 얽매여주셨으면.

다음 시나리오에서 척준경의 표적이 내가 아니기를 바라는 수밖에 없게 되었다.

[튜토리얼 시나리오를 종료했습니다!]

[중섬으로 전송을 시작합니다!]

[메인 시나리오가 갱신됐습니다!]

갱신 메시지와 함께, 주변 정경이 조금씩 바뀌기 시작했다.

[당신은 3번 중섬에 도착했습니다.]

다행히 주변에 척준경은 보이지 않았다.

전송 완료와 동시에 피비린내가 코끝을 찔렀다.

이미 죽은 성좌 및 화신들 시체가 깔린 벌판. 주눅 들 법한 광경이지만 나는 오히려 안도했다. 이번 시나리오는 늦게 시작하는 편이 유리하다. 미리 진출해 있던 강력한 성좌들과 마주칠 확률이 더 낮기 때문이다.

[해당 지역에는 '2세대 개연성'이 작동하고 있습니다.]

[당신이 가진 스킬 중 일부가 개방됩니다.]

[당신의 종합 능력치 일부가 복원됩니다.]

뿌드득, 하는 소리와 함께 어깨가 미미하게 넓어지고 키가 자라는 느낌이 들었다. 그동안 정말 답답했는데 이제야 조금 살 것 같은 기분이었다.

[새로운 히든 시나리오가 도착했습니다.]

나는 곧바로 시나리오 창을 열었다.

〈히든 시나리오 - 수식언 뺏기〉

분류: 메인

난이도: ???

클리어 조건: 표적으로 지정된 적의 '수식언 목걸이'를 빼앗으시
오(참가자의 수식언이 존재하지 않는 경우 수식언은 진명으로 대체
됩니다).

제한 시간: ―

보상: 표적의 설화 하나를 랜덤으로 획득, 본섬 진출 티켓 획득

실패 시: ???

이번 시나리오는 본섬으로 진출하기 위한 마지막 관문.

시나리오 내용은 간단했다. 표적으로 지정된 존재의 수식언 표식을 빼앗는 것.

내 목에도 어느새 은빛으로 빛나는 작은 목걸이가 걸려 있었다.

[구원의 마왕]

수식언이 적힌 목걸이였다.

[현재 3번 중섬의 생존자는 262명입니다.]

이백육십이 명.

내 예상보다 훨씬 많은 숫자였다. 하지만 계획이 틀어질 정도는 아니었다. 어차피 강한 성좌는 죄다 본섬으로 진출했을 테니까.

중요한 것은 내 표적이 누구인가인데, 이미 강한 놈은 죄다 사라졌으니 보나 마나…….

[당신의 '주요 표적'이 결정됐습니다.]
['주요 표적'의 수식언은…….]

그리고 다음 순간, 나는 멀리서 달려오는 성좌들의 떼를 발견했다.

뭔가에 쫓기듯 허겁지겁 달아나는 무리.

대지가 폭발하는 소리와 함께, 파도가 갈라지듯 일군의 무리가 핏덩이로 쪼개졌다. 피어오르는 먼지구름 사이로, 달아나는 성좌들을 쫓는 이가 보였다.

이런 제기랄. 왜 저 자식이 아직도 여기 있어?

빌어먹을, 저 자식이랑은 마주치고 싶지 않았는데.

나는 폭풍처럼 몰아치는 마력의 파랑을 보며 재빨리 시체의 산 뒤쪽으로 몸을 숨겼다.

그리고 얼마 지나지 않아, 허겁지겁 달아나는 무리들의 목소리가 들려왔다.

[저 미친 괴물이……!]

[으아아아악!]

처참하게 짓밟힌 성좌들이 단말마와 함께 사망했다. 너부러진 사체 조각 사이로 설화들이 마구 쏟아졌고, 화신들이 흘린 피가 대지를 새빨갛게 물들였다.

[튀어! 빨리!]

그 뒤로 이 끔찍한 정경을 만들어낸 학살자가 도착했다.

높게 쌓인 시체의 산 너머로 일렁이는 보랏빛 아우라.

나는 숨도 쉬지 못한 채 그 광경을 응시했다.

[거대 설화, '신화를 삼킨 성화'가 으르렁거립니다.]

[거대 설화, '마계의 봄'이 몸을 움츠립니다.]

내 설화도 영향을 받을 만큼 엄청난 격의 소유자.

[설화, '멸마의 불꽃'이 이야기를 시작합니다!]

멸마의 불꽃. 악 성향 성좌를 상대할 때 최강의 위력을 발휘하는 설화 중 하나.
나는 그 설화의 주인을 잘 알고 있었다.

「넘실거리는 백금발에 보랏빛 눈동자. 등 뒤로 펼쳐진 환한 대천사의 날개.」

〈에덴〉의 대천사 중 유일하게 내게 적대감을 보이는 존재.

[성좌, '타락의 구원자'가 구원이 신판을 행합니다.]

'타락의 구원자', 대천사 미카엘.
나와 마찬가지로 '구원'의 수식언을 가진 존재.
쿠구구구구구!
대천사 미카엘이 든 '구원자의 검'이 세계를 갈랐다. 칼날에 깃든 보랏빛 안개가 산란했고, 퍼진 안개는 이내 불꽃으로 화해 대기를 통째로 태우기 시작했다. 불꽃은 순식간에 허공을 가로질러 달아난 성좌들에게 도달했다.

[아아아아아악!]

달아나던 성좌 대여섯 명이 비명을 지르며 무너졌다.

보랏빛 화염 속에 재가 되어 흩어지는 설화들.

죽은 성좌들 자리에 남은 것은 은빛으로 빛나는 수식언 목걸이뿐이었다.

미카엘이 허공을 날아 떨어진 목걸이들을 확인했다.

[이번에도 없군.]

뭔가 찾는 모습이었다.

미카엘은 기이한 안광을 발하며 주변을 살폈다.

[쥐새끼 한 마리가 있는 것 같은데…….]

여기서 미카엘과 싸운다면 내게 승산이 있을까?

설화 통제법을 익혀 꽤 강해졌지만 아직 미카엘과 싸울 자신은 없었다.

미카엘은 〈에덴〉 최강의 전투 천사이자 신화급 성좌에 육박하는 존재. 본신의 힘을 전부 드러낸다면 〈기간토마키아〉에서 싸운 포세이돈에게도 밀리지 않을 것이다. 아무리 내가 멸살법을 통해 녀석에 관한 정보를 알고 있다고 해도…….

고오오오.

미카엘의 두 눈에 은빛 안광이 떠올랐다.

[대천사의 눈]

마魔를 탐색하는 대천사 고유 스킬 중 하나. 2세대의 개연성이 풀리면서 해당 스킬의 사용이 가능해진 모양이었다.

도깨비불처럼 타오르는 녀석의 눈동자가 주변을 살폈다. 천천히 돌아간 녀석의 시야각이 내 쪽을 향하고 있었다.

심장이 조금씩 빨리 뛰기 시작했다.

달아나야 하나?

그 순간, 주민들이 건넨 돌멩이가 품속에서 꿈틀거렸다.

[설화, '돌멩이와 나'가 이야기를 시작합니다.]

그리고 생각지도 못한 일이 벌어졌다.

[설화의 효과로 당신의 존재감이 '돌멩이'와 흡사해집니다.]
[당신이 발산하는 마기가 주변의 자연에 동화됩니다.]

미키엘온 내가 숨이 있는 시체의 산을 아무렇지 않게 훑어보더니, 이내 눈길을 거두며 중얼거렸다.

[착각이었나?]

미카엘은 거친 음색으로 불평하며 신형을 띄웠다.

[서기관은 괜히 쓸데없는 명령을 내려서…….]

활짝 펼쳐진 녀석의 날개. 미카엘의 신형이 순식간에 멀어졌다.

녀석의 기척이 완전히 사라진 후에야, 나는 이마의 식은땀을 닦으며 자리에서 일어났다.

[설화, '돌멩이와 나'가 칭찬해달라고 조릅니다.]

"잘했어, 고마워."

[설화, '돌멩이와 나'가 가륵가륵 웃습니다.]

이 설화가 이런 식으로 도움이 될 줄은 몰랐다.

나 자신을 '돌멩이' 같은 존재감으로 만드는 설화라니.

기분은 좀 그렇지만 앞으로도 요긴하게 쓸 수 있을지 모르겠다.

나는 폐허가 된 주변을 둘러보았다.

[현재 3번 중섬의 생존자는 224명입니다.]

그 짧은 시간 동안 무려 서른여덟 명이 학살을 당했다. 대부분 위인급 성좌나 화신이지만 희생자 중에는 설화급 성좌도 섞여 있었다.

마치 재해가 휩쓸고 지나간 듯한 풍경. 이것이 대천사의 진짜 힘이다.

아마 고위급 마왕들도 이 정도 힘을 가지고 있겠지.

「(큰일 날 뻔했네요. 여차하면 제가 '계시'라도 풀어볼까 했는데.)」

'보고 계셨습니까?'

「(네, 쉬는 시간이라서요.)」

맑은 유상아의 목소리를 듣자 조금 기운이 났다.

싸워야 할 적이 아무리 강대하다고 해도, 나 역시 여러 장의 히든카드를 가지고 있다.

「(그런데 시체들 상태가 조금 이상하네요.)」

나는 고개를 끄덕이며, 늘어진 시체들을 내려다보았다. 시체들의 '수식언 목걸이'가 이상했다. 목걸이는 대개 사라졌거나 수식언의 일부가 훼손되어 있었다.

유상아가 물었다.

「(목걸이가 사라진 경우는 표적 사냥을 당한 거라 쳐도, 수식언 일부만 사라진 건 뭘까요?)」

[오래된 □□□]

[늙은 □□□]

[□과 □□□의 □□]

몇몇 수식언은 군데군데 글씨가 빠져 있었다. 마치 누가 일 부러 그 글자만 훔쳐가기라도 한 것처럼.

'편법을 쓰는 녀석들이 있는 겁니다.'

「(편법이요?)」

'이번 시나리오의 클리어 조건을 기억하십니까?'

「(표적으로 지정된 상대방의 '수식언 목걸이'를 빼앗으시오, 아닌 가요?)」

'맞습니다. 그런데 사실 꼭 표적을 사냥할 필요는 없습니다. 중요한 것은 [수식언 목걸이]를 손에 넣는 거니까요.'

유상아가 깜짝 목소리로 말했다.

「(아, 설마······.)」

내가 고개를 끄덕이는 순간 허공에서 메시지가 들려왔다.

[해당 지역에서는 '수식언 음절' 수집이 가능합니다.]
[당신은 수집한 음절로 새로운 목걸이를 제작할 수 있습니다.]

'다른 성좌의 수식언을 훔쳐, 표적의 '수식언 목걸이'를 만들어내는 녀석들이 있습니다.'

'수식언'이란 글자의 조합이다.

가령 내 [구원의 마왕]이라는 수식언은 [구] [원] [의] [마] [왕]이라는 다섯 음절로 이루어져 있다. 말인즉, 꼭 내 목걸이를 빼앗지 않아도 어떻게든 다섯 글자만 손에 넣는다면 같은 목걸이를 제작할 수 있는 것이다.

「(왜 이런 편법을 관리국에서 허락했을까요?)」

'정해진 표적에게서 목걸이를 빼앗으라는 조건은 시나리오 전개를 느리게 만드니까요. 벌써 표적이 시나리오에서 이탈했을 가능성도 있고. 그러면 일이 복잡해지겠죠.'

성좌들은 느린 것을 질색하고, 빠른 전개와 몰아치는 '사이다'를 선호한다.

「(그럼 이자들은 전부 글자 하나 때문에 희생당한 거군요.)」

나는 고개를 끄덕였다.

아마 강력한 성좌들은 하위 격 성좌를 학살해 표적의 수식언을 조합했을 것이다. 달아나는 표적을 찾는 것보다 그게 더 빠를 테니까.

나는 죽은 이들을 애도하는 대신, 이가 빠진 옥수수처럼 굴러다니는 수식언 목걸이를 뒤졌다.

유상아는 아무 말도 하지 않았다.

[수식언 음절, '의'를 습득했습니다.]

쓸 만한 글자는 거의 남지 않았다. 대부분은 흔한 조사뿐. 아마 필요한 글자는 다른 성좌들이 벌써 조합 재료로 수집해 갔을 것이다.

나는 미카엘이 휩쓸고 간 시체 더미를 뒤져 쓸 만한 아이템을 몇 개 구했다.

역시 미카엘쯤 되는 성좌라면, 성유물이 아닌 아이템은 버리는 모양이군. 과연 씀씀이가 다른 녀석이다. 그나저나…….

"슬슬 밖으로 나오지 그래? 미카엘은 이미 멀어졌다고."

텅 빈 폐허에 내 목소리가 조용히 퍼져나갔다. 인기척은 느껴지지 않았다. 나는 다시 한번 말했다.

"좋게 말할 때 그만 나오지?"

시체들 사이에 나 말고도 숨어 있는 녀석이 하나 더 있었다. 완벽하게 기척을 감추고 있지만 나는 확신했다. 왜냐하면 아까 녀석이 숨는 것을 내 눈으로 똑똑히 보았기 때문이다.

부스스, 하는 소리와 함께 시체 더미 한쪽이 무너지며 누군가가 일어났다. 용케도 [대천사의 눈]에 걸리지 않은 화신이 그곳에 있었다.

"……구원의 마왕."

상처투성이가 된 금발 여인이 나를 노려보았다. 찢어진 팔뚝과 복부에 난 상처에서 끊임없이 피가 흐르고 있었다. 언뜻 보기에도 위중한 상처였다.

나는 그녀를 바라보며 말했다.

"뭔가 잘 안 풀리는 모양이네, 안나 크로프트."

※ ※ ※

안나 크로프트가 처음 멸살법에 등장한 순간을 기억한다.

아스가르드의 예언자.

[미래시]와 [과거시]를 자유자재로 사용하는 그녀는, 회귀자인 유중혁의 카운터 스킬을 갖춘 등장인물이었다. 그 때문에 멸살법 후반부에 유중혁의 주요한 라이벌로 등장한다.

본래 전개대로라면 그래야 했다.

대의를 위해서는 그 어떤 희생도 감수하는 여자. 최강의 화신 중 하나이자, 훗날 성좌들조차 두려워하는 '차라투스트라'의 주인이 되는 인물.

그런 인물이, 무력한 상태로 내 눈앞에 축 늘어져 있었다.

나는 미리 구매해둔 [대환단] 하나를 으깨어 그녀의 입에 넣어주었다.

안나 크로프트가 눈을 뜬 것은 약 삼십 분이 지난 후의 일이었다.

눈을 뜨자마자 나를 발견한 안나 크로프트는 거의 경기를 일으키며 자리에서 일어났다.

"앉아. 아직 상세가 위중하니까."

안나 크로프트는 자신의 손발이 묶여 있지 않다는 것을 확인한 뒤, 나를 경계하며 뒤로 물러났다.

"왜 나를 구했죠?"

"몇 가지 물어볼 게 있어서."

"내가 왜 당신 질문에 답할 거라 생각하죠?"

맹수처럼 으르렁거리는 목소리. 내가 아는 침착한 '예언자'와는 사뭇 다른 모습이었다.

"왜 '성마대전'에 참가한 거지?"

"당연히 거대 설화를 얻기 위해서죠. 다른 이유가 있나요?"

"너는 본래 다른 '거대 설화 시나리오'를 준비해야 할 텐데. 아닌가?"

내 물음에 안나 크로프트가 입술을 꾹 깨물었다.

원작대로라면 안나 크로프트는 성마대전에 참가하지 않아야 했다. 왜냐하면 또 다른 거대 설화 시나리오인 '라그나로크'에 참가해야 하기 때문이다.

"그건……"

안나 크로프트의 눈빛이 흔들렸다. 그것으로 이미 대답을 들은 셈이었다.

"성운에서 버려졌군."

"당신이 상관할 문제가 아니야."

으드득 이를 가는 목소리.

그 말에 담긴 분노를 어렵지 않게 이해했다.

그동안 나는 몇 번인가 안나 크로프트와 충돌한 적이 있고, 그 때문에 그녀가 살아갈 원작의 미래는 바뀌었다.

'미식협'에서도, 〈기간토마키아〉에서도, 그녀는 별다른 업적을 이루지 못했다. 그렇게 실패가 누적되자 성운 〈아스가르드〉는 쓸모 잃은 그녀를 홀로 '성마대전'에 내던진 것이다.

나 때문인가.

내가 바꾼 미래는 유중혁과 일행들만 변화시킨 것이 아니었다.

나는 경멸 가득한 눈길을 보내는 안나 크로프트를 향해 말했다.

"네가 여기서 '신화급 설화'를 얻어간다면 어때?"

"뭐라고요?"

"그러면 〈아스가르드〉도 너를 재평가하지 않을까?"

신화급 설화. 그 말에 안나 크로프트의 눈동자가 흔들렸다.

"지금 무슨 소릴 하는 거죠?"

"내가 도와줄 수 있어."

"또 무슨 속셈이죠."

"속셈 같은 건 없어. 나는 너랑 '차라투스트라'가 잘 성장하길 바라거든. 그뿐이야."

[등장인물 '안나 크로프트'가 '거짓 간파 Lv.8'를 발동합니다.]

[등장인물 '안나 크로프트'가 해당 발언이 사실임을 확인했습니다.]

경악으로 물들었던 안나 크로프트의 표정이 빠르게 회복되었다. 내가 기억하는 침착한 예언자의 눈빛이었다.

"조건이 뭐죠?"

역시 예언자는 얘기가 빨라서 좋다.

"나한테 능력을 좀 빌려줘."

아마 안나 크로프트는 모를 것이다. 중섬에서 처음으로 만난 존재가 그녀라는 것을, 내가 얼마나 행운으로 생각하는지.

✠ ✠ ✠

섬의 고지대. 드높은 고목나무 위에서 아스모데우스는 턱을 매만지며 자신이 얻은 수식언 목걸이를 보고 있었다.

[□한의 사냥꾼]

본래 아스모데우스의 표적 수식언은 [원한의 사냥꾼]이었다. 그런데 다른 경쟁자들이 그의 표적을 먼저 사냥했고, 때문에 아스모데우스는 [□□의 사냥□]이라는 누더기 목걸이를 얻게 되었다.

'[한]이랑 [꾼]은 구했고, 이제 [원]만 구하면 되는데…….'

문제는 이제 [원] 음절을 수식언으로 가진 성좌가 이 섬에 거의 남아 있지 않다는 것이었다.

　'권속들 챙기느라 너무 늦게 참가한 영향이 크군.'

　아스모데우스는 나무 꼭대기에서 섬 곳곳을 조망하며 남은 성좌를 탐색했다.

　북쪽 숲에서 들려오는 폭발음. 이 정도 규모라면 범인이 누구일지는 뻔했다. 또 '청소'가 시작된 것이다.

　저쪽에 끼어들어도 재미있긴 하겠지만…….

　그때, 아스모데우스의 귓가에 익숙한 목소리가 들려왔다.

　"[미래시]에 따르면 그자는 이 근처에 있어요."

　"그래?"

　그 목소리를 듣는 순간, 아스모데우스의 표정이 활짝 피었다.

　나무에서 펄쩍 뛰어내린 아스모데우스는 엄청난 속도로 목소리의 주인공 앞에 내려섰다.

　흰 코트의 사내와 백금발의 여인.

　아스모데우스가 웃었다.

　[구원의 마왕, 우린 결국 이렇게 만날 운명이었나 보군요.]

　구[원]의 마왕. 그가 찾던 [원]의 주인이 눈앞에 있었다.

　그런데 사내는 전혀 놀란 표정이 아니었다.

　"난 싸우러 온 게 아냐, 아스모데우스."

　[그건 그대가 결정할 일이 아닙니다. 왜냐하면—]

　"음절 [원]이 필요하지?"

　[……!]

"나를 죽이고 [원]을 얻는 것도 방법이겠지. 하지만 그보다 훨씬 흥미로운 제안이 하나 있는데, 들어보겠어?"

잠시 멍한 표정을 짓던 아스모데우스가 입을 열었다.

[당신이 내게 제안을 한다는 것도 재미있는데, 흥미롭기까지 하다니. 얼른 들어보고 싶군요.]

아스모데우스의 목소리가 흥분과 광기로 들끓었다. 눈앞의 맛있는 먹이와, 더 맛있을지도 모르는 가상의 먹이를 놓고 경중을 가늠하는 표정.

아스모데우스의 말이 이어졌다.

[하지만 제안이 흥미롭지 않다면 당신은—]

"지금 이 섬에 음절 [원]을 가지고 있는 건 나뿐만이 아니야."

또 다른 [원]의 주인.

아스모데우스의 표정이 변했다.

[설마……]

"'성마대전'에 참가했다면 좀 더 진지하게 임해야지. 안 그래?"

그 순간 아스모데우스의 눈에 비친 김독자는 정말로 마왕처럼 웃고 있었다.

"'대천사 사냥', 혹시 관심 없어?"

대천사 사냥

Omniscient Reader's Viewpoint

1

'반항하는 녀석들이 없으니 재미도 없군.'

너부러진 전장의 시체들을 보며 미카엘은 연초를 태우고 있었다.

뭉게뭉게 피어오르는 잿빛 연기. 2세대의 장인들이 만드는 담배.

미카엘이 악마 사냥이나 외유를 즐기는 것은 그가 좋아하는 담배를 마음껏 태울 수 있기 때문이기도 했다.

〈에덴〉에서 담배는 '악'이다.

그 자리에서 몇 대를 줄기차게 피워댄 미카엘은 시체의 살점에 담배를 비벼 끄며 생각했다.

'너무 오래된 건가.'

「오래되긴. 이제 시작인데.」

머릿속에 울려 퍼지는 목소리를 들으며 미카엘은 인상을
찌푸렸다.
'닥쳐.'

「어서 날 깨워. 날 해방시키라고.」

미카엘은 새 담배를 꺼내 들었다.
오래전부터 그에게 들려오는 설화의 목소리. 저 목소리를
들을 때면 연초를 태우지 않을 수 없었다.
'아직은 때가 아냐.'
미카엘은 담배 연기를 깊이 빨아들였다.

[성운, <에덴>으로부터 새로운 계시가 내려왔습니다.]

¤ ¤ ¤

[대천사 사냥이라, 꽤 흥미롭군요.]
내 이야기를 들은 아스모데우스는 하얀 이를 드러내며 웃
었다.

[거기다 다른 대천사도 아닌 '타락의 구원자'라…… 진심입니까?]

"물론."

[하지만 당신은 〈에덴〉과 친하지 않습니까? 그런 짓을 벌이면 그들과 적이 될 텐데요.]

"상관없어. 어차피 난 '마왕'이고."

여기서는 말이라도 이렇게 해야 했다. 다른 녀석도 아니고 아스모데우스를 설득해야 하니까.

실제로 아스모데우스는 꽤 고뇌하는 눈치였다.

"잘 생각해봐. 글자 [원]이 필요하잖아? 덤으로 대천사의 설화도 얻을 수 있을 거고.「위대한 대천사를 사냥한 자」. 생각만 해도 짜릿하지 않아?"

그러나 아스모데우스는 쉽게 넘어오지 않았다. 오히려 내 의중을 탐색하는 듯한 시선.

나는 이쯤에서 더 큰 수를 던지기로 했다.

"실망이네. '미식협' 회원인 당신이라면 다른 성좌와는 뭔가 다를 줄 알았는데."

내 말에 아스모데우스의 아미가 크게 꿈틀거렸다.

[마왕, '아스모데우스'에 대한 당신의 이해도가 크게 상승합니다.]

[해당 인물에 대한 당신의 이해도가 상당히 높습니다.]

[전용 스킬, '전지적 독자 시점' 2단계가 발동합니다!]

처음으로 듣는 메시지였다. 드디어 일부 성좌의 내면을 볼 수 있을 정도로 '전지적 독자 시점'의 숙련치가 쌓인 것이다.

그리고 다음 순간, 아스모데우스의 속마음이 들려오기 시작했다.

「아주 건방지기 짝이 없어, 구원의 마왕.」

마치 끈적끈적한 늪 같은 내면.

그윽한 눈길로 나를 보는 녀석의 생각을 듣고 있자니 영 속이 거북했다.

생각은 이어졌다.

「이토록 빠져주고픈 함정이라…….」

역시 아스모데우스가 괜히 '차기 대마왕 후보'에 올라간 것이 아니다.

녀석은 내 제안이 함정이라는 사실을 눈치채고 있었다.

「아마 구원의 마왕의 표적은 '타락의 구원자'겠지.」

「나와 다른 성좌를 이용해 미카엘을 사냥한 후 수식언 목걸이를 얻으려는 것이고.」

「제법 머리를 쓰는 것이 가상하긴 한데, 그냥 넘어가주긴 좀 꽤씸하단 말이지.」

아스모데우스의 표정이 점차 싸늘하게 변해갔다.

역시 이 정도 설득으로는 무리였던 모양이다.

「미카엘은 상대하기 까다로운 천사야. 아무리 2세대의 개연성 제약을 받는다 해도…….」

충돌하던 아스모데우스의 사고가 마침내 방향을 정하고 있었다.

아스모데우스의 긴 손톱에서 희미하게 흘러나오는 살기.

곁에 있던 안나 크로프트가 긴장하며 전투태세를 취하는 것이 느껴졌다. 어쩌면 [미래시]를 통해 뭔가 본 것인지도 모른다.

하지만 나는 걱정하지 않았다.

슬슬 그녀의 [미래시]로는 관측 불가능한 일이 벌어질 때가 됐으니까.

그리고 다음 순간, 아스모데우스의 표정이 이상해졌다.

「……음?」

잠깐 굳어 있던 아스모데우스의 표정이 복잡하게 변하고

있었다. 텅 빈 허공에서 뭔가를 읽어내는 듯한 눈빛.

그리고 얼마나 지났을까.

무수한 감정이 교차하던 아스모데우스의 눈이 나를 향했다.

[후후, 이것 참…… 〈스타 스트림〉의 의지란 알 수가 없다니까.]

"무슨 말이지?"

[그냥 혼잣말입니다. 좋아요. 그대의 제안을 받아들이겠습니다. '대천사 사냥' 한번 해보죠.]

아스모데우스의 선언에, 곁에 있던 안나 크로프트가 눈을 동그랗게 떴다. 영문을 모르겠다는 표정이었다.

그러거나 말거나 입맛을 다신 아스모데우스는 누군가를 향해 열심히 메시지를 보내고 있었다. 아마 다른 '종말의 구도자'들과 통신 중이겠지.

그리고 내 머릿속에도 누군가의 메시지가 들려왔다.

「(저 잘했죠?)」

'네, 고맙습니다. 상아 씨.'

아스모데우스가 변심한 이유.

아마 아스모데우스는 방금 '계시'를 읽었을 것이다.

정확히는 나와 유상아가 위조하여 퍼뜨린 '가짜 계시'를.

「타락한 대천사는 늙은 망자들의 섬에서 '소드 마스터'의 검에 죽게 될 것이다.」

✿ ✿ ✿

"또 계시가 내려왔다고?"

새로운 계시 소식에 뒤집어진 것은 관리국도 마찬가지였다.

제일 먼저 영향을 받은 것은 판매 부서였다.

"갑자기 '소드 마스터' 관련 스킬의 판매량이 급증하고 있습니다!"

"스킬 재고 보충해! 관련 하청 업체한테 연락 돌려서 양산 성흔들의 스킬 전환을 가속하라고 말해!"

"그, 그래도 재고가 부족합니다!"

"제길…… 설화 제작자 다 어디 갔어? 아! 그 누구냐, '양산형 제작자'한테 부탁하면—"

비형은 혼란의 도가니 속에서 사대를 관망하고 있었다.

곁에 있던 대도깨비 '바람'이 말했다.

[비형, 새로운 시나리오를 열게.]

"이미 열었습니다."

탁 트인 시나리오 감시 화면에 메시지가 떠오르고 있었다.

[서브 시나리오 - '대천사 사냥'이 시작됩니다!]

숲과 벌판 곳곳에 숨어 있던 성좌들이 어딘가로 몰려가는 모습이 보였다. 방금 '도깨비 보따리'를 통해 '소드 마스터' 관련 설화를 구매한 자들이었다.

"이런 시나리오를 열어도 괜찮은 겁니까? 〈에덴〉에서 반발할 텐데요."

[서기관의 승낙은 이미 받았다. 상관없다더군. 보수는 이미 지불했으니 거리낄 것도 없어.]

"자기네 천사를 시나리오 소재로 허가하다니…… 절대선의 수장답지 않군요."

['절대선'은 원래 그런 법일세. 더 커다란 선을 위해 작은 선을 짓밟기도 하지.]

"그건 알지만, 요즘 들어 더더욱 이해가 가지 않아서 그렇습니다."

[무엇이 말인가?]

"〈에덴〉과 마계는 대체 무슨 생각을 하는 겁니까? 이제 와서 '성마대전' 시나리오에 동의한 것도 그렇고…… 그런 짓을 하면 공멸하는 것 아닙니까?"

바람은 알 수 없는 눈길로 비형을 바라보더니 피식 웃었다.

[그런 말이 있지. 인생은 짧고 예술은 길다.]

"지구인들의 말이군요."

[그래. 이야기의 영원성을 경배하는 말이지. 그러나 자네도 알겠지만 그건 거짓말이야. 아무리 대단한 설화도 언젠가는 죽어. 단지 설화의 수명에 비해 인간의 삶이란 것이 터무니없이 짧을 뿐이지.]

바람의 말투에는 깊은 세월의 회한이 담겨 있었다. 아주 오랫동안 성좌들의 이야기를 계속해서 말해온 도깨비의 목소리.

[알고 있는가? 한때 이 스타 스트림에 '선악' 구도가 없는 이야기는 존재하지 않았네.]

"알고 있습니다."

[지금은 어떤가?]

화면 속에서 미카엘의 검에 죽어나가는 성좌들의 비명이 들렸다.

그리고 그 전투를 관음하는 성좌들이 있었다.

누군가를 후원하거나, 욕설을 내뱉거나, 즐거워하는 성좌들. 코인이 오갔고, 쾌락과 절망의 비명이 움직였다.

그리고 그 정경 속에서 누구도 선악을 논하지 않았다.

"아……"

그 짧은 탄식 속에, 비형은 비로소 대도깨비의 지혜에 도달했다.

바람이 말했다.

[이것은 사라지지 않기 위한 전쟁일세.]

¤ ¤ ¤

이틀 동안 나는 안나 크로프트와 사냥 준비를 했다.

아스모데우스는 우리와 함께 행동하지 않았다.

[이틀 뒤 자정. 사냥터에서 만나죠.]

그 말만 남기고 떠났을 뿐. 아마 녀석도 나름대로 천사 사냥을 준비하고 있을 것이다.

이제 자정까지 남은 시간은 삼십 분.

약속한 '대천사 사냥'의 장소는 섬 북쪽에 위치한 '풍요의 숲'이었다.

숲에 도착하기 직전, 안나 크로프트가 물었다.

"정말 할 수 있을 거라 생각해요?"

"당신이 도와줄 거잖아."

"나라고 모든 미래를 예측할 수 있는 건 아니에요. 당신이라면 이미 알 텐데요."

"지금은 단기 미래만 읽어도 충분해."

내가 피해가야 할 것은 단기적인 변수뿐.

그리고 '안나 크로프트'의 [미래시]는 그런 변수를 피해가기에 적합한 스킬이었다.

"내가 배신하면 어쩌려고 그러죠? 만약 내 '표적'이 당신이라면—"

"아닌 거 알아."

애초에 안나 크로프트의 표적은 내가 될 수 없다. 그녀는 나보다 먼저 시나리오에 투입됐으니까.

안나 크로프트가 눈을 가늘게 뜨며 물었다.

"근데 언제부터 제게 반말을 하기로 한 거죠? 한국인은 예의에 민감하다 들었는데."

"어차피 미국인이니 그런 건 신경 안 쓰는 거 아니었나? ……다시 존댓말 해드릴까요?"

"가증스러우니 그만두시죠."

"참, 오늘 [미래시]는 몇 번이나 더 쓸 수 있습니까?"

어이없다는 듯 나를 노려보던 안나 크로프트가 대답했다.

"세 번이요."

"함부로 쓰지 말고 내가 신호하면 사용해줘요."

"내가 왜 당신 말을─"

"내 말을 들어야 이 빌어먹을 시나리오가 끝날 테니까."

멀리서 성좌들과 화신들의 비명이 들려왔다.

벌써 사냥이 시작된 것이다.

끔찍한 폭음과 함께 고고한 대천사의 진언이 숲 전체를 진동시켰다.

[감히 나를 '시나리오' 소재로 쓰겠다고?]

나와 안나 크로프트는 인근 풀숲에 숨어서 전장을 훔쳐보았다. 아직 아스모데우스의 모습은 보이지 않았다.

그 대신 3번 섬에 남은 거의 모든 참가자가 '풍요의 숲'으로 몰려와 있었다. 대부분 '악' 또는 '중립' 계통 성좌였다. 위인급 성좌 다수에, 하위 격 마왕도 눈에 띄었다.

68번째 마계의 '무가치한 암흑', 벨리알.

아마 아스모데우스의 부름을 받고 온 모양이었다.

녀석을 비롯해 성좌들 손에는 죄다 2세대의 롱소드가 하나씩 쥐어져 있었다.

[쳐라!]

벨리알을 필두로 달려드는 성좌들의 모습에, 미카엘이 노기를 터뜨렸다.

[고작 하위 격의 마왕 따위가…… 단체로 돌아버린 모양이구나.]

미카엘은 가공할 풍압으로 벨리알을 날려버린 후, 자신의 격을 일으켜 바람의 결계를 발동했다.

그런데 결계를 가르고 달려드는 이들이 있었다.

[성좌, '노력 전문가'가 스킬 '양산형 검강'을 발동합니다!]

참가자들이 쥔 롱소드에서 일제히 같은 스킬이 발동됐다. 샛노란 혹은 새파란 아우라를 이루는 검강의 물결이 미카엘의 격을 헤치고 진격했다.

미카엘이 조소했다.

[에테르 블레이드? 미친놈들이군.]

내가 유상아를 통해 흘린 계시는 위조된 것이다.

당연히 어떤 '소드 마스터'라 해도 대천사 미카엘을 죽일 수 있을 턱이 없다.

하지만 가짜 계시라고 해서, 아주 가능성이 없는 헛소리는 또 아니었다.

츠츠츠츠츳!

[2세대의 개연성이 특정 스킬에 강력한 버프 효과를 부여합니다!]

지금은 초월좌만의 전유물로 천대받는 [검강].

하지만 한때 2세대의 세계관에서 [검강]은 최강의 스킬이었다.

[효과가 있다! 계속 베어라!]

치이이이익!

미카엘이 만든 바람의 결계가 검강의 세례에 조금씩 녹아내렸다.

당황한 미카엘이 새로운 설화를 발동하려는 순간, 허공에서 새카만 에테르의 섬광이 그어졌다.

스가가각!

마치 공간을 통째로 잘라내는 듯한 마법 같은 선분.

으스러지는 결계 사이로 마왕의 긴 손톱자국이 남았다.

[늘 궁금했죠. 날개가 사라진 대천사는 과연 날 수 있을까, 없을까?]

찢어진 미카엘의 한쪽 날개가 허공에서 힘겹게 움직였다.

흩날리는 깃털들 사이로 아스모데우스가 웃었다.

[오늘 그 답을 알게 됐군요. 날개 유무는 대천사의 비행 능력과 무관하다.]

[아스모데우스!]

광기에 휩싸인 미카엘이 아스모데우스를 향해 마력을 퍼부었다.

하지만 화신체의 결손으로 인해 균형을 잃은 미카엘은 정확한 타격점을 찾지 못하고 힘을 낭비하기 시작했다.

반면 아스모데우스는 성좌들을 이용해 미카엘에게 착실히 대미지를 누적시키고 있었다.

역시 아스모데우스. 감탄하지 않을 수 없는 전투였다.

"가세하죠. 이대로면 저 마왕에게 신화급 설화를 빼앗기고 말 거예요."

"아직은 아닙니다."

내 태연한 목소리에 안나 크로프트는 당황한 눈치였다.

아직 금일분의 [미래시]를 사용하지 않은 그녀는 모를 것이다. 지금부터 어떤 일이 일어날지 말이다.

[설화, '악을 멸하는 악'이 이야기를 시작합니다.]

미카엘의 전신에 새카만 아우라가 봉오리처럼 모여들었다. 대천사의 것이라기에는 믿을 수 없을 정도의 탁기.

「그 선은 악을 멸하기 위해 악의 길을 택했으니.」

뭔가 심상치 않다는 것을 깨달은 성좌들이 맹공을 퍼부었으나, 검은 봉오리에는 약간의 흠집도 나지 않았다.

양분을 받아먹듯 힘을 흡수한 봉오리가 천천히 개화하기 시작했다.

[대천사 미카엘이 타락합니다!]

압도적인 정경을 보며 나는 멸살법의 문장을 떠올렸다.

「이 세계의 성좌들이 모두 '성좌'와 '마왕'으로만 구별되지는 않는다. 오직 딱 하나. 성좌와 마왕의 힘을 동시에 사용할 수 있는 존재가 있다.」

오랜 〈에덴〉의 역사 속, 처음으로 성유과를 먹은 존재.

「그의 진체를 본 악마는 누구도 살아남지 못했으니.」

"맙소사."
어둠 속에서 무언가가 깨어나고 있었다.
새카만 날개, 마왕을 상징하는 뿔.

[마왕, '타락한 천사들의 왕'이 전장을 응시합니다.]

타락한 천사들의 왕.
그것은 마왕이 된 대천사 미카엘의 수식언이었다.

간단한 손짓 한 번에, 악 계통 성좌들이 모조리 쓸려나갔다.

같은 '마'라고 해도 급이 다르다. 저것이 바로, 신화급 대천사인 '미카엘'의 진짜 힘.

심지어 아스모데우스조차 표정이 굳었다.

[이건…… 계시에 없던 일인데.]

미카엘의 격이 범람했고, 몇몇 마왕이 나가떨어졌다.

아스모데우스의 화신체도 커다란 충격을 받았는지 비틀거리기 시작했다.

나는 자리에서 벌떡 일어났다.

"지금입니다."

"지금 돌입하자고요?"

"네."

"방금 못 봤어요? 아무리 당신 표적이 저 대천사라지만—"

"왜 내 표적이 '대천사'라고 생각합니까?"

내 말에 안나 크로프트가 멍하니 눈을 끔뻑였다.

'대악마의 눈동자'가 붉게 달아오르고 있었다.

"설마……?"

멀리서 실이 끊어진 연처럼 나가떨어지는 아스모데우스의 신형이 보였다.

처음부터 타락한 대천사를 상대할 생각은 조금도 없었다.

그리고 신화급 설화를 가지고 있는 것은 대천사만이 아니다.

[당신의 표적 수식언은 '정욕과 격노의 마신'입니다.]

허공에 떠오르는 메시지와 함께, 내가 검을 뽑으며 말했다.

"자, 신화급 설화를 얻으러 가보죠."

2

나는 안나 크로프트와 함께 곧장 전장으로 움직였다.

광기에 휩싸인 미카엘은 주변의 성좌와 화신을 모조리 찢어 죽이고 있었다.

오직 악을 멸하기 위해 태어난 악.

타락 천사가 된 미카엘은 순수한 전투 능력만 따지면 포세이돈이나 하데스에게도 밀리지 않는다.

[상당수의 성좌가 '3번 중섬'의 상황에 주목합니다!]

[성좌, '악마 같은 불의 심판자'가 당신을 걱정스레 바라봅니다.]

이미 본섬에 진출했거나 아직 '성마대전'에 참가하지 않은 성좌들이 하나둘 이쪽을 주목했다.

슬슬 미카엘의 사정권 안으로 들어갔을 무렵, 안나 크로프트가 말했다.

"더 이상 다가가면 위험해요. 내 [기도비닉] 스킬로는……."

나는 안나 크로프트의 손목을 붙잡았다.

[설화, '돌멩이와 나'가 이야기를 시작합니다!]

[설화, '돌멩이와 나'가 '안나 크로프트'의 존재를 의아해합니다.]

"이 여자도 부탁해."

[설화, '돌멩이와 나'가 조금 못마땅한 얼굴로 당신을 바라봅니다.]

[설화, '돌멩이와 나'가 '안나 크로프트'에게 자신의 효과를 공유했습니다.]

우리는 당당히 전장을 활보했다.

미카엘이나 다른 성좌들은 우리의 존재를 눈치채지 못하고 있었다. 아마 그들 눈에는 돌멩이 두 개가 바닥을 굴러다니는 것처럼 보이리라.

안나 크로프트가 놀란 목소리로 물었다.

"이 설화는 뭐죠?"

"돌멩이가 되는 설화."

설명할 시간이 없기 때문에 그렇게만 말했다.

전장의 길목마다 성좌 시체가 누워 있었다. 간혹 살아 있는

놈도 보였다.

68번째 마계의 마왕, '무가치한 암흑' 벨리알.

미카엘의 공격에 당한 녀석은 설화를 줄줄 흘리며 겨우 몸을 가누었다. 그러고 보니 이 녀석도 나를 노리고 있었지.
푸슉!
나는 태연하게 녀석의 몸에 '부러지지 않는 신념'을 찔러 넣었다.

[당신은 68번째 마계의 마왕을 처치했습니다!]
[해당 마왕은 당신보다 서열이 낮아 서열 변동이 없습니다.]
[수식언 목걸이, '무가치한 암흑'을 획득했습니다.]
[당신은 다섯 개의 마왕 화신체를 살해했습니다.]
[당신에게 새로운 특성의 가능성이 열립니다!]

"당신 마왕이잖아요. 그렇게 막 죽여도 돼요?"
"마왕 그만두죠 뭐."
태연자약하게 지껄이는 나를 보며 안나 크로프트는 황당하다는 얼굴이었다.
쿠구구구구!
뒤쪽에서 미카엘의 격이 폭주하는 소리가 들려왔다. 2세대의 개연성이 조금만 더 약했어도 숲 전체가 날아가버렸을 힘이다.

"시간이 없으니 빨리 움직이죠. 아스모데우스도 비슷한 상태일 겁니다."

숲길 지척에 마왕의 설화 파편이 떨어져 있었다. 벨리알과는 비교할 수도 없는 고위급 마왕의 흔적. 누구의 것인지는 명백했다.

얼마간 풀숲을 헤치자, 커다란 고목나무 아래에 기대고 있는 신형이 보였다.

[역시.]

내가 올 줄 알았다는 듯, 아스모데우스는 웃고 있었다.

화신체의 한쪽 팔과 한쪽 다리가 잘려나가고 흉부가 완전히 으깨어진 녀석은 그야말로 간신히 살아 있는 상태였다.

[미카엘이 설마 '타락'의 권능을 가지고 있을 줄이야…… 그대는 처음부터 알고 있었던 거죠?]

아스모데우스는 이제야 모든 걸 알았다는 듯한 표정이었다.

[이젠 내 목걸이를 가져가겠군요.]

"그래."

아스모데우스의 수식언 목걸이가 뒤집힌 채로 반짝이고 있었다.

이 목걸이의 글자를 모두 내가 소유하게 되면 아스모데우스는 이번 '성마대전'에서 탈락하게 될 것이다.

[얼른 끝내시죠.]

아스모데우스의 화신체는 열여섯 살쯤 되어 보이는 체구의 소녀였다. 이 화신체를 죽이더라도 아스모데우스의 진체는 죽지 않을 것이다. 하지만 이 화신체는 확실히 죽는다.

그리고 이 화신체는 한명오 부장의 딸이다.

"안 죽여. 그 대신 거래를 하지."

[거래? 이제 와서 무슨 거래를?]

"내게 신화급 설화 하나를 양도해. 그러면 널 시나리오에서 탈락시키지 않을게."

아스모데우스가 크게 웃음을 터뜨렸다. 입에서 울컥 피가 쏟아졌다.

[아주 재미있는 발상이군요. 지금 나를 협박하는 겁니까?]

"맞아."

아스모데우스와 나 사이에 찰나의 긴장감이 흘렀다.

나를 쏘아보던 아스모데우스의 눈빛에 희미하게 탄식이 흘렀다.

[그대는 이제 완벽한 '마왕'이 되었군요. 72좌의 누구도, 그대가 마왕이라는 것을 부정할 수 없겠어.]

"칭찬 고맙군."

[하지만 당신 제안엔 문제가 있어요. 당신 표적은 나인데, 무슨 수로 나를 탈락시키지 않겠다는 거죠?]

"모든 글자를 빼앗기지만 않으면 시나리오에서 탈락하지 않아. 네게 글자 하나를 남겨주겠어."

내가 남겨주려는 글자는 [의]였다. 마침 내가 여분으로 가진 글자.

아스모데우스가 말했다.

[그것참 눈물 나게 고맙군요.]

나는 녀석의 수식언 목걸이를 향해 손을 뻗었다.

아스모데우스의 목걸이에서 하나씩 음절이 넘어오기 시작했다.

[수식언 음절, '정'을 습득했습니다.]

[수식언 음절, '욕'을 습득했습니다.]

[수식언 음절, '과'를 습득했습니다.]

[수식언 음절, '격'을 습득했습니다.]

(…)

음절이 반쯤 넘어왔을 무렵, 아스모데우스가 내 수식언을 보며 말했다. 정확히는 내 수식언의 [원]을 보고 있을 것이다.

[가까이서 보니 정말 탐나는 수식언이군요.]

나는 수식언 목걸이를 옷 안으로 감추며 말했다.

"미카엘을 죽이려 하지 말고 녀석에게서 글자 하나만 빼앗아봐. 당신이라면 그 정도는 가능하잖아?"

[글자 하나라…… 혹시 이걸 말하는 건가요?]

순간, 녀석의 멀쩡한 한쪽 손에 쥐어진 목걸이가 보였다.

[원한의 사냥꾼].

모든 글자가 모인 녀석의 '표적 목걸이'가 환하게 빛나고 있었다.

[마왕, '정욕과 격노의 마신'이 시나리오 클리어 조건을 달성했습니다!]

[시나리오 전송이 시작됩니다.]

나는 반사적으로 내 수식언 목걸이를 살폈다.

[구원의 마왕].

즉, 저건 내가 가진 [원]이 아니었다.

[미카엘이 타락한 순간 알았어요. 이건 함정이라는 걸.]

설마, 그 짧은 사이에?

시나리오 전송이 시작된 아스모데우스의 화신체가 흩어지고 있었다.

[그런 내가, 이런 상황을 대비하지 않았을 것 같나요?]

아스모데우스는 처음부터 [원]만 획득할 생각으로 미카엘과 싸운 것이다.

뒤늦게 녀석을 향해 손을 뻗었으나, 이미 내가 간섭 불가능한 상태였다.

[행운을 빌죠, 구원의 마왕. 그대도 이제 '한 글자'만 더 모으면 되니까.]

휘황한 빛무리와 함께 아스모데우스의 몸이 사라졌다.

그리고 내게 남은 것은 녀석이 남긴 수식언 글자뿐이었다.

[정욕과 격노의 마 □]

빌어먹을, 하필 [신]이…….

아스모데우스를 너무 얕봤다.

고개를 돌리자, 안나 크로프트가 나를 노려보고 있었다.

"나랑 한 약속은—."

"쉿."

나는 반사적으로 입술에 손가락을 가져다댔다. 뭔가 이상했다. 분명 조금 전까지 풀숲은 아비규환의 비명으로 뒤덮여 있었는데, 지금은 지나치게 고요했다. 주변에 있던 모든 생명이 사멸하기라도 한 것처럼.

인근의 풀잎이 일제히 일어서는 순간, 내 솜털도 함께 일어섰다.

나는 거의 본능적으로 외쳤다.

"[미래시]를 발동해!"

붉게 빛나는 '대악마의 눈동자'. 안나 크로프트의 손목이 나를 붙들었다. 우리는 그대로 달리기 시작했다. 순식간에 100여 미터를 달린 안나 크로프트가 뒤를 돌아보았다. 그리고 나역시 같은 광경을 보고 있었다.

콰아아아아아아—!

우리가 방금 전까지 있던 바로 그 지역에서 엄청난 대폭발이 발생했다. 결계처럼 만들어진 보랏빛 반원이 순식간에 찌그러지며 그 안의 모든 것을 파괴하고 있었다.

[저지먼트 필드 Judgement field]

오직 '타락'을 통해서만 얻을 수 있는 멸마의 공능.

안나 크로프트가 절망한 목소리로 말했다.

"노이즈가 너무 많아서 미래가 보이질 않아요!"

"다 읽을 필요 없으니까, 미카엘의 공격 패턴만 읽어봐요."

"아직도 싸울 생각이에요? 그 돌멩이가 되자인가 뭔가 하는 설화 써서 도망가면—"

"방금 저 녀석이 돌멩이도 공격하는 거 못 봤습니까?"

보랏빛 연기가 피어오르는 분화구 속에서 나를 죽일 대천사가 걸어나오고 있었다. '선악과'로 인해 촉발된 미카엘의 설화가 녀석의 전신을 지배하고 있었다. 타락한 대천사는 이미 반쯤 이성을 잃은 상태였다.

[구… 원… 의 …마왕.]

그저 멀리서 들은 것만으로도 오싹한 진언.

"역시 제정신이 아니네."

"망할, 당신 때문에 다 틀렸어!"

"두 번째 플랜으로 가죠."

"두 번째? 그런 건 말해준 적 없잖아요!"

"지금부터 만들어봅⋯⋯."

내 다음 말은 이어지지 못했다. 몰아친 광풍이 안나 크로프트의 신형을 저만치 날려버렸다.

멀리서 무서운 속도로 달려오는 미카엘의 거구가 보였다.

['마왕화'를 발동합니다!]

쩌저적, 하는 소리와 함께 내 몸이 변하기 시작했다.
솟아오르는 검은색 날개와 마왕의 뿔.
2세대의 개연성만큼 내 격도 더 강해져 있었다.
물론 이 정도 격만으로 부딪쳤다간 개죽음이다.

[특성, '시나리오의 해석자'가 발동합니다.]

하지만 녀석과 부딪칠 것은 내가 아니라.

[거대 설화, '마계의 봄'이 이야기를 시작합니다!]
[거대 설화, '신화를 삼킨 성화'가 이야기를 시작합니다!]

내가 쌓아온 '설화'들이었다.
콰아아아앙!
내 왼손에 실린 「마계의 봄」이 미카엘의 왼손과 충돌했다.
거의 동시에 '부러지지 않는 신념'에 담긴 성화의 불꽃이 미카
엘의 몸체를 노렸다.

[거대 설화, '신화를 삼킨 성화'가 즐거운 비명을 지릅니다!]

순간 놀란 미카엘이 몸을 뒤틀며 물러났다.

'거대 설화'의 힘은 대단했다. 아무리 2세대의 개연성 제약을 받고 있다고 해도 저 괴물을 맞상대할 수 있을 정도라니. 유호성에게 받은 수련은 결코 헛된 것이 아니었다.

[설화, '악을 멸하는 악'이 이야기를 시작합니다!]
[거대 설화, '에덴의 악마'가 이야기를 시작합니다!]

하지만 강력한 설화를 가진 것은 나뿐만이 아니었다.
쿠구구구구!

미카엘을 중심으로 흘러나오는 엄청난 압력에 내 모든 설화들이 신음을 토하기 시작했다. 녀석을 정면으로 상대하기에는 내가 가진 격이 조금 모자랐다.

[거대 설화, '신화를 삼킨 성화'가 분한 듯 포효합니다!]

미안하다. 내가 조금 더 강했더라면 네가 참을 필요는 없었을 텐데.

뒤이어 쏟아지는 맹공에 나는 속이 뒤집히는 듯한 충격을 받았다.

[거대 설화, '신화를 삼킨 성화'가 당신을 지킵니다.]
[거대 설화, '마계의 봄'이 당신을 지킵니다.]

[설화, '왕이 없는 세계의 왕'이 당신을 지킵니다.]

[설화, '이적에 맞서는 자'가 당신을 지킵니다.]

(…)

나를 대신해 내 설화들이 녀석의 공격을 감당하고 있었다. 짧은 순간, 머릿속을 스치는 생각들이 있었다.

「영원불멸의 지옥도」를 쓴다면?

[전인화]와 [바람의 길]을 동시에 발동한다면?

[책갈피]를 활성화해 다른 인물을 불러온다면?

어느 계책으로도 뾰족한 방도는 보이지 않았다.

역시 방법은 그것뿐인가. 또 그런 꼴이 되고 싶진 않았는데.

피를 한 바가지 토하며 물러서는 나에게, 미카엘이 성큼성큼 다가오고 있었다. 마무리를 결심한 모양인지 녀석의 한쪽 손에서 보랏빛 아우라가 흘러나왔다.

내 주변으로 보랏빛 결계의 반원이 생성되었다. 한번 발동하면 결코 되돌릴 수 없는 성흔. 모든 악을 처벌하는 심판장, [저지먼트 필드]가 펼쳐지고 있었다.

아무래도 내 처형은 압착형壓搾刑인 모양이었다.

"미카엘."

그런데 미카엘은 알까. 녀석이 저 성흔을 발동하기를 나는 줄곧 기다렸다는 것을.

"아니, 타락 천사 '루시퍼'."

[마왕, '타락한 천사들의 왕'이 그 이름을 싫어합니다!]

본래 루시퍼는 본래의 '성마대전'을 파멸로 이끌 인물 중 하나였다.

「세상의 그 어떤 악도, '타락한 천사들의 왕'을 꺾을 수는 없다.」

악을 상대할 때 더욱 강해지는 악. 그리하여 끝내는 모든 악을 집어삼키는 괴물.
설령 서열 10위권의 고위급 마왕이라 해도 녀석을 죽일 수는 없다. 왜냐하면 녀석은, 악을 상대할 때만큼은 세상 그 어떤 존재보다도 강력해지니까.

「하지만 그 대상이 '악'이 아니라면 어떨까.」

모든 강력한 힘에는 대가가 있다.
이제 10여 미터도 채 남지 않은 저지먼트 필드를 보며, 나는 품에 손을 집어넣었다.
내가 꺼낸 것은 한 알의 사과였다.
〈기간토마키아〉가 일어나기 직전, '하늘의 서기관'에게서 받은 〈에덴〉의 성유과.

"이 맛이 그립지 않아?"

미카엘의 눈빛이 크게 동요하고 있었다.

아마 알아보겠지. 왜냐하면 그 역시 이 사과를 먹은 적이 있을 테니까.

"천사가 '선악과'를 먹으면 '마왕화'가 진행되지. 그런데 '마왕'이 '선악과'를 먹으면 어떻게 될까?"

당황한 미카엘이 황급히 손을 뻗는 것이 보였다.

하지만 이미 늦었다.

[저지먼트 필드]가 내 몸을 우그러뜨리는 바로 그 순간.

아삭, 하는 소리와 함께 내 이빨이 선악과를 깨물었다.

3

그것은 오래된 기억이다.

—서기관, 난 언제까지 이 전쟁을 반복해야 하지? 결국 승자도 없는 전쟁을…….

그 질문을 던진 것이 언제였는지, 몇 번째였는지, 생각나지 않는다.

—미카엘. 깊게 생각하지 마십시오.

기억 속에서 메타트론은 늘 그렇게 미소할 뿐이었다.
몇백 년을, 어쩌면 몇천 년을.

자신이 기억하지도 못하는 시간의 저편에서부터, 메타트론은 줄곧 그런 미소로 존재했다.

　—눈앞의 악을 증오하는 데 집중하십시오. 그게 당신의 '시나리오'입니다.

　나의 시나리오.
　나는 얼마나 오랫동안 악마를 사냥해왔더라.
　미카엘은 오래전, 자신의 탄생을 잊었다.

　['선악과'의 힘이 폭주합니다.]

　기억은 늘 부정확하다.
　떠오르는 것은 그가 죽인 마왕들의 마지막 말.

　—통탄스럽구나, 가엾은 〈에덴〉의 사도여. 정녕 이렇게까지 해야 하는가?

　21번째 마계의 주인이던 이.

　—으하하하핫! 너는 우리와 같다! 드디어 메타트론이 미쳤구나!

9번째 마계의 주인이던 이.

—너는 '몇 번째' 미카엘이냐?

4번째 마계의 주인이던 이.
이름을 잊은 마왕들의 얼굴 너머로, 자신의 곁에서 죽어간 동료 대천사들이 보인다.

—미카엘, 정신 차려. 제발…… 이건 아니야.

천사와 마왕.
파편처럼 조각난 얼굴들은 이내 수만 피스의 퍼즐로 흩어져 다시 하나의 거대한 상狀을 이룬다.
억겁의 세월 동안 대적해온 선과 악.
그 세월을 고스란히 견뎌낸 메타트론의 얼굴이 수천 년 전과 똑같은 표정으로 미소 짓고 있었다.

—한 가지만 주의하십시오. 이 힘을 쓸 때는 절대로…….

['선악과'의 힘이 폭주합니다!]

기억이 한꺼번에 쓸려나가며, 미카엘은 머릿속이 갈기갈기 찢어지는 듯한 끔찍한 고통에 휩싸였다.

아아아아아아아!

세상의 모든 선이 절규하고 있었다. 들풀도, 나무도, 벌레들도, 만물에 깃든 모든 종류의 선이 슬픔에 젖어 비탄의 울음을 터뜨렸다.

[당신은 절대선에 속한 대상에게 죽음에 이르는 공격을 퍼부었습니다!]
[설화, '악을 멸하는 악'이 비통하게 울부짖습니다!]
[당신은 금기를 범했습니다!]
[당신에게 끔찍한 페널티가 주어집니다!]

피투성이가 된 잿빛의 천사가 미카엘을 향해 웃고 있었다.

☼ ☼ ☼

'선악과'를 깨문 순간, 세상의 정경이 변했다.

[당신은 금단의 성유과를 섭취했습니다.]
[당신은 '마왕'입니다.]
['선악과'의 힘이 당신에게 '절대선'의 비밀을 속삭입니다.]

엄청난 마력의 폭풍과 함께 귓가에 들려오는 메시지.

[당신은 선악의 모든 국면을 경험했습니다!]
[당신은 불가능한 업적을 달성했습니다!]
[새로운 설화의 가능성을 획득했습니다!]
[<스타 스트림>이 당신의 업적에 놀랍니다.]
[<스타 스트림>이 당신의 두 번째 수식언을 고민합니다.]

마왕이 된 이후, 오랫동안 느끼지 못한 성좌의 감각.

['마왕화'를 해제합니다.]
[<스타 스트림>이 당신의 별자리를 온전히 복원합니다.]

새카만 하늘 속에서 찬연하게 빛나는 별이 보였다.
나의 별이었다.

['천사화'를 발동합니다.]

별빛을 받은 내 몸이 환하게 빛났다. 검게 물들어 있던 깃털 날개가 새하얗게 탈색되고, 머리 위로 자랐던 악마의 뿔이 사그라들었다. 온화하고 청명한 에너지가 화신체 전체를 가득 채웠다.

하지만 '천사의 격'을 향유할 시간은 허락되지 않았다.

내 몸집만큼 쪼그라든 [저지먼트 필드]가 전신을 우그러뜨리고 있었기 때문이다.

쫘드드드드득!

막 돋아난 날개가 끔찍한 통증을 일으키며 구겨진다.

공간의 압력을 견디지 못한 팔다리가 형편없이 우그러든다.

[거대 설화, '신화를 삼킨 성화'가 당신을 보호합니다.]

[거대 설화, '마계의 봄'이 당신을 보호합니다.]

당장이라도 나를 으그러뜨릴 것 같은 그 거력을 거대 설화의 힘으로 겨우 버텨냈다.

['제4의 벽'이 당신의 정신을 보호합니다!]

[2세대의 개연성이 '제4의 벽'의 능력을 약화시킵니다!]

머릿속에 몇 번이나 번개가 쳤다. 당장이라도 혼절할 것 같았고, 시야가 어둑해졌다가 되돌아왔다.

하지만 나는 견뎠다. 견뎌야만 했다.

그래야 곧 찾아올 단 한 번의 기회를 붙잡을 수 있으니까.

「'타락한 천사들의 왕'은 악에 강한 대신, 하나의 약점을 지닌다.」

내 몸을 쥐어짜는 [저지먼트 필드]의 힘이 점차 약해지고 있었다.

절대악을 멸하는 저 무시무시한 괴물의 유일한 약점.

「'타락한 천사들의 왕'은 선 성향의 대상을 공격할 수 없다.」

만약 녀석이 이 규칙을 깨고 선을 공격한다면…….

쩌저저저저적!

마왕조차 짜부라뜨리는 절대 성흔, [저지먼트 필드]가 깨지고 있었다.

나는 번데기에서 탈출하는 나방처럼 결계를 부수며 날개를 펼쳤다.

바닥에 주저앉은 미카엘이 양손으로 머리를 감싸 쥔 채 비명을 지르고 있었다.

[마왕, '타락한 천사들의 왕'이 고통 속에 몸부림칩니다!]

기회는 지금뿐.

"안나 크로프트!"

내 말과 함께, 미카엘의 배후로 금발의 여인이 달려갔다.

붉게 달아오른 눈동자. [미래시]를 통해 뭔가 읽어낸 그녀가 자신의 모든 격을 방출하며 돌진하고 있었다.

나는 남은 모든 힘을 두 다리에 모아 앞으로 넘어지듯 쏘아져나갔다.

평소라면 미카엘이 아무리 무력해졌다 해도 이 정도 전력으로 죽이기는 불가능했을 것이다.

하지만 이 섬이라면 다르다.

[등장인물, '안나 크로프트'가 '검강 Lv.9'을 발동합니다!]

약속이나 한 듯 단검 끝으로 줄기차게 강기 다발을 뽑아내는 안나 크로프트.

나는 넝마가 된 오른팔로 '부러지지 않는 신념'을 쥐었다.

[설화 파편, '불쌍한 소드 마스터의 오른팔'이 발동합니다!]

언젠가 '라마르크의 기린' 특성을 통해 획득해둔 설화가 이런 식으로 도움이 될 줄은 몰랐다.

[2세대의 개연성이 당신의 재능을 강화합니다!]

폭발하는 [백청강기]의 마력이 '부러지지 않는 신념'의 끄트머리에서 10여 미터나 솟아났다.

간신히 수평으로 쥔 검이 미카엘의 왼쪽 목을 반쯤 파고든다. 그와 거의 동시에 안나 크로프트의 단검이 미카엘의 오른쪽 목덜미를 갈랐다.

하늘로 솟구치는 선혈.

미카엘의 목이 하늘을 날았다.

[당신은 '타락한 천사들의 왕'의 176번째 화신체를 처치했습니다.]

[당신은 신화급 설화를 획득했습니다.]

[<스타 스트림>이 당신의 업적에 놀랐습니다!]

[당신은 '가짜 계시'를 실현했습니다.]

[믿을 수 없는 업적을 달성했습니다!]

[등급 표기가 불가능한 설화를 획득했습니다.]

[설화, '계시의 설계자'를 획득했습니다!]

메시지와 함께, 간신히 지탱하고 있던 의식이 흩어졌다.

☼ ☼ ☼

눈을 뜨니, 나는 새하얀 공간 속에 내던져져 있었다.

허공에서 한 줄의 문장이 떠올랐다.

「선악과를 먹은 존재는 자신이 외면하던 진실을 보게 된다.」

여긴 어디지?

물을 틈도 없이, 왼쪽 벽면 위로 영상들이 떠올랐다. 멸살법의 장면이었다.

유중혁과 일행들이 시나리오를 클리어하는 모습.

아직은 내가 없던 멸살법의 세계. 온갖 역경에도 굴하지 않고 적을 도륙하는 일행들이 그곳에 있었다.

['선악과'가 말합니다. '저 이야기는 네 삶이었어. 그렇지?']

나는 고개를 끄덕였다.
저 이야기는 내 삶이었다. 나는 저것을 읽으며 자랐다.

['선악과'가 말합니다. '하지만 이것 또한 분명 네 삶이었지.']

오른쪽 벽면이 물결치며 새로운 화면이 떠올랐다.
열다섯 살쯤 되어 보이는 소년. 소년은 모니터를 보며 키보드로 뭔가 입력하고 있었다.

—중혁이 이제 어떻게 되는 거예요? 설마 또 죽는 거 아니죠?

유중혁의 164회차.
중학교 3학년. 이지혜를 동경하던 내가 댓글을 쓰고 있었다.

—아… 진짜… 고구마 그만 먹고 싶어요.

유중혁의 488회차.
고등학교 2학년. 김남운의 나이가 된 내가 댓글을 쓰고 있었다.

…….

유중혁의 회차가 넘어갈 때마다 나도 자라났다.
녀석의 죽음을 보며 수염이 자랐고, 녀석의 희생을 보며 고등학교를 졸업했다.
그리고 다시, 녀석의 이야기를 보며…….

—이번 회차에서는 그냥 쟤 죽이면 안 될까요?

내가 저런 댓글도 썼다고?

—이야기가 산으로 가는데 이쯤에서 회귀 ㄱㄱ

유중혁의 862회차.
대학생이 된 내가 키보드를 두드리고 있었다.

—이번에도 중혁이는 죽겠죠?

내가 저지른 말들이 그곳에 전시되고 있었다.
삶에 치이고, 생활에 지쳤다는 핑계로 내뱉은 말들이 고스란히 머릿속에 떠올랐다.

―초반 시나리오는 이제 스킵해주세요. 지겨워요.

나는 아무 말도 할 수 없었다.

['선악과'가 말합니다. '저것이 네 삶의 전부인 것처럼 말했던 이야기의 가치야.']

손끝이 떨려왔다.
왼쪽 벽면에는 유중혁의 싸움이, 오른쪽 벽면에는 그런 유중혁을 바라보는 내가 있었다.
그리고 중앙의 벽면에서, 하늘의 별들을 바라보는 내 모습이 떠올랐다.

「"구경할 테면 얼마든지 구경해보라지. 네놈들이 낼 관람료는 결국 네놈들의 목숨이 될 테니까."」

['선악과'가 말합니다. '정말로 네가 ■ ■을 이야기할 자격이 있을까?']

화면 위로 내 말들이 계속해서 떠올랐다.

「"유중혁, 나는 '네가 모르는 미래'를 알고 있다."」
「"중혁아, 우린 세계를 구할 수 있다. 알지?"」

「"내가 너의 이야기를 끝내줄게."」

뻔뻔하고, 조금의 망설임도 보이지 않는 목소리.

['선악과'가 말합니다. '혼자만 아는 이야기로 모든 세계를 철저하게 기만하며 살아온 네가…… 구원받을 자격이 있을까?']

마음속 깊은 곳에서 뭔가 부서지는 소리가 들렸다.
세계가 흔들리고 있었다.

[제4의 벽'이 '선악과'를 노려봅니다!]
['선악과'가 깜짝 놀라 몸을 움츠립니다.]

츠츠츠츠츳!
주변을 뒤덮는 개연성의 폭풍.
비틀거리는 나를 향해, 누군가가 외쳤다.

「(독자 씨! 어서 움직여야 해요. 아직 미카엘은—)」

☒ ☒ ☒

눈을 떴을 때, 나는 동굴의 벽면에 기대어 있었다.
"일 분이 지나도 안 깨면 두고 갈 생각이었어요."

금발 여인이 나를 내려다보고 있었다. 복부와 흉부는 붕대로 칭칭 감겨 있고, 관통상을 입은 허벅지는 짓이긴 약초에 감싸여 있었다.

입안으로 따뜻한 액체가 흘러들어왔다. 씁쓸하고 비린 맛.

불현듯 정신을 차렸을 때, 나는 그 액체의 정체를 깨닫고 소스라쳤다.

손바닥을 베어 상처를 낸 안나 크로프트가 내게 자신의 피를 먹이고 있었다.

"무슨—"

한 손으로 나를 진정시킨 안나 크로프트는 조금의 당혹감도 없이 설명했다.

"나는 '영약 제조사' 특성을 가지고 있어요. 내 피는 지금껏 내가 먹은 영약의 약효를 품고 있죠."

"이 피를 많이 먹으면 당신 권속이 되잖아."

"그건 그쪽이 나보다 격이 낮을 때고요."

안나 크로프트가 손바닥의 상처를 지혈하며 고개를 돌렸다.

밤이었다. 주변에 느껴지는 기척은 아무것도 없다.

천천히 심호흡을 한 뒤, 나는 물었다.

"미카엘은 어떻게 됐습니까?"

"죽었어요. 아니, 죽었다고 해야 할지⋯⋯."

"혹시 녀석의 화신체가 검은 안개로 덮였습니까?"

"어떻게 알았죠?"

설명해주고 싶었지만, 머리를 짓누르는 통증 때문에 멸살법 내용을 떠올리기가 쉽지 않았다.

아마 미카엘은 죽지 않았을 것이다. 정확히는, 죽었지만 다시 살아날 것이다.

동굴 밖으로 2세대 설화의 상징인 '두 개의 달'이 떠 있었다.

내게 꽤 많은 피를 먹인 모양인지, 어슴푸레한 달빛에 물든 안나 크로프트의 얼굴이 창백했다.

"버려두고 그냥 가지 그랬습니까."

"혹시 살려놓으면 「은혜 갚은 예언자」 같은 설화를 얻을 수 있지 않을까 싶었을 뿐이에요."

그런 종류의 설화가 그리 쉽게 만들어지지 않는다는 건 안나 크로프트도 알 것이다.

마음속에 불쑥 반발감이 일었다. 내가 아는 안나 크로프트는 이렇지 않았다. 그녀는 대의를 위해 소중한 동료를 희생하는 일쯤 망설이지 않는, 철저한 냉혈한이다.

분명 그래야 할진대…….

"이제 몇 시간만 있으면 움직일 수 있을 거예요."

하지만 내가 아는 정보가, 안나 크로프트의 전부였을까?

「안나 크로프트는 '절대선'의 화신이다.」

왜 내가 이런 생각을 하는지 모르겠다. 어쩌면 '선악과'를 먹어서 생각이 많아졌을지도 모른다.

나는 한숨처럼 말했다.

"이쯤에서 헤어지죠. 당신도 수식언 글자는 다 모았을 테니까."

"나야 상관없지만, 괜찮겠어요?"

"누가 누구를 걱정하는지 모르겠군요. 딱히 돌봐주지 않았어도 저는 죽지 않았을 겁니다. 죽을 정도의 상처는 아니었어요."

"아뇨, 당신은 그대로 두면 죽었어요."

'죽었을 거예요'가 아니라 '죽었어요'였다. 안나 크로프트가 저런 식으로 말할 때가 언제인지, 나는 알고 있었다.

"당신은 내 미래를 읽을 수 없을 텐데."

"얼마 전까진 그랬죠."

[전용 스킬, '거짓 간파 Lv.7'를 발동합니다!]
[당신은 해당 발언이 사실임을 확인했습니다.]

"어제부터, 갑자기 당신 미래가 조금씩 보이기 시작했어요. 희미한 벽 너머로 뭔가가⋯⋯."

내 미래를 볼 수 있다고?

"무슨 미래를 본 겁니까?"

"⋯⋯모르는 편이 좋을 텐데요."

"말해."

안나의 '대악마의 눈동자'가 불길하게 빛나고 있었다.

가볍게 한숨을 내쉰 안나 크로프트가 천천히 입을 열었다.

"당신은 지금으로부터 열두 시간 뒤, 패왕 유중혁에게 죽게
돼요."

4

[당신은 '1회차' 회귀자입니다.]

처음 회귀를 선택했을 때, 그는 자신이 기회를 얻었다고 생각했다.

남들보다 더 많은 정보를 가지고 시나리오에서 살아남을 기회.

[당신은 '2회차' 회귀자입니다.]

두 번째 회귀를 선택했을 때, 그는 이 삶이 쉽지 않을지도 모른다고 생각했다.

몇 번이고 죽어가는 동료들을 보면서.

사랑하는 연인을 잃으면서.

그는 앞으로 자신이 몇 번이나 이 일을 겪어야 한다는 사실을 깨달았다. 남들보다 더 많은 정보를 가지는 대가로, 자신의 소중한 동료들을 몇 번이고 더 잃게 될 것이었다.

[당신은 '3회차' 회귀자입니다.]

세 번째 회귀, 그는 이것이 저주일지도 모른다고 생각했다.

「나는 몇 번이나 더 이런 삶을 살아야 하는 것일까.」

그는 이 모든 시나리오의 끝에 도달하기 위해 자신의 감정을 죽여야 한다는 사실을 깨달았다.

자신의 삶을 살아서는 안 되었다.

그래서 그는 '유중혁'이 아니라 '회귀자'가 되기로 했다.

네 번째, 다섯 번째…… 어쩌면 그가 계속 살았을지도 모를 날들.

그런 그의 회귀를 멈춘 것은 예상하지 못한 누군가의 말이었다.

—언제든 회귀할 수 있다는 건 '죽음'에 의미가 없다는 것

일 테지. 하지만 죽음에 의미가 없다는 것은 삶의 가치 또한 사라진다는 거야.

—유중혁, 정신 차려라. 몇 번을 반복하면 나아질 거라고 착각하지 말라는 얘기다.

그래서 유중혁은 다음 회차로 가지 않았다. 몇 번이고 다시 살 수 있었던, 더 유리한 고지에서 유리한 정보를 가지고 시작할 수 있었던 삶을 포기했다.

[당신은 '3번 중섬'에 진출했습니다!]

눈부신 빛살과 함께 도착한 3번 중섬.

그와 함께 섬에 도착한 참가자들이 웅성거리고 있었다.

[뭐야 여긴?]

[바로 '본섬'으로 가는 게 아니었나?]

유중혁은 칼을 뽑아 들었다.

[히든 시나리오 - '수식언 뺏기'가 시작됐습니다!]

도륙이 시작되었다. 몰아치는 핏빛 검풍에 성좌들 목이 달아났다. 유중혁의 검에는 망설임이 없었다. 그는 화신체의 심장을 도려냈고, 달아나는 성좌들의 뒤통수를 작살냈다.

[성좌, '우중충한 밤바다의 까마귀'의 수식언 음절을 획득했습니다.]

[성좌, '해변의 전술가'의 수식언 음절을 획득했습니다.]

힘든 적들도 있었다. 본래의 3회차였다면 쉬이 상대하기 까다로웠을 적. 그러나 그들을 유중혁은 아주 간단히 해치웠다.

「'자작나무의 전갈'은 꼬리 아래가 약점이다.」

「'초승달의 군주'는 머리의 별빛이 사라질 때 공격해야 한다.」

본래의 유중혁이라면 알지 못할 정보였다.

4회차, 5회차, 100회차, 다시 1,000회차를 거쳐야 알 수 있었던 정보들.

[성좌, '자작나무의 전갈'의 수식언 음절을 획득했습니다.]

[성좌, '초승달의 군주'의 수식언 음절을 획득했습니다.]

아직 도달하지 못한 미래의 정보를 3회차의 유중혁은 알고 있었다.

《한수영 - 1,863회차의 기록 (上)》

《한수영 - 1,863회차의 기록 (下)》

아주 먼 미래, 그가 본래대로 살았다면 맞이했을지 모르는

1,863회차의 기록.

한 시간도 채 지나지 않아, 유중혁의 주변은 조용해졌다.

푸슈슉!

그는 마지막 성좌의 숨통을 끊은 뒤 계속해서 걸음을 옮겼다. 단순히 시나리오를 서두르기 위함이 아니었다.

얼마간 걸음을 옮기자 피로 물든 전장이 나타났다.

풍요의 숲.

무수한 화신체들의 시체. 마치 누군가에 의해 학살당한 듯한 풍경.

유중혁은 자신에게 필요한 '수식언 음절'을 모으며 학살자의 향방을 좇았다. 그리고 얼마 지나지 않아 검은색 연기로 휩싸인 커다란 고치를 발견했다.

유중혁은 그 고치가 무엇인지 일고 있었나.

"〈에덴〉이 만든 괴물이군."

미카엘의 고치. '마왕화'가 진행된 미카엘이 누군가에게 죽었을 때 나타나는 고치였다. 이 안에서 미카엘은 새로운 생명을 얻어 태어날 것이다. 마치 유중혁이 매번 죽음 후 다음 '회차'를 시작하듯이.

차이가 있다면, 미카엘은 되살아날 때마다 기억의 일부를 잃는다는 것이었다.

악을 배제하기 위해 만들어진 악.

미카엘의 존재는 그가 결코 〈에덴〉을 좋아할 수 없는 이유
였다.

추적추적 내리는 비를 맞으며 유중혁은 고치 주변을 살폈다.

미카엘이 이 꼴이 되었다는 건 누군가가 미카엘을 해치웠
다는 뜻이었다.

얼마 지나지 않아 유중혁은 강력한 마왕의 설화 파편을 발
견했다.

누군가가 미카엘과 싸웠고 심하게 다쳤다.

흐릿한 비안개 속에 하얗게 빛나는 설화의 흔적들. 유중혁
이 잘 아는 존재의 자취였다.

움찔.

미카엘의 고치가 들썩이기 시작한 것은 그때였다. 음습한
기운과 함께 고치 꼭대기가 열리고 있었다.

유중혁이 인상을 찌푸렸다.

'벌써?'

보랏빛 안개 사이로 빠르게 스며드는 어두운 감정. 새로운
화신체로 빚어진 미카엘의 나신이 고치 사이로 드러나고 있
었다.

유중혁은 자리를 피할 준비를 했다.

[구…… 원… 의 마왕……!]

그 말만 하지 않았더라도 유중혁은 그대로 자리를 피했을

것이다.

잠시 망설이던 유중혁이 반쯤 열린 고치 사이로 다가갔다. 아직 온전히 깨어나지 못한 미카엘이 무방비한 상태로 그 안에 잠들어 있었다.

번뜩. 미카엘이 눈을 뜨는 순간 유중혁의 검이 움직였다.

"좀 더 자는 편이 좋겠군."

푸우욱!

[파천강기]가 미카엘의 심장을 꿰뚫었다. 아직 [마왕화]도 [천사화]도 발동하지 않은 연약한 화신체가 2세대의 개연성에 힘없이 부스러졌다.

그아아아아아아!

[당신은 '타락한 천사들의 왕'의 177번째 화신체를 처치했습니다.]

미카엘의 고치는 급격히 쪼그라들더니 다시 본래 상태로 돌아갔다.

녀석은 178번째 화신체로 다시 태어날 것이다.

[성운, <에덴>이 당신의 행위에 적대감을 드러냅니다!]
[성좌, '하늘의 서기관'이 당신을 노려봅니다.]

쏟아지는 하늘의 시선을 받으며 유중혁이 말했다.

"말했을 텐데? 김독자를 죽이는 것은 나라고. 쓸데없는 짓하지 마라."

하늘은 더 이상 대답이 없었다.

검을 거둔 유중혁은 숲에 흩뿌려진 파편을 따라 길을 재촉했다.

✷ ✷ ✷

유중혁이 숲길 사이로 사라진 후, 미카엘의 고치 곁으로 작은 그림자 하나가 나타났다. 새카만 우의 사이로 흔들리는 짧은 단발.

주변에 한가득 떨어진 아이템을 본 그림자의 주인이 함박웃음을 지으며 말했다.

"원래 버스는 주인공 버스가 제맛이지."

한수영은 주변의 아이템을 허겁지겁 주머니에 넣으며 희희낙락거렸다.

"하여간 저 회귀자 자식, 아이템 소중한 줄 몰라요."

[성좌, '심연의 흑염룡'이 바닥에 떨어진 설화 파편을 물끄러미 내려다봅니다.]

"뭐 보냐?"

한수영은 흑염룡이 가리킨 파편을 주워들었다. 그리고 뻣뻣하게 굳었다.

[설화 파편, '왕이 없는 세계의 왕'을 획득했습니다.]

"이거 설마……."

스타 스트림에는 무수한 종류의 설화가 있지만, 이런 이름의 설화를 가진 이는 그녀가 알기로 한 명밖에 없다.

한수영은 주워 들었던 아이템을 내팽개치고 이내 유중혁이 사라진 길을 따라 달리기 시작했다.

¤ ¤ ¤

내가 유중혁에게 죽게 된다.

「(독자 씨.)」

앞으로 세 시간 뒤, 유중혁에게 나는 죽게 된다.

「(독자 씨!)」

나는 퍼뜩 고개를 들며 대답했다.
'예, 유상아 씨.'

「(언제까지 얼빠져 있을 거예요? 독자 씨답지 않잖아요.)」

'얼빠져 있는 게 아닙니다. 생각 중이었습니다.'

「(무슨 생각요?)」

'녀석을 설득할 방법이요.'

솔직히 자신은 없었다. 지금 나를 죽이러 오는 유중혁은 내가 십여 년 세월 동안 읽어온 멸살법의 유중혁이 아니었다.

지금 나를 찾아올 유중혁은 자신이 '등장인물임을 알게 된 유중혁'이다.

1,863회차의 유중혁처럼.

「(죄책감 때문인가요?)」

종종 유상아는 내 속을 훤히 아는 것 같다.

지금은 정말로 알지도 모르고.

'아닙니다. 꼭 해야만 하는 일이라서 그렇습니다.'

['선악과'의 힘이 당신의 죄책감을 부추깁니다.]

어쩌면 이 감정은 '선악과' 때문에 강제로 촉발된 것. 즉 내 것이 아닐지도 모른다. 하지만 그럼에도 나는 이렇게 해야 한다고 믿었다.

곁에서 나를 부축하던 안나 크로프트가 말했다.

"곧 섬의 중심에 도착할 거예요."

나는 고개를 끄덕였다.

섬의 중심.

다음 시나리오로 넘어가는 포털이 있는 장소이자, 내가 세 시간 뒤 유중혁을 만나게 될 장소.

"당신이 선택한 미래에 참견하고 싶지 않지만, 내 [미래시]는 어지간해선 바뀌지 않아요."

"저주하는 겁니까?"

"그냥 사실을 말해주는 거예요. 죽고 싶은 게 아니라면 지금이라도 음절 [신]을 찾아 다음 시나리오로 넘어가는 편이 좋을 테니까."

"일부러 안 가는 겁니다. 그 녀석과는 꼭 해야만 하는 이야기가 있어서요."

그동안 미루어온 이야기. 하지만 반드시 나눠야만 할 이야기였다.

"이야기라. 패왕이 그런 것도 할 줄 알던가요?"

"할 줄 모르면 할 줄 알게 만들어야죠."

안나 크로프트는 잠시 말이 없었다. 무슨 생각을 하는지, 그녀의 눈이 검푸른 밤하늘을 향했다.

몇몇 성좌가 우리를 내려다보고 있었다.

"당신도 알겠지만 항상 모두를 설득할 수는 없어요."

안나 크로프트는 예언자다. 아마 나와 비슷한 상황을 몇 번이나 겪었겠지. 셀레나 킴을 속이고, 이리스를 속이며 여기까지 왔을 것이다.

"그런 말은 할 수 있는 데까지 해보고 해야 한다고 생각합니다."

"미래를 아는 사람은 그만큼의 책임을 짊어져야 하는 법이에요."

멀리서 섬의 중심이 보이기 시작했다. 다음 시나리오로 떠나는 커다란 포털이 그곳에 있었다.

나는 나를 부축하는 안나 크로프트의 손을 떼어내며 말했다.

"그럼, 여기까지군요."

수식언 음절을 모두 모은 안나 크로프트는 이제 저 문을 넘어설 자격을 얻었다. 그녀는 자신이 추구하는 목적지를 향해 나아갈 것이다.

내가 등을 돌리는 순간, 안나 크로프트가 나를 불렀다.

"김독자."

성좌 '구원의 마왕'이 아닌 '김독자'. 그녀는 나를 부르고 있었다.

"내 목표는 이 스타 스트림의 주인을 바꾸는 거예요."

그 순간, 나는 무척 곤란한 느낌을 받았다. 이어질 말이 예상되었기 때문이다.

"당신의 목적은 뭐죠?"

"내가 대답해야 합니까?"

"그걸 들어야 당신을 계속 살려놓을지 말지 결정할 수 있을 것 같아서요."

그녀는 나를 저울에 올려놓은 셈이었다. 내가 자신의 목적에 도움이 될지, 아니면 방해가 될지. 만약 방해가 된다면 가차 없이 나를 여기서 탈락시킬 것이다.

나는 안나 크로프트의 눈을 가만히 들여다보았다.

이 여자에게 말해도 될까.

이 세계에서 내가 진짜로 원하는 것이 무엇인지.

예언자인 그녀라면 나를 이해할 수 있을까.

"나는……."

그러나 내가 채 입을 열기도 전에 누군가의 목소리가 들려왔다.

"그 녀석의 목적은 어떤 하찮은 이야기의 끝을 보는 것이다."

서늘한 분노가 밴 목소리.

내가 누구보다 잘 아는 목소리였다.

70

Episode

전할 수 없는 이야기

Omniscient Reader's Viewpoint

1

표정이 굳어진 안나 크로프트가 슬그머니 등 뒤로 단검을 뽑아 들었다.

"패왕."

그러거나 말거나 유중혁은 성큼성큼 걸어나왔다.

"끼리끼리 잘 다니는군. 미래를 안다는 사실에 동질감이라도 느끼는 모양이지?"

"미래의 정보를 아는 건 당신도 마찬가지잖아요?"

"내가 겪은 건 미래가 아니야."

쿠구구구구!

"그건 모두 '있었던 일들'이다. 과거지."

있었던 일들.

내가 본 그 이야기를, 유중혁은 자신의 몸으로 직접 살았다.

수천 번의 죽음을 맞이하면서.

유중혁 손에 쥐어진 흑천마도가 그 세월에 감응하듯 거칠게 울었다.

안나 크로프트가 내 쪽을 흘끗 돌아보았다.

내가 말했다.

"가세요. 저 녀석은 날 만나러 온 거니까."

"다음번엔 당신 입으로 직접 목적을 들을 수 있길 바라죠."

안나 크로프트는 그 말을 남기고 포털 속으로 훌쩍 사라져 버렸다.

그녀가 지금 이곳에 남을 이유는 없다. 지금껏 나를 도와준 것만으로도 자신의 빚을 충분히 갚았으니까.

유중혁도 떠나는 안나를 잡지 않았다. 평소였다면 집요하게 뒤를 쫓아 목을 베었을 텐데도 그러지 않았다.

"유중혁."

나는 유중혁을 불렀다. 유중혁은 나를 바라보지 않았다. 그저 텅 빈 포털의 입구를 가만히 들여다볼 뿐.

나는 다시 한번 녀석을 불렀다.

"들어줘. 그래도 날 동료라 불렀잖아."

유중혁이 나를 돌아보며 천천히 칼을 빼 들었다.

"한때는."

그 차가운 목소리에 깃든 분노를 나는 헤아릴 수 없었다.

[전용 스킬, '전지적 독자 시점'을 발동합니다!]

그렇게 나는 다시 한번 전지全知의 저주로 발을 내디딘다.

[해당 인물에 대한 당신의 이해도가 부족합니다!]

하지만 유중혁의 내면은 나를 허락하지 않았다. 눈앞의 인물은 지금껏 내가 알아왔던 인물이 아니라는 듯이.

"무슨 이야기를 할지는 알고 있다. 그 책에 관한 이야기겠지."

"……."

"너는 그 이야기를 통해 내 삶을 들여다보았고, 내 삶을 유희거리로 삼았다. 내가 더 알아야 할 것이 있나?"

나는 변명하지 못했다. 사실이었으니까.

내가 한 짓은 성좌들이 한 짓과 다를 바가 없었으니까.

"나는……."

안다. 알고 있다. 하지만…….

그게 저 녀석이 느낀 배신감의 전부일까.

[해당 인물에 대한 이해도가 조금씩 상승합니다!]

유중혁은 나를 기다려주었다. 마치 자신이 끝내 찾아내지 못한 어떤 누명의 실마리를 찾으려는 재판관처럼.

하지만 무슨 말을 어떻게 해야 할지 알 수 없었다.

[전지적 독자 시점]을 통해 흘러들어온 유중혁의 감정이 내

머릿속을 까마득하게 채워가고 있었다.

내가 알아왔던 문장들이 내가 모르는 문장들로 덮여가고 있었다.

내가 해야 했던 말들도, 하고 싶었던 말들도, 그 칠흑 같은 감정의 파도에 묻혀 사라지고 있었다.

유중혁의 검이 움직였다.

그 순간까지도 실감이 나지 않았다. 녀석이 정말 나를 죽일 것이라는 게. 지금까지 쌓아온 그 수많은 시간을 뒤로하고, 녀석이 나를 죽일 것이라는 게.

['선악과'가 당신의 감정에 영향을 미칩니다!]
['제4의 벽'이 격렬하게 흔들립니다!]

코앞까지 날아오는 검극을 본 순간, 죄책감과 함께 억울함이 치솟았다.

['선악과'가 당신의 어두운 감정을 이끌어냅니다!]

나는 제법 열심히 했다.
시나리오가 시작된 후 정말 열심히 살았다.
내가 읽어온 것을 내 나름대로 최선을 다해 실천했다.

유중혁이나 일행들을 상처 입힐 생각은 없었다.

내가 생각한 것은 그저 시나리오뿐이었다. 어떻게 하면 피해를 줄일 수 있을까. 어떻게 하면 온전한 결말에 안정적으로 도달할 수 있을까.

오직 그것뿐이었다. 그것뿐이었는데.

대체 무엇 때문에 일이 이렇게 된 걸까?

까아아앙!

파찰음과 함께 새파란 불꽃이 튀었다.

"뭘 눈만 멀뚱멀뚱 뜨고 있어 멍청아!"

한수영이었다.

☒ ☒ ☒

한수영이 3번 중섬에 온 것은 우연이 아니었다.

소섬 시나리오를 진행하던 중, 그녀는 꿈을 꾸었다.

백색 코트를 걸친 사내가 검은 코트의 사내에게 죽는 꿈.

아주 오래된 개꿈이었기 때문에, 한수영은 꿈을 꾸면서 '또 그 꿈이구만' 하고 중얼거렸다.

결국 꿈은 꿈일 뿐이고, 꿈은 실제로 벌어지지 않는다. 마치 소설이 현실이 될 수 없는 것처럼.

―3회차의 나는 좀 덜떨어졌네. 몇 번이고 같은 장면을 보여줘도 못 알아듣는 걸 보면…….

'뭐야?'

한수영은 소스라치며 목소리가 들려온 쪽을 돌아보았다. 그곳에 검은 코트를 입은 여자가 서 있었다. 자신과 비슷한 체구. 마치 누군가가 고의로 지우기라도 한 것처럼 보이지 않는 얼굴.

그 얼굴이 계속해서 말했다.

—아무리 봐도, 이대로 가면 그쪽 회차 망할 것 같은데.

한수영은 본능적인 공포를 느끼며 두어 걸음 물러섰다.

하지만 이곳은 그녀의 꿈. 어떤 인간도 자신의 꿈속에서 도망갈 수는 없다.

—난 말이야. 다른 녀석의 모략을 부수는 게 참 좋아.

꿈속 인물이 손을 뻗는 순간, 알 수 없는 정보들이 한수영의 머릿속으로 흘러들었다.

['예상표절'의 힘이 당신 안에서 깨어납니다!]

그리고 한수영은 잠에서 깨어났다. 머릿속에 알 수 없는 정보들이 떠돌았다. 제멋대로 움직인 의식이 그 정보를 연역적으로 잇기 시작했다.

잠시 후 한수영의 머릿속에는 다음과 같은 문장이 나타났다.

─유중혁은 3번 중섬으로 향할 것이다.

왜 그런 문장이 떠올랐는지 모르겠다. 다만 한수영은 그 문장을 한번 따라가보기로 했다. 이 정체불명의 꿈이 무엇인지, 거기 등장한 인물이 누구인지는 알 수 없지만, '그래야만 한다'라는 생각이 들었다.

그리고 한수영은 이곳에 도달했다.

"비켜라. 네겐 볼일 없다."

무시무시한 눈길로 자신을 노려보는 유중혁.

얼빠진 얼굴로 자신을 바라보는 김독자.

한수영은 천천히 숨을 들이켰다.

꿈이 자신에게 무엇을 보여주고자 했는지는 모르겠다. 하지만 지금, 한수영은 자신의 역할이 무엇인지 깨달았다.

평소대로 껄렁한 웃음을 지으며 한수영이 말했다.

"내가 너 언젠가 사고 칠 줄 알았어. 그 '유중혁'이 그리 쉽게 변할 턱이 없지."

"비키지 않으면……"

"왜, 죽이기라도 하게? 그런 짓을 해서 네가 얻는 건 뭐지? 지금까지 네가 속은 시간을 보상받을 수 있기라도 한 거냐?"

유중혁은 대답하지 않았다. 그 대신 그의 검극이 사라졌다.

한수영은 허공을 가르는 유중혁의 검을 피식 웃으며 받아
냈다.

"하여간 사람 말 안 듣는 건 너나 김독자나 똑같아."

[성좌, '심연의 흑염룡'이 포효합니다!]

전신에 깃든 [흑염]의 힘이 유중혁의 검극과 부딪쳤다. 2세
대의 힘을 업은 유중혁의 검격은 무거웠다.

피가 나도록 입술을 깨문 채, 한수영은 자신의 힘을 개방
했다.

유중혁은 강하다. 하지만 그녀라고 놀고만 있었던 것은 아
니었다.

[설화, '전설적인 소드 마스터의 제자'가 빛을 발합니다!]

이곳에 오기 전, 온갖 용을 써서 간신히 얻어낸 설화.

소드 마스터의 힘이 전신에 감돌며 용솟음쳤다.

츠츠츠츠츠츳!

다른 곳에선 몰라도 이곳에서라면.

"사람이 말을 하면……."

짙푸른 스파크 사이로 강기화된 [흑염]이 유중혁을 향해 쇄
도했다.

"말을! 좀! 들어!"

끊어지는 음절에 맞춰 쏟아지는 강기 다발.

뜻밖의 거센 저항에 유중혁의 눈동자가 동요했다.

한수영은 그 틈을 놓치지 않고 고함을 질렀다.

"김독자는 그냥 소설 하나 읽었을 뿐이야! 지지리 재미없고 긴 소설!"

조금씩 밀리는 유중혁을 보며, 한수영은 자신이 해낼 수 있다고 생각했다.

이것은 어려운 갈등이 아니다. 사람이 만든 말로 인해 빚어진 오해. 그러니 말로 풀 수 있다고 믿었다.

"대화를 해! 서로 터놓고 이야기를 하라고! 다른 사람들처럼!"

집요하게 움직이는 [흑염]의 불꽃이 유중혁의 검으로 옮겨 붙었다.

유중혁은 냉랭히 그 불꽃을 떨쳐내며 말했다.

"너는 모른다."

"나도 알아."

냉정히 자신을 배제하는 그 말투에, 한수영이 으르렁거렸다.

"뭐가 그렇게 분해? 김독자가 네 정보를 알고 접근한 거? 너도 똑같잖아. 저놈이랑 똑같이 정보를 선점하고 다른 사람을 기만해왔잖아."

그 말이 불씨가 됐을까. 유중혁의 눈동자에도 분노가 깃들었다.

허공에서 다시 한번 검이 부딪쳤다.

"물론 네가 진심이었던 건 알아. 그 사람들 살리기 위해서, 더 나은 세계로 도달하기 위해서 그랬던 거 안다고. 그럼 김독자는 어땠을 것 같아?"

"……."

"대체 어떤 인간이 등장인물이 죽는다고 자기 목숨을 던지냐고!"

유중혁의 검이 멈칫하는 것을 보며, 한수영은 계속해서 말을 쏟아냈다.

"지금까지 김독자가 어떻게 해왔는지 잊었어? 노잼 소설 좀 읽었다고, 3회차에서 쌓아온 모든 걸 부정해버릴 셈이야?"

유중혁의 격이 움츠러들고 있었다.

이제 거의 다 왔다. 한수영은 느낄 수 있었다. 한마디만 더 하면 이 불필요한 싸움을 멈출 수 있다.

"침착하게 잘 생각해."

하지만 마지막 순간, 한수영은 한 발을 잘못 내딛고 말았다.

"넌 그런 캐릭터 아니니까."

"……캐릭터?"

유중혁의 표정이 변하고 있었다.

그것은 질문이 아니었다.

뒤늦게 아차 싶었지만 이미 뱉은 말을 번복할 수는 없었다.

"너도 똑같군."

맞댄 검과 검 사이에 막대한 마력파가 번지기 시작했다.

한수영의 검이 고통스럽게 울음을 토했다. [흑염]의 기파가 일방적으로 밀리고 있었다.

[거대 설화, '신화를 삼킨 성화'가 포효합니다!]

유중혁이 쌓은 거대 설화가 폭주했다.
"1,863회차의 네가 한 짓을 보았다."
"1,863회차? 뭔 소릴—"
순간, 한수영의 머릿속에 떠오르는 것이 있었다.

—멸살법 1,863회차의 세계선. ……아, 거기 너도 있더라.
어느 쪽이 본체인진 모르겠지만.

분명 김독자가 그런 말을 한 적이 있다.
'설마?'
머릿속에서 합쳐지는 정보들.
1,863회차에도 자신은 존재한다. 그리고 그곳에서 자신은
또 다른 회차를 살고 있다.
그렇다면 꿈속에서 본 그 존재는…….
한수영이 자신의 해답에 도달하는 순간, 찰나의 빈틈이 생
겼다.
유중혁의 검은 그 순간을 놓치지 않았다.

✿ ✿ ✿

왜 움직일 수 없었을까.

어째서 한수영과 같이 싸우지 않았을까.

나를 대신해 이야기하는 한수영을 보며, 왜 같이 목소리를 내지 못했을까.

"넌 네 이야기 잘 못하잖아."

나는 쓰러진 채 나를 올려다보는 한수영을 안아 들었다.

그녀의 허리에서 울컥거리며 피가 쏟아지고 있었다. 실감이 나지 않을 정도로 생생하고 붉은 피.

그 피를 흘리며 한수영이 말하고 있었다.

"김독자. 난 네가 바라는 결말을 알아."

여느 때처럼 장난스러운 미소. 내 뺨에 묻은 피를 닦듯 한수영의 손이 내 볼을 닦으며 중얼거렸다.

"불쌍한 놈……."

나는 한수영의 피를 지혈하며 허겁지겁 약재를 꺼냈다.

내상이 너무 심각했다. 무자비한 상처였다. 2세대의 검강에 의해, 그녀의 내부는 완전히 파괴되어 있었다.

살릴 수 있다. 조금만 더 시간이 있다면.

제대로 된 의원을 찾고, 치료를 한다면.

하지만 그럴 수 있을까?

내 뺨에 닿아 있던 한수영의 손이 툭 떨어졌다. 나는 한수영의 이름을 불렀다. 몇 번이고, 다시 몇 번이고.

하지만 한수영은 일어나지 않았다. 그 대신 들려온 것은 유중혁의 목소리였다.

"일어나라, 김독자."

조금의 죄책감도, 동요도 느껴지지 않는 목소리.

그 순간 내 안에서도 뭔가가 툭 끊어졌다.

나는 천천히 자리에서 일어났다.

[유중혁.]

머릿속에서 설화들이 들끓고 있었다.

—너무 커서 제대로 읽기 버거운 설화들이 있지. 중심을 잘 잡지 않으면 언제든 설화에 휩쓸리게 될 거다.

유호성은 그렇게 말했다.

나도 잘 알고 있다. 설화가 커질수록 내가 짊어질 부담도 늘어난다. 그렇기에 나는 동료를 만들었다. 함께 역사를 쌓았고, 설화를 만들었다. 원작의 유중혁과는 다른 결말에 도달하기 위해, 그렇게 여기까지 왔다.

그리고 그 결과가 이것이다.

이런 이야기를 내가 계속 읽어나가야 할까.

[거대 설화, '마계의 봄'이 이야기를 시작합니다.]

모두가 함께 도달할 마지막을 상상해왔다.

그런 이야기가 분명 가능할 것이라 믿었다.

[거대 설화, '신화를 삼킨 성화'가 이야기를 시작합니다.]

하지만 그게 불가능하다면.

지금껏 내가 쌓은 시간이 완전히 무용한 것이었다면.

['마왕화'를 발동합니다.]

내가 꿈꾸는 결말은 더 이상 아무런 의미가 없다.

[너를 죽이겠다, 유중혁.]

※

2

「"너를 죽이겠다, 유중혁."」

도서관의 모두가 그 문장을 보고 있었다.

「(잘못하면 우리 모두 죽을 수도 있겠군.)」

['제4의 벽'이 격렬하게 진동합니다!]

　도서관 전체가 흔들리고 있었다. 가지런히 정리한 책들이 쏟아지며 엉망이 되었다. 그러나 그것을 정리하는 사서는 아무도 없었다.

「(답답하군. 왜 서로 대화하지 않는 거지? 역시 하나가 되려는 욕망이 부족한 놈들이야.)」

「(우리 수영이는 또 무슨 죄야······.)」

오징어가 자신의 다리로 동그란 눈을 콕콕 찍었다.

문장은 계속된다.

유중혁과 김독자의 검이 부딪칠 때마다 니르바나의 이빨에서 딱딱거리는 소리가 났다.

「(어이 신입, 네 생각은 어때?)」

그 말에, 머리 위를 날아가는 책을 하나씩 잡아채던 유상아가 사서들을 돌아보았다. 그녀의 손에는 김독자의 기억이 한가득 쥐어져 있었다. 조금 전까지도 그녀가 읽던 책이었다.

「(음, 제 의견은 두 가지예요.)」

「(두 가지나 있어?)」

「(하나, 수영 씨는 안 죽었어요. 제가 그 사람 잘 알아요. 이런 일로 목숨 걸 사람은 아니거든요.)」

그 말에 눈물을 짜던 오징어가 눈을 동그랗게 떴다.

「(뭐? 하지만 너도 봤잖아.)」

「(아직 뭘 모르는구만. 히로인이 저기서 손을 툭 떨어뜨리며 의식을 잃는다. 그리고 남주인공의 각성! 자고로 내가 본 모든 영화에서는―)」

오징어와 시뮬라시옹이 뭐라 떠들든, 유상아는 묵묵히 말을 이었다.

「(둘, 두 사람은 대화하고 있어요.)」

유상아가 쌓여가는 문장들을 바라보며 말했다.

「(세상 누구도 저걸 '대화'라고 부르진 않겠지만 말이에요.)」

✖ ✖ ✖

갈라진 팔에서 설화의 파편이 쏟아진다.
우리가 쌓아온 설화였다.

[거대 설화, '마계의 봄'이 자신의 이야기를 쏟아냅니다!]
[거대 설화, '신화를 삼킨 성화'가 으르렁거립니다!]

용과 호랑이가 드잡이질을 하듯 설화와 설화가 부딪친다.
나와 똑같은 '거대 설화'를 가진 유중혁이 똑같은 힘으로 내게 대응하고 있었다.

[해당 설화에 관한 당신의 지분이 더 높습니다!]

내 지분이 더 높은데도 유중혁이 가진 설화 지분은 내 말을 듣지 않았다. 유중혁이 쌓아온 세월 때문인지도 모른다. 녀석은 스타 스트림의 누구보다도 더 치열하게 이야기를 계속해왔으니까.

츠츠츠츠츳!

2세대의 개연성이 우리를 억누르고 있었다.

하지만 억눌러지지 않는 것도 있었다.

[설화, '이적에 맞서는 자'가 일갈합니다!]

[설화, '이적에 맞서는 자'가 노호를 터뜨립니다!]

같은 역사를 쌓으며 만들어진 같은 설화가 충돌했다.

['섬의 주인'이 당신을 주목하고 있습니다.]

[다수의 성좌가 당신의 전투를 지켜봅니다.]

[성좌, '악마 같은 불의 심판자'가…….]

귓가에서 성좌들 목소리가 멀어지고 있었다.

[전용 스킬, '제4의 벽'이 발동합니다!]

서로가 서로를 죽일 각오로 검을 휘두른다. 필사적으로 휘두른 내 검이 유중혁의 허리께를 스치고, 곧바로 반격해온 유중혁의 검이 내 어깨를 찔러온다.

전투 감각은 녀석이 위다. 하지만 '격'에서는 내가 위였다.

[거대 설화, '마계의 봄'이 당신을 보호합니다!]

두꺼운 격을 꿰뚫고 날아드는 초월좌의 예기. 그 검기에서 녀석의 진심을 읽는다. 놈이 얼마나 필사적으로 이 자리에 서 있는지를.

녀석은 묻지 않았고 나는 답하지 않았다. 그저 검을 휘두르고 또 휘둘렀다.

그리고 우리를 대신해 설화들이 이야기를 계속했다.

[설화, '절망의 낙원'이 맹수처럼 달려듭니다!]

낙원의 기억.

[설화, '재앙의 왕을 사냥한 자'가 포효합니다!]

피스 랜드의 흔적.

[설화, '공단의 해방자'가 슬퍼합니다.]

혁명의 시간들.

「그것은 멸살법 어디에도 없는 문장들이었다.」

우리가 살아온 시간은, 내가 읽어온 그 어떤 페이지와도 같지 않았다.

['천사화'를 발동합니다!]

날개뼈를 뚫고 나온 날개.
순간적으로 증폭된 격이 '부러지지 않는 신념'에 깃들었다. 충격을 이기지 못한 유중혁의 신형이 굉음을 일으키며 허공으로 치솟았다.
"제대로 덤벼, 유중혁. 나도 그럴 테니까."
유중혁의 눈빛이 변했다. 녀석 주변에서 일어나는 격의 모양새가 뒤틀리기 시작했다.
공간을 일그러뜨릴 정도의 격. 고단계의 초월좌가 가진 진짜 힘이 개방되고 있었다.
황금빛 휘광을 몸에 두른 유중혁의 신형이 사라졌다.

['전지적 독자 시점' 2단계가 발동 중입니다.]

눈으로 좇을 수 없을 정도의 빠르기로 유중혁의 검이 움직였다. 일검, 그리고 일검. 파찰음이 더해질 때마다 손목이 무거워졌다. 내 허벅지에서 설화가 쏟아졌고, 유중혁의 어깻죽지에서 설화가 흘러내렸다.

자연히 녀석의 목소리도 들려왔다.

['제4의 벽'이 반발하듯 강하게 발동합니다!]

유중혁이 이야기를 시작하고 있었다.

「너는…….」

나는 그다음에 이어질 문장을 상상한다.
분명 나를 탓하겠지. 한수영 말처럼 너는 그런 인물이니까.

「왜 네놈은 그 회차에 남기로 했던 거지?」

1,863회차의 기억이 머릿속을 스쳐 갔다.

「"나는 3회차로 돌아가지 않아. 여기 남아서, 이곳의 사람들과 함께 결말을 보겠어."」

내가 결정했던 선택이 내게 되돌아오고 있었다.

'부러지지 않는 신념'이 까드드득 갈려나가는 소리를 냈다.

그때는 그게 최선이었다.

1,863회차에서 결말을 본 후, 3회차로 돌아갈 수 있다고 생각했다.

그래서 모두 행복해질 수 있는 이야기를 찾아보려 했다.

하지만

만약 그때 1,863회차의 유중혁이 나를 돕지 않았다면.

1,863회차의 한수영이 내게 살의를 품었다면.

나는 이 세계로 무사히 돌아올 수 있었을까.

누구보다 시나리오를 잘 안다고 생각하던 나는, 실은 그저 운이 좋아 살아남은 것은 아닐까.

「네놈의 동료는 이곳에 있었다.」

유중혁의 일검에 어깨죽지가 찢어졌고.

「네놈의 세계선은 이곳이었다.」

이검에 팔꿈치가 갈라졌다.

「너는 사람들에게 이 세계를 살라고 말했다.」

삼검에 날갯죽지에 구멍이 뚫렸다.

고통스러웠다.

하지만 그 고통보다 더 고통스러웠던 것은, 유중혁의 말에 담긴 분노와 실망이었다.

「화신 '유중혁'이 회귀를 거부합니다.」

나로 인해 회귀를 포기한, 그리하여 3회차를 살기로 결심한 유중혁이 나를 보고 있었다.

그 누구보다 이 세계를 사랑했고, 그렇기에 이 세계를 지키고자 하는 존재가 나를 보고 있었다.

「그런데 네놈은.」

어떤 분노는, 어떤 배신감은 말로 서술되지 못한다.

그 어떤 전지한 독자라도 읽어내지 못한다.

유호성은 말했다.

─설화는 얼핏 보면 대단치 않아 보이지만, 그 내부를 들여다보려는 사람에게는 미로와 같은 심연을 보여주지. 아무리

작은 설화라도 마찬가지야.

　지금 내가 보는 것은 유중혁의 전부가 아닐 것이다.

　유중혁이 화를 내는 이유를 나는 영영 알 수 없을 것이다.

　그 모든 것이 이유가 될 수 있었고, 그 어떤 것도 이유가 될
수 없을 테니까.

　확실한 것은 유중혁이 더 이상 휘둘리지 않기로 결심했다
는 사실이었다.

　나에게. 그 자신에게.

　어쩌면 이 와중에도 우리를 지켜보고 있을 저 빌어먹을 성
좌들에게.

　「대답해라 김독자.」

　쏟아지는 검격을 받으며 나는 비틀거렸다.

　유중혁은 알고 있을 것이다. 내가 지금도 자신을 읽고 있다
는 것을.

　읽는다는 것을 알면서도 녀석은 끊임없이 생각하고 있었다.

　「대답해.」

　내가 이 벽 너머로 녀석을 보아왔듯, 녀석 또한 이 벽 너머
에서 뭔가 끊임없이 쓰고 있었다.

언젠가 반드시 누군가는 그 벽을 보아주리라 기대하면서.

하지만 나는 대답해줄 수 없었다. 왜냐하면, 내가 지금 대답하면

['제4의 벽'이 두꺼워집니다.]

너는 등장인물이 되기 때문이다.

['제4의 벽'이 더욱 두꺼워집니다.]

너는 등장인물이 되어서는 안 되기 때문이다.
쿠구구구구!
특유의 이글거리는 눈동자로 나를 노려보는 유중혁.
그곳에 유중혁이 존재하고 있었다.
자신이 등장인물이 아님을 증명하기 위헤 니를 부수고 있었다.

「그런가.」

벽 위에 유중혁의 말이 떠올랐다.

「그것이 너의 선택이로군.」

['제4의 벽'이 더욱 두꺼워집니다.]

「이번 회차에도 동료 같은 건 없었군.」

내가 어떤 대답이라도 한다면 유중혁은 나를 용서할지도
모른다. 기적이 일어나 나를 납득할지도 모른다. 하지만 그렇
다고 해도 한수영은 돌아오지 않을 것이고, 서로 입힌 상처는
사라지지 않을 것이다.

우리는 이제 동료가 될 수 없을 것이다.

유중혁도 나도 그 사실을 잘 알고 있었다.

['제4의 벽'이 더욱 두꺼워집니다.]

그렇기에 우리는 검을 쥔 채 서로에게 달려가는 것이다.

['제4의 벽'이 더욱 두꺼워집니다.]

전력과 전력이 부딪치며 굉음이 일었다. 부연 먼지가 피어
올랐고, 녀석과 나는 충격을 이기지 못해 바닥에 널브러졌다.
먼저 일어난 것은 나였다.
나는 전신이 만신창이가 된 유중혁에게 비척거리며 다가가

검을 거두었다.

유중혁은 저항하지 않고 나를 보며 말했다.

"이번 회차에 너무 오래 머물렀군. 그만 끝내라."

유중혁은 한수영을 죽였다. 돌이킬 수 있는 선은 이미 넘었다.

'부러지지 않는 신념'의 검극이 떨렸다.

검을 쳐든 순간, 1,863회차의 한수영의 말이 떠올랐다.

—내 소설이 멸살법의 표절이라면, 너는 무엇의 표절이지?

그 질문의 대답이 내 눈앞에 있었다.

「김독자는 이 사내에게서 삶을 배웠다.」

이 사내는 나의 아버지였고.

나의 형이었으며.

나의 오래된 친구였다.

['제4의 벽'이 두께를 키웁니다.]

이 두꺼운 벽 너머로 오랫동안 녀석을 지켜봐왔다.

몇 번이나 녀석에게 구원받았고.

녀석의 이야기를 보며 살아남았다.

'부러지지 않는 신념'이 천천히 바닥으로 떨어졌다.

나는 녀석을 죽일 수도, 녀석에게 잘못을 빌 수도 없다. 그렇게 비겁해지는 법을 나는 배운 적이 없다.
내가 배운 것은 자신이 치른 일에 대가를 치르는 것.
유중혁이 나를 올려다보았다.

「나는 이곳에 있다.」

알고 있어.

「그럼에도 너는 읽기만 할 뿐이군.」

이게 우리 방식이니까.
너는 행동하고, 나는 그런 너를 읽는다.

「네놈이 하지 않는다면 내가 하겠다.」

천천히 자리에서 일어난 유중혁이 자신의 검을 움켜쥐었다.
하나의 이야기가 끝나는 소리가 들린다.
'양산형 제작자'는 말했다. 어떤 설화는 ■■의 근처에 가보지도 못한 채 끝난다고.

하지만 만약 이곳이 모든 이야기의 끝이라면.

어차피 여기서 죽을 것이라면, 나도 한마디 정도는 해도 괜찮지 않을까.

"유중혁."

내 말에 유중혁의 움직임이 멎었다.

"알고 있겠지만 나는 예언자가 아냐. 오히려 그런 것과는 굉장히 거리가 먼 사람이지."

동호대교에서 처음 싸운 그날부터, 한 번도 제대로 내 소개를 한 적이 없었다.

유중혁에게 나는 예언자였고, 정체 모를 놈이었다.

"나는 구원의 마왕도 아니고."

[설화, '구원의 마왕'이 이야기를 멈춥니다.]

"왕이 없는 세계의 왕도 아냐."

[설화, '왕이 없는 세계의 왕'이 이야기를 멈춥니다.]

하나씩 설화들이 이야기를 멈췄다. 내 이야기를 제외한 모든 것이 조용해졌다.

"내 이름은 김독자."

등에 돋아난 날개가 사라지고 부풀어 있던 근육이 줄어들었다.

"스물여덟. 아니, 스물여덟 살이었고, 게임 회사의 직원이었어. 취미는 웹소설 읽기……."

처음 만나는 사람에게 하듯 나는 이야기를 계속했다.

"시시하지? 그냥 이게 나야."

나에게 유중혁은 이미 오래전부터 알고 있던 사람이었다.

"유중혁, 너는 누구지?"

정확히는 혼자서 읽고 있던 사람.

그러므로 나는 한 번도 녀석의 이야기를 들어본 적 없었다.

유중혁의 입이 열렸다.

"나는 유중혁."

천천히 움직인 유중혁의 칼날이 나를 베었다.

"회귀자였던, 유중혁이다."

*

3

한수영은 눈을 뜨자마자 피를 토해냈다.

새카만 피가 한가득 웅덩이를 만든 후에야 한수영은 간신히 정신을 차렸다. 보이는 것은 깊은 숲속. 유중혁과 싸우던 진정은 아니었다.

"진짜로 뒈질 뻔했네. 유중혁 이 개자식."

마지막 순간 근처에 세워두었던 더미 아바타로 기억을 전송하지 않았더라면 정말로 죽었을 것이다.

[금일 할당된 '기억 전송'의 권능을 모두 소진했습니다.]
[지금부터 해당 아바타가 당신의 본체가 됩니다.]

모두 예상하던 일이었다.

[설화, '예상표절'이 머뭇머뭇 이야기를 계속합니다.]

설화 「예상표절」.

그 정체불명의 꿈을 꾸고 나서 얻게 된 설화.

한수영은 그 설화를 통해 몇 가지 장면을 똑똑히 보았다.

자신의 선택지에 따라 달라질 예상 미래들.

김독자의 죽음, 혹은 유중혁의 죽음.

그 끔찍한 선택지를 피해 도달할 수 있는 단 하나의 미래.

['기억 전송'의 페널티로 당신의 육체 능력이 크게 약화됩니다.]

"누구 한 놈 죽어 있기만 해봐라."

한수영은 투덜거리면서 주변의 기파를 읽었다. 어서 녀석들이 있는 방향을 찾아내야 했다.

그리고 얼마 지나지 않아, 그녀의 감각에 강대한 두 개의 격이 걸려들었다.

한수영은 그 방향을 향해 달렸다.

이것이 그녀가 읽은 미래 중 '유일하게 제대로 된 미래'였다.

김독자는 죽지 않고, 두 사람은 처음으로 제대로 된 대화를 한다.

한수영의 「예상표절」은 그렇게 예상했고, 그래서 한수영은 마지막 순간 유중혁의 검을 피하지 않았다.

그러니 김독자는 분명 살아 있을 것이다.

멀리서 검격이 부딪치는 소리가 들린 것은 그때였다.

아직도 싸우고 있는 건가? 이 자식들, 대화 좀 하라고 죽어주기까지 했더니…….

아무래도 한마디 쏘아붙여주지 않고서는 안 되겠다 싶었다. 그리고 풀숲을 헤치고 나선 순간, 한수영은 드러난 광경에 경악했다.

콰아아앙! 콰아아앙!

유중혁이 바닥에 쓰러진 김독자를 검으로 난자하고 있었다.

"야! 이 미친 새끼야!"

☒ ☒ ☒

'안 되는 건가?'

유중혁은 바닥에 쓰러진 김독자를 내려다보았다. 혼절한 김독자의 가슴팍에는 그의 흑천마도가 남긴 얇은 자상이 새겨져 있었다.

'분명 보인 것 같았는데.'

유중혁은 다시 한번 검을 쥔 채 정신을 집중했다.

그리고 다음 순간, 김독자 몸에서 흘러나오는 어두운 기운을 감각했다.

그것은 벽이었다.

김독자를 볼 때마다 느낀 이질감의 정체.

'보인다.'

무수한 텍스트로 이루어진, 새카만 벽.

유중혁은 검을 곧추세워 다시 한번 그 벽을 강타했다. 초월 좌의 설화가 벽을 두들기자 벽이 불안하게 흔들렸다.

['제4의 벽'이 당신을 노려봅니다.]

노려보거나 말거나, 유중혁은 벽을 내리쳤다.

'이 벽 너머에 어쩌면.'

열리지 않으면 열릴 때까지. 부서지지 않으면 부서질 때까지. 계속해서.

그리고 다음 순간,

"미친놈아! 돌았어?"

새된 목소리와 함께 뒤통수에 강한 충격이 일었다. 주르륵 흐른 피가 시야를 가렸다. 붉게 물든 사위로 김독자를 굽어보는 한수영이 있었다.

"야! 김독자! 정신 차려! 정신…… 뭐야, 죽은 거 아니네?"

유중혁은 인상을 찌푸린 채 비틀거렸다.

"한수영, 진짜로 죽고 싶은 건가?"

"이미 한 번 죽였잖아 새끼야."

"안 죽을 줄 알고 있었다."

"거짓말하지 마. 내 연기가 얼마나 완벽했는데."

한수영이 으르렁거리며 여전히 한쪽 구석에 쓰러져 있는 자신의 화신체(조금 전까지 진체였던)를 가리켰다. 힘을 잃고 부스러진 화신체에는 분명 피를 흘린 흔적이 있었다. 아바타라면 흘리지 않을 피였다.

유중혁이 말했다.

"아바타도 일정량 이상의 기억을 가지게 되면 진체처럼 피를 흘리지."

"어쭈, 그건 또 어떻게 아셨어?"

"네가 쓴 기록에서 봤다. 정확히는 1,863회차의 네가."

"그 회차의 난 별걸 다 썼네. 빌어먹을."

묻고 싶은 것이 많았지만 한수영은 구태여 묻지 않았다. 그 대신 쓰러진 김독자의 볼을 쿡쿡 찌르며 말했다.

"그래도 이 자식은 감쪽같이 속은 모양이네."

"그런 것 같더군."

"어떻디?"

"미쳐서 덤벼들었다."

피식 웃은 한수영이 기특하다는 듯이 김독자의 볼을 꼬집었다.

"얘 가슴팍은 왜 이래?"

"내게 흙을 먹인 죄다."

"흙?"

"그런 게 있다."

한수영은 쭉 늘어나는 김독자의 볼을 가만히 내려다보았다.

사실 살아만 있다 뿐이지 김독자의 몸은 성한 곳이 거의 없었다. 주변 숲이 완전히 쓸려나갈 정도로 싸웠는데 몸이 멀쩡하면 그것도 이상했다.

엉망으로 헤집어진 파괴의 정경. 이것이 바로 김독자와 유중혁이 나눈 대화의 증거라는 것을 한수영은 이해했다.

"그래서 원하는 대답은 들었냐?"

유중혁은 잠깐의 사이를 두고 대답했다.

"조금은."

조금은, 이라는 말에 실린 감정의 골을 한수영은 온전히 읽어낼 수 없었다. 그것은 온전히 김독자와 유중혁의 것이었다. 한수영은 그게 섭섭했고, 조금은 외로웠다.

"〈김독자 컴퍼니〉로 다시 돌아올 거지?"

유중혁은 다시 잠시 생각하더니 이미 할 말은 끝났다는 듯 뒤돌아섰다.

한수영이 눈살을 찌푸렸다.

"야. 대답 똑바로 해! 기껏 도와줬더니!"

"이제 '성마대전'이 코앞이다."

유중혁은 그대로 걸음을 옮겨갔다. 한 걸음, 두 걸음. 다시 한번 한수영이 뭔가 외치려는 순간.

츠츠츠츠츳!

김독자의 몸에서 스파크와 함께 목소리가 들려왔다.

「(유중혁 씨, 지금 그깟 시나리오가 문제가 아니잖아요.)」

놀란 유중혁이 검을 빼 들었다.

김독자를 감싼 가상의 벽이 움직이고 있었다. 그 벽 너머에서 누군가가 말하고 있었다.

「(혼자만 그렇게 잔뜩 얘기하고 돌아서면 다인가요?)」

아니, 정확히는 벽이 아니라―

「(당신도 한번 느껴봐요. '독자의 기분'이란 게 대체 어떤 건지.)」

아무리 때려도 부서지지 않던 벽 한쪽에 작은 구멍이 뚫리며 누군가의 손이 튀어나왔다. 가볍게 유중혁의 머리채를 휘어잡은 손은 그대로 유중혁의 머리를 벽에 처박았다.

☒ ☒ ☒

정신이 들었을 때, 나는 새카만 어둠 속에 누워 있었다.

어떻게 된 거지? 설마 죽은 건가? 유중혁은?

몰아치는 생각과 함께, 나는 천천히 몸을 일으켰다. 주변을 돌아봐도 보이는 것은 아무것도 없다.

그때, 바로 눈앞에서 환한 칸델라의 불빛이 켜졌다.

「(독자 씨, 이런 데 누워 계셨네요.)」

'유상아 씨?'

「(괜찮으세요?)」

'여긴…….'

「(도서관이에요.)」

그제야 어떻게 된 일인지 알 것 같았다. 아무래도 나는 의식을 잃으며 또 [제4의 벽] 속으로 빨려 들어온 것 같았다.
'그런데 원래 이렇게 어두웠던가요?'

「(지금 도서관 상태가 말이 아니라 그래요. 이번 전투 여파로 등불이 죄다 깨지고 서가가 한바탕 엎어졌거든요. 지금 그거 고친다고 다들 정신없어요.)」

'죄송합니다. 저 때문에 고생이 많으시군요.'

유상아가 생긋 웃으며 고개를 저었다.

「(아니에요.)」

‘제가 뭐 도울 일이라도…….’

「(아니에요. 그냥 여기 누워 계세요. 저도 잠깐 앉아서 쉬게요.)」

유상아는 웃차, 하며 내 곁에 가볍게 앉았다.
어슴푸레한 칸델라 불빛 사이로 비치는 유상아의 얼굴은 내가 기억하는 모습 그대로였다.

「(정말 잘하셨어요.)」

‘뭐 말입니까?’

「(말씀하신 거요.)」

그게 무슨 말인지 이해하는 데는 오랜 시간이 걸리지 않았다. 유상아는 [제4의 벽] 안에서 바깥 광경을 모두 보았을 것이다.

「(제대로 된 관계는 서로 소개하는 것부터 시작하잖아요. 이제 진짜 친구가 될 수 있을지도 몰라요.)」

'그럴 수 있다면 좋겠습니다만.'

그다지 기대는 하지 않는다. 솔직히 유중혁이 화만 풀려도 다행이라는 생각이니까. 내가 무슨 이야기를 하든, 녀석이 느낀 배신감을 누그러뜨리기는 불가능할 것이다.

떨어진 책들이 바닥에 굴러다니고 있었다.

나는 무심코 그중 하나를 집었다.

《김독자, 15세의 기록 25권》

나는 슬그머니 책을 덮고 어둠 속 깊은 곳으로 던졌다.

아주 멀리 던졌다.

「(저, 독자 씨.)」

'예.'

「(사실 좀 읽었어요. 그거.)」

'얼마나요?'

「(실은 거의 다 읽었어요. 전 멸살법보다 이쪽이 더 재미있어서…… 죄송해요.)」

얼굴이 화끈거렸지만 이미 읽어버린 걸 무를 수도 없다.

'괜찮습니다. 좀 부끄럽긴 합니다만.'

어차피 유상아가 도서관 안에 들어간 이상, 이런 기억들을 들킬 수도 있다는 생각은 했다.

유상아는 바닥을 굴러다니는 책들을 한 권 한 권 먼지를 털며 주워 모았다.

모두 내 기억들이었다.

어둠에 물든 유상아의 표정은 제대로 보이지 않았지만, 그녀가 얼마나 곤란해하고 있을지는 알 수 있었다.

나는 그녀가 모은 책 중 한 권을 집었다.

'오랜만이네요, 정말.'

쌓인 책들은 모두 내 이야기였다.

열다섯 살의 김독자. 열여덟 살의 김독자. 스물세 살의 김독자. 스물여덟 살의 김독자⋯⋯.

나는 천천히 페이지를 넘겼다.

아버지가 없었던 김독자.

친구가 없었던 김독자.

어머니를 잃었던 김독자.

항상 뭔가 없거나, 없어지기만 하던 삶.

「혼자인 존재는 존재하지 않는다. 김독자는 항상 혼자였다. 그렇기에 독자獨子였고, 김독자는 존재하지 않았다.」

서럽게도 타당한 문장이었다.

「그런 김독자가 유일하게 존재하는 순간이 있었으니, 그것은 독자獨子가 독자讀者가 되는 순간이었다.」

한 권의 책에 대한 긴 독후감 같은 인생. 그것이 나의 삶이었다.

나는 멸살법과 함께 청소년기를 보냈고, 멸살법이 만들어준 벽 뒤에 숨어 사람들의 손가락질을 피했다.

「그는 멸살법을 읽을 때 비로소 살아 있었다.」

곁에서 날 지켜보는 유상아의 시선이 느껴졌다. 기분 탓인지도 모르지만 유상아만 있는 것 같지 않았다. 어쩌면 어둠 속에 숨은 사서들도 함께 내 모습을 지켜보고 있을지도 모른다.

그 순간, 펼쳐진 페이지에서 뜻밖의 문장이 나타났다.

「오늘 면접에서 이상한 사람을 만났다. 그 사람 이름은 유상아다.」

그 부분을 읽는 순간, 나도 모르게 책을 덮었다.

설마 유상아 씨, 이것도 읽었을까.

「(독자 씨는 그런 생각 해본 적 있어요?)」

'네? 무슨…….'

「(만약, 시나리오가 시작되지 않았다면 우린 어떻게 됐을까요?)」

생각해보지 않은 일이었다.

만약, 그때 멸살법이 현실이 되지 않았더라면.

그대로 멸살법이 완결되고 시간이 흘렀더라면, 지금 나는 어떻게 되었을까?

나는 아직 살아 있을까?

계속 살아나갈 수 있었을까?

「(우리, 계속 같은 회사에 다니고 있었을까요?)」

'저는 계약 연장이 안 되었으니…… 아마 다른 회사 알아보러 다니지 않았을까 싶네요.'

그렇게 쉽게 죽지는 않았을 것이다. 가끔씩 죽고 싶다는 생각도 할 것이고, 간밤에 멸살법을 재탕하다가 잠에 곯아떨어지는 날들도 많았겠지만…… 그래도 그렇게 쉽게 죽진 않았을 것이다.

어떻게든, 살아나갔을 것이다.

'그런 세계였다면 유상아 씨랑도 친해지지 못했겠네요. 회사가 바뀌고 연락할 일도 없었을 테니까요.'

「(그래도 가끔 연락하지 않았을까요?)」

'글쎄요…….'

「(그랬을 거예요. 독자 씨가 회사를 그만두고 나서도, 계속 독자 씨 생각이 났을 거예요. 독자 씨 정말 이상한 사람이니까.)」

'복수인가요?'

유상아는 생긋 웃으며 말을 이었다.

「(저는 늘 독자 씨가 궁금했을 거예요. 잘 지내고 있을까? 어디 아픈 데는 없을까? 취직은 잘 했을까? 결혼은…….)」

'저는 결혼은 못 했을 것 같네요. 제 앞가림도 못하는 처지라서.'

「(결혼이란 게 꼭 해야 하는 건 아니니까요. 저도 혼자 사는 게 더 편하거든요.)」

'상아 씨도요?'

「(네. 거봐요, 분명 친해졌을 거라니까요.)」

'그랬을까요?'

「(그럼요. 저랑 스페인어 스터디도 같이 하고, 자전거 동아리에 들어서 자전거도 같이 타고.)」

'노후 대비하면서 서로 적금이나 펀드도 추천해주고.'

「(늙어서 힘없으면 같이 부축해 병원도 다니고요.)」

'서로 근처에 살았을 수도 있겠네요.'

「(그럼요. 어쩌면 바로 옆집이었을지도 모르죠.)」

우리는 계속해서 이야기했다.
있을 수 없는 이야기였다. 이제 결코 일어날 리 없는 이야기.
마치, 내게 한때 멸살법이 그랬던 것처럼.
유상아의 말이 이어졌다.

「(희원 씨랑, 현성 씨랑, 지혜랑…… 다른 아이들도 근처에 살면 좋겠어요. ……수영 씨도요.)」

만약 그런 세계가 존재하더라도, 그들이 함께할 수 있을 리 없었다.

그들은 소설 속 인물이니까. 그들은…….

'그러면 정말 좋겠네요.'

「(아, 중혁 씨도요. 성격은 나빠도 요리는 잘하니까, 친해지면 좋을 것 같아요.)」

갑자기 속에서 울컥 뭔가가 올라왔다.

「(희원 씨랑 현성 씨는…… 후후, 아무튼. 그래서 다들 조금씩 늙어가는 거예요. 시나리오도, 성좌도, 도깨비도 없는 그런 세계에서. 서로 만나 이야기 나누고, 맛있는 걸 나눠 먹으면서.)」

'은밀한 모략가'와 함께 본 수많은 세계선이 떠올랐다.

그토록 많은 세계선이 있으니 어쩌면 단 하나쯤은.

「(어딘가 그런 세계가 있으면 참 좋겠어요. 그렇죠?)」

'있을지도 모릅니다.'

「(독자 씨.)」

'예.'

「(독자 씨를 만나서 정말 즐거웠어요.)」

'……'

「(슬슬 갈 시간이 된 거 같아요.)」

'유상아 씨.'

사실 조금 전부터 깨닫고 있었다.
유상아가 갑자기 왜 이런 이야기를 하는지.

['섬의 주인'이 화신 '유상아'를 부르고 있습니다.]

[제4의 벽]이 약해진 틈을 타, 이 섬의 주인이 유상아를 부르고 있었다.
환생자들의 왕.
드디어 우리가 기다리던 순간이 온 것이다.

우리가 '환생자들의 섬'에 온 이유 중 하나.

「이 도서관, 너무 따뜻하고 좋은 공간이지만…… 그래도 여기 계속 있을 수는 없어요.」

'잠깐만요, 상아 씨. 그렇게 급하게―'

유상아는 고개를 저었다.

내가 멸살법을 읽었듯, 그녀 또한 멸살법을 읽었다. 내가 하고자 하는 말들을 그녀는 이미 알고 있을 것이다.

「여기선 제가 할 수 있는 일이 거의 없어요. 여기 있는 한, 저는 그저 '독자'로 남게 되니까요.」

나는 의연한 얼굴의 유상아를 올려보며 입을 다물었다.

붙잡고 싶었다. 조금만 더 이야기를 나누면 안 되냐고 묻고 싶었다.

하지만 붙잡을 수 없었다.

「(독자 씨가 말한 적 있죠. 독자 씨의 회차는 이번뿐이라고. 우리가 살아야 할 세계는 바로 여기뿐이라고. 그러니…… 저는 이렇게 말할게요.)」

하얀 빛에 휩싸인 유상아가 내 머리에 손을 폭 얹으며 웃었다.

「(우리, 다음 생에 또 만나요.)」

＊

4

의식을 완전히 회복하는 동안, 나는 [전지적 독자 시점]을
발동했다.

「그러니까, 4번 중섬의 공략법은⋯⋯.」

마침내 '설화 통제법'을 얻은 정희원이 중섬 시나리오에 참
가해 다른 참가자들을 도륙하고 있었다.

「모르겠다. 덤비면 다 죽여버리지 뭐.」
「우리 장군님도 설화급이거든? 얕보지 말라고!」

[심판의 시간]을 발동한 정희원과 [귀살]을 발동한 이지혜

가 날뛰는 사이, 아이들은 자신들만의 방식으로 중섬 시나리오를 공략해나가고 있었다.

「'투명 위습'을 테이밍해뒀어. 이 녀석으로 쟤 수식언만 훔치자.」
「그냥 벌레들 보내면 되잖아?」

내가 딱히 도움을 줄 필요가 없을 정도로 영리한 공략법이었다.

「크윽, 크윽, 우으으윽.」

홀로 외딴 중섬에 떨어진 이현성은 성좌들과 화신들에게 구타를 당하고 있었다. 웅크린 이현성은 서러운 눈길로 적들을 바라보더니 커다란 곰처럼 울었다.

「혼자 다른 곳에 떨어진 것보다 더 서러운 것은 혼자 두들겨 맞는 겁니다!」

이현성의 화신체에서 엄청난 빛살이 터지며 주변의 참가자들이 우수수 터져나갔다.

나는 그 기술을 알고 있었다. 그것은 [강철의 주인]이 가진 특기 중 하나. 쌓인 대미지를 한꺼번에 해방시키는 성흔인 [충격 해방]이었다. 역시 원작 등장인물들이 사기는 사기다.

아무튼 이현성도 강해진 건 확실해 보였다.

「[등장인물 '장하영'이 '파천붕권'을 발동합니다!]」

그리고 장하영은 누구보다 압도적인 힘을 선보이며 시나리오를 수행 중이었다. 타인의 기술을 빠르게 흡수한 그녀는 이제 자신이 가진 '벽'의 진짜 주인이 되어가고 있는 것 같았다.

「['정체불명의 벽'이 진화하고 있습니다!]」

이전보다 훨씬 안정된 장하영의 '벽'. 벽을 통해 다른 초월좌와 소통하고, 그 재능을 배우고 이해하는 장하영. 어떤 의미에서 그런 장하영의 방식은 내가 책을 읽는 것과 닮은 부분이 있었다.

「['정체불명의 벽'이 당신의 존재를 눈치챘습니다.]」

순간, 화면에 노이즈가 일었다.

['정체불명의 벽'이 '제4의 벽'을 바라봅니다.]
['제4의 벽'이 '정체불명의 벽'을 바라봅니다.]

두 벽이 서로 마주 보자, 갑자기 화면이 흐릿해졌다.

【세계선의 끝이 다가오고 있다.】

무너지는 시야 속에서, 목소리가 들려왔다.

【김독자, 그들이 너를 찾아갈 것이다.】

☒ ☒ ☒

우우웅.

의식을 되찾자마자 스마트폰 진동이 느껴졌다.

무심코 화면을 켜니 오늘 날짜가 떠올랐다.

2월 15일.

지구가 아니었기 때문에 날씨 정보는 떠오르지 않았다. 확인할 수 있는 것은 날짜뿐. 그나마 이 날짜도 정확한 것은 아니었다. 차원선을 제멋대로 이동하면서 시공간의 지표는 무너졌으니까.

스타 스트림의 모두는 전부 다른 시간을 살아간다.

그런데 2월 15일이라.

나는 잠시 그것에 관해 생각하다가 이내 그만두고 스마트폰을 내려놓았다. 머릿속이 뒤숭숭했고, 화신체 곳곳이 쓰리

듯 아팠다. 눈을 끔뻑거리며 상반신을 내려다보았다. 흉부 전체가 붕대로 칭칭 감겨 있었다.

여긴 어디지?

천천히 주변 정경이 눈에 들어왔다. 말끔한 흰색 침대보에, 오리엔트풍의 우아한 장식물로 꾸며진 방.

창가에 기대어 밖을 보던 누군가가 물었다.

"일어났냐?"

"너……!"

녀석의 눈이 장난스러운 곡선을 그렸다.

"아, 이게 죽었다 깨어나는 맛이구만."

"너, 죽은 거 아니었—"

"내가?"

실실 웃는 한수영을 보며 머릿속이 복잡해졌다.

의식을 잃기 전 마지막으로 본 광경이 떠올랐다. 유중혁의 검에 한수영이 죽고, 내가 유중혁과 싸우고, 유중혁의 검에 기절하고, 도서관에서 만나 유상아와 이야기한 일련의 과정…….

어느새 성큼 다가온 한수영이 내 볼을 꼬집었다.

"하여간 김독자, 귀여울 때가 있다니까."

그제야 녀석이 나를 놀렸다는 사실을 깨달았다. 자세히 보니 한수영의 팔에도 작은 링거 팩이 하나 꽂혀 있었다.

"여긴 어디야?"

"본섬 대기실. '그 녀석'의 성이 있는 곳이야."

순간 생각나는 것이 있었다.

['섬의 주인'이 화신 '유상아'를 부르고 있습니다.]

녀석이 유상아를 데려가던 그때, 내 앞에도 메시지가 떴다.

['섬의 주인'이 당신을 초대합니다.]

환생자들의 왕.

《멸망한 세계에서 살아남는 세 가지 방법》. 그 책의 세 번째 주인공이 자신의 영토로 우리를 부른 것이다.

"하지만 난 아직 시나리오를 클리어 못 했을 텐데? 이곳으로 오려면 중섬 시나리오를 클리어해야……."

"너 클리어했어."

나는 메시지 로그를 확인했다.

[히든 시나리오 - '수식언 뺏기'를 클리어했습니다!]

[현재 보상 수령 대기 중입니다.]

정말이었다.

"뭐지? 난 아직 음절 [신]을 모으지 못했는데……."

한수영은 말없이 내 목에 걸린 목걸이를 가리켰다.

[정욕과 격노의 마신]

완성된 수식언 목걸이가 빛나고 있었다.

있을 수 없는 일이었다. 분명 내 목걸이는 마지막 한 글자가 비어 있어야 하니까.

한수영이 말했다.

"유중혁이 남는 글자라면서 주고 갔어."

유중혁이? 대체 왜?

머릿속이 다시 혼란스러워졌다.

마지막 순간, 녀석이 한 말이 귓가에 생생히 떠올랐다.

—회귀자였던, 유중혁이다.

회귀자인 유중혁이 아니라, 회귀자였던 유중혁.

녀석은 무슨 생각으로 그런 말을 한 것일까.

"유중혁 어딨어?"

"다음 시나리오로 갔어."

그 말에 허탈감과 안도감이 동시에 스쳤다. 녀석은 이번에도 시나리오를 위해 앞서 떠났다.

"그놈 표적은 누구였대?"

"깨어나자마자 질문 되게 많네, 귀찮게."

한수영이 내 가슴팍을 가리켰다. 자세히 보니 내 목에 걸린 수식언 목걸이는 두 개였다.

하나는 아스모데우스의 수식언인 [정욕과 격노의 마신], 그리고 다른 하나는…….

[□□의 □□]

내 수식언이 있어야 할 자리에 구멍이 뻥뻥 뚫려 있었다.

"설마?"

"그래."

그래도 '의'는 남겨줬네. 개자식.

"이제 나도 질문 좀 하자. 유상아는 아직 네 안에 있어?"

"환생자들의 왕이 데려갔어."

"마지막에 뭐 남긴 말은 없었고?"

나는 비틀거리며 일어나 창가로 다가갔다. 한수영과 나란히
선 채 도시 경관을 내려다보았다.

중국풍 도시 속을 거니는 환생자들 모습. 다른 세계에서 온
존재들이 그곳에 있었다. 이름도 얼굴도 달라진 채 이곳에서
새로운 삶을 선택한 존재들.

"다음 생에서 만나자더라."

내게는 이번 생이지만 유상아가 나를 보는 것은 다음 생일
것이다. 그녀는 '환생자들의 왕'의 권능으로 새로운 육신을 얻
고, 새로운 생명을 얻게 될 것이다. 다시 이 세계에 태어나 삶
을 살아가게 될 것이다.

한수영과 나는 말없이 거리를 내려다보았다. 마치 그 거리
어딘가에 유상아가 있기라도 할 것처럼.

한수영이 문득 중얼거렸다.

"눈이다."

조금씩 눈송이가 내리고 있었다.

본래 이 세계는 눈이 오지 않는 땅이었다. 그럼에도 하늘에서 눈이 내리고 있었다.

별빛처럼 쏟아지는 눈. 눈이 나리는 까마득한 하늘의 꼭대기에서 성좌들이 내 이야기를 바라보고 있었다. 어떤 간접 메시지도 도착하지 않았지만 그들이 나를 보고 있다는 사실을 느낄 수 있었다. 그들이 조금씩 모은 개연성이 하늘에서 흩날리고 있었다.

고개를 돌리자 한수영이 나를 보고 있었다. 내 수식언 목걸이를 쥔 한수영이 웃었다.

"이제 너 '구원'도 '마왕'도 아니네. 수식언 새로 받아야 하는 거 아냐?"

나는 한수영의 말을 들으며 내가 '구원의 마왕'이던 시간을 떠올렸다.

그리 오래되지 않은 시간들. 그럼에도 내 생애 가장 빛났던 시간들.

어룽거리는 시야 속에서 한수영이 키득대고 웃었다.

"이참에 내가 새로 지어줄까? 음…… 뭐가 좋으려나. '툭하면 기절맨' 어떠냐? 아니면 '기적의 주둥아리'…… 어? 야, 너 울어?"

놀란 녀석의 눈동자에 내 얼굴이 비친다.

작가인 녀석에게 묻고 싶었다.

이야기를 쓰는 너라면, 혹시 알겠느냐고.

나는 지금까지 잘해왔는지.

잘못된 선택을 하지는 않았는지.

이 모든 이야기의 끝에 도달하면, 내가 원하는 결말을 볼 수 있을지.

"야, 뭘 울고 그래. 알았어, 알았어. 뚝."

혼자서 무슨 생각을 했는지 한수영이 주머니를 뒤지기 시작했다. 그리고 내 입속에 무언가 달콤하고 시큼한 것이 쏙 들어왔다.

"이렇게 좋은 날 왜 울어. 모처럼 눈도 내리는데…… 내가 나중에 더 좋은 수식언 지어줄게."

그렇게 말하며 한수영은 내 시선을 피한 채 먼 곳을 바라보고 있었다.

오늘은 2월 15일.

스마트폰의 날짜는 그랬다. 이곳 시간과 지구의 시간은 일치하지 않는다. 그러니 이 표기는 그저 '오류'일 뿐일 것이다. 아무 의미도 없는, 그저 우연히 매겨진 날짜.

그럼에도 만약, 어떤 기적이 일어나 저 날짜가 사실이라고 한다면

오늘은 나의 생일이었다.

한수영이 눈을 슥슥 비비며 말했다.

"사람들 보고 싶네."

나는 온 힘을 다해 대답했다.

"……나도."

그리고 그 말을 신호처럼,

[수정본 업데이트가 완료됐습니다.]

누군가가 보낸 선물이 도착했다.

―멸망한 세계에서 살아남는 세 가지 방법(최종본).txt

✲ ✲ ✲

흩날리는 눈발 속에서 유중혁은 환생자들의 성을 바라보고 있었다.

지금쯤 김독자는 깨어났을 것이다.

그리고 유상아는 섬의 주인을 만나 환생 절차에 들어갔을 것이다.

'그 여자.'

유중혁은 인상을 찌푸렸다.

며칠 전, 그 정체 모를 벽에 머리를 박은 순간을 잊을 수 없었다.

끔찍한 개연성의 스파크 속에서 강제로 들여다본 '벽'의 내부. 그곳에서 유중혁은 자신이 알지 못하던 이야기의 파편을 목격했다.

어떤 것은 예상한 이야기였고.

어떤 것은 알지 못한 이야기였다.

완전히 뜻밖의 이야기도 있었다.

찰나였지만 유중혁은 그 벽에서 자신이 찾던 정보를 얻었고, 나름대로 해답을 얻었다.

그리고 지금, 유중혁은 자신이 그 해답을 실천할 때임을 깨달았다.

"은밀한 모략가."

고개를 들자 음험한 성좌의 시선이 그에게 쏟아졌다.

[성좌, '은밀한 모략가'가 당신을 바라보고 있습니다.]

'은밀한 모략가'.

이 회차에서 처음으로 등장한 성좌.

그리고 1,863회차까지의 세계 중 어디에서도 그 정보나 흔적을 찾을 수 없는 정체불명의 존재.

[성좌, '은밀한 모략가'가 당신을 바라보고 있습니다.]

"이 정도면 네놈 계략엔 충분히 놀아나준 것 같은데. 내게도
질문 하나 정도는 할 자격이 있겠지."

'은밀한 모략가'는 잠시 대답이 없었다.

그리고 다음 순간, 하늘 일부가 새카맣게 물들더니 유중혁
을 향해 검은 빛이 떨어졌다.

츠츠츠츠츳!

개연성의 스파크가 일어나며 주변 시공간이 일그러지기 시
작했다.

이곳은 '섬의 주인'이 지배하는 공간. 어떤 최상위 격 성좌
라도 이만한 개연성을 행사하지는 못한다.

그런데 은밀한 모략가는 그게 가능한 존재였다.

어둠 속에서 새카만 그림자가 솟아났다.

【궁금한 게 뭐지? 가장 오래된 꿈의 꼭두각시여.】

"어째서 내게 그 책을 준 거냐?"

'은밀한 모략가'의 그림자가 조소하듯 흔들렸다.

유중혁은 계속해서 물었다.

"내가 절망하기를 바랐나? 그래서 그 책을 읽고 김독자를
죽이기를 원했나?"

【그럴 수도, 아닐 수도.】

"왜 그런 짓을 꾸민 거지?"

【네가 듣는다고 이해할 수 있겠는가?】

네깟 것이 듣는다고 이해할 수 없다는 확신이 담긴 오만함.
유중혁이 다시 물었다.
"너는 왜 김독자를 1,863회차에 보냈던 거냐. 왜 그곳의 '나'
를 죽이도록 시켰지?"

【그런 시나리오가 있으면 재미있을 것 같았다고 해두
지.】

그림자가 실소하듯 흔들렸다.
유중혁은 당황하지 않고 말했다.
"네 모략은 모두 김독자를 파괴하는 것들이다."

【왜 그렇게 생각하지? 내게 그럴 만한 이유가 있나?】

"있을지도 모르지. 어쩌면 아주 확실한 이유가."
김독자에게 알 수 없는 분노를 품고 있으며, 동시에 김독자
와 마찬가지로 이 세계의 '원작'에는 존재하지 않는 성좌.

유중혁은 오랫동안 이 성좌에 대해 추적해왔다.

그리고 유중혁은 지금 막 그 추적의 해답에 도달했다.

"은밀한 모략가. 너는 미래에서 온 '김독자'인가?"

[《전지적 독자 시점》 PART 4에서 계속]

전지적 독자 시점